KB038739

시베리아의
이방인들

일러두기

1. 외국어 및 한자 병기는 본문 안에 고딕 서체의 작은 글씨로 처리했습니다.
2. 외래어 표기는 국립국어원의 규정을 바탕으로 했고, 규정에 없는 경우는 현지음에
   가깝게 표기했습니다.

이 도서는 2019년도 한국문화예술위원회 아르코문학창작기금지원사업에 선정되어
발간되었습니다.

시베리아의
이방인들

장마리 장편소설

문학사상

차례

Krasko Park에게

프롤로그

1

띤다에 들어서자 드문드문 존재하던 마을이 사라졌다. 빅토르가 운전하는 카마즈[1]의 불빛만 어둠 속을 밝히고 있었다. 준호는 그 빛을 눈으로 좇았다. 마주 오는 차도 없었다. 앞에서 차가 온다면 카마즈는 꼼짝없이 숲속으로 허리를 걸치고 스치듯이 지나쳐야 했다. 빅토르는 익숙하게 운전하며 숲길을 헤치고 나아갔다. 그러나 카마즈가 쿨럭일 때마다 준호는 손잡이를 붙들었다. 속력만 내지 않으면 괜찮다고 했지만 짐칸에 묶어둔 트렁크의 끈이 풀려 이리저리 쏠리면서 쿵쿵댔다.

멀리 건물의 형체가 드러났다. 카마즈 불빛 속으로 '천만군민의 정신력으로 강성대국 건설하자'는 글씨가 아치형 정문 위에 쓰여 있는 것이 보였다. '자력갱생'과 '결사관철'은 양쪽 기둥에

---

1   러시아 원목 운반용 전문 트럭

쓰여 있었다.

빅토르가 핸들에서 손을 떼고 준호가 입고 있는 연회색 양복 깃을 매만졌다. 자기가 입던 양복이라 그런지 준호가 걸친 모습을 보니 어색했다. 피곤하고 지저분한 러시아 만물상으로, 아니 조선족 원목상으로 보이도록 면도도 하지 말라고 했지만 준호는 영 그렇게 보이지는 않았다.

"형이 너무 잘생겨서 문제야."

이런 상황에서 농담까지 했다. 준호가 피식 웃으며 농담을 받았다.

"잘생기면 비즈니스 성공률도 높은 거야."

사방이 고요해 덜덜거리는 카마즈의 엔진 소리가 이방인의 출입을 고하는 것 같았다. 조도가 낮아 어디가 어딘지 짐작할 수 없었다. 빅토르가 카마즈를 건물 뒤쪽에 세워두고 이동하겠다고 말했다.

이렇게까지 해야 하느냐고 묻는다면 준호는 그렇다고 대답할 수밖에 없었다. 지금은 위험하다기보다 오히려 모호한 상황이라고 해야 옳았다. 상황이 모호하면 어떤 일이 벌어질지 모르기 때문에 더 위험했다. 설사 성공할 확률, 자신이 원하는 것을 얻을 확률이 제로만 아니라면, 위험한 상황이어도 승부를 걸 수밖에 없었다. 빅토르가 말하는 정보와 계획을 들으며 갈등했지만 모두에게 행운이 있기를 바랄 수밖에 없었다.

빅토르의 입장에서는 상황이 위험하기는 해도 모호한 것은 아니었다. 북한의 사업소를 드나든 것이 하루 이틀도 아니었고 보위부원을 만나도 충분히 응대할 준비가 되어 있었다. 이 일은 준호와 지석을 위한 일만은 아니었다. 자신이 원목 유통 현지 지사장이 될 수 있는 절호의 기회였다. 기회는 자주 오는 것이 아니었다.

2

지석은 붉은 펜으로 '호모 에코노미쿠스, 인간은 정서나 감정에 휘둘리지 않고 합리적으로 의사결정을 한다'는 문장에 밑줄을 그었다. 1944년 존 폰 노이만과 오스카 모르겐슈테른이 게임이론을 제창한 이후, 인간이 자신의 이익을 최대화하려는 방식으로 의사결정을 한다는 이론은 경제학 내에서도 큰 지지를 받았다. 여기서 말하는 게임이론이란 상대방의 선택이 자신의 이해득실에 영향을 미치는 상황에서 적절한 의사결정을 수립한다는 것이다. 시장에서 물건이 팔리고 화폐가 거래되는 일련의 과정은 자본주의 사회에서나 가능한 것이었다. 아버지는 모기장식 개방론은 실패할 수밖에 없다며 돈은 들어오게 하되 자본주의 사상, 시장론은 받아들이지 않는 것은 어불성설이라고 했다. 그렇다고 소련이나 동유럽처럼 전체 개방은 할 수 없었다. 중국처럼 흰 고양이든 검은 고양이든 쥐만 잘 잡으면 된다는 식도 아니었다. 궁극적으로 인민이 잘 먹고 잘살면서 지금의 체제도 유지되어야 한다는 딜레마가 있었다. 아버지는 사회주의에 자본주의를 혼합한 경제만이 최선이라고 했다. 그러한 추세로 공화국도 변하고 있다며, 이에 인재를 키우기 위한 노력을 아끼지 않고 있다고, 그 대표적인 수혜자가 유학을 간 지석 자신이라고 했다. 그러나 과연 자신이 배운 이론을 공화국에 활용할 수나 있을까? 인간이란 책에서 말하는 것처럼 정말 합리적인 소비를 하는가? 꼭 필요한 물건만 사는가? 허세를 부리기 위해 필요하지도 않은 물건을 살 때가 더 많지 않은가? 그 반대의 경우 또한 존재했다. 지석은 빅토르가 데려온다는 원목상이 자신의 이해득실만 따지는 자가 아니기를 바랐다.

지석이 허리를 펴고 담배를 꺼내 불을 붙이려 찰나, 발소리가 나더니 곧바로 똑똑 노크하는 소리가 들렸다. 빅토르를 따라 들어온 남자는 척 봐도 조선족이 아니었다. 허름한 양복과 깎지 않아 덥수룩해 보이는 수염이 언뜻 타타르 인종의 러시아 만물상 같았지만, 그의 정체는 사실 빅토르가 늘 말하던 남조선의 준호였다. 훤칠한 키와 짙은 눈썹에 선한 눈, 오똑한 코, 부드러운 턱선이 매우 친근감을 주는 인상이었다. 그가 조선족 원목상으로 이곳에 온 이유가 무엇일까? 지석이 의자에서 천천히 일어났다.

3

준호는 꼿꼿한 시선으로 자신을 뚫어져라 쳐다보는 소장의 시선을 거부하지 않았다. 이목구비가 수려했고 눈꼬리가 올라간 게 영특해 보였으며 꽉 다문 입매는 야무지고 강단 있어 보였다.

빅토르가 소개에 나섰지만 지석이 먼저 손을 내밀며 당신이 조선족이 아님을 안다는 듯 인사했다.

"먼 길 오시느라 고생했습네다. 소장 강지석입네다."

준호가 손을 잡았다. 거칠었지만 따뜻했다. 지그시 미소를 띤 채 러시아말로 대답했다.

"훈춘에서 원목 장사를 하는 박대성입니다. 같은 민족이니 잘해봅시다!"

지석도 준호의 손을 세게 쥐었다. 피부에는 생채기가 있었지만 험한 일을 해본 손이 아니었다. 지석은 수많은 벌목공과 악수했다. 그들의 손은 나무껍질처럼 거칠었고 무쇠처럼 단단했다. 그런데 이 사람, 박대성이라고 이름을 거짓으로 말하는, 이 사람의 손은 부드러웠다. 손아귀에 힘을 주자 그도 맞쥐었다. 법을 어기고 험한 경계를 넘나들면서 돈을 밝힐 인물로는 보이지 않는 선한 눈빛이었다. 어쩌면 진짜 박대성이라는 사람의 손은, 여느 벌목공처럼 딱딱하고 거칠고 무쇠처럼 단단할 수도 있었다. 그러나 자신 앞에 서 있는 가짜 박대성은, 자신이 건네는 조선말에 눈빛이 동요했으나 진짜 조선족이라는 듯, 러시아어로 인사를 받는 순발력을 지닌 이 사람은, 빅토르가 늘 말하던 남조선의 박준호가 틀림없었다.

지석이 권하는 대로 준호는 작은 탁자가 놓인 곳으로 걸어가 의자에 앉았다. 지석은 맞은편에 앉았다. 빅토르는 둘의 눈치를 살피다가 준호 옆에 앉았다.

준호는 공간을 빠르게 훑었다. 책상 위에 책이 펼쳐져 있었고 책꽂이에는 붉은색 비단으로 커버가 양장된《위대한 수령 김일성 동지의 혁명사》와 연회색 비단으로 커버가 양장된《주체사상과 선군정치》가 꽂혀 있었다. 안쪽으로 러시아 소설 몇 권도 보였다. 책상과 나란히 침상이 있었는데 매트리스는 없었고 진녹색 모포만 네모반듯하게 개켜져 있었다. 창문 아래 책상에는 캐비닛이 두 개 있었지만, 문이 닫혀 있어서 그 안에 무엇이 들어 있는지 알 수 없었다. 가장 값난 물건은 침대 발치 쪽, 나무로 만든 받침대 위에 놓인 비디오플레이어가 내장된 텔레비전이었다. 소장의 숙소치고는 단출했다. 시선을 돌리다 지석과 눈이 마주쳤다.

"차 한잔하시갔습네까?"

페치카 위에서 커다란 양은 주전자가 김을 뿜어내고 있었다. 준호는 커피를 마시겠다고 했다. 지석이 손잡이가 달린 사기 컵 세 개를 나란히 놓고 커피 통을 열었다. 그런데 텅 비어 있었다. 빅토르가 인상을 찌푸리며 식당에 가서 얻어 와야 할 것 같다고 했다. 그러자 준호가 빅토르를 만류하고는 자리에서 일어나 입구 옆에 세워놓은 캐리어를 눕히고 비밀번호를 해제했다. 지퍼를 열어 검은색 네모 박스에 빨간색 알파벳으로 KANU라고 쓰여 있는 것을 꺼냈다.

하마터면 빅토르는 지금 뭐 하는 짓이냐고 말할 뻔했다. 그런데 준호는 전혀 개의치 않고 커피 박스를 지석에게 건네며 말했다.

"내가 좋아하는 커피인데 한번 마셔보세요. 아주 부드럽고 좋아요. 나는 무설탕 커피를 좋아합니다. 개별포장이 돼 있어요. 설탕이 필요하면 첨가해서 드시면 됩니다."

지석이 박스를 건네받고 혼잣말처럼 말했다.

"카누…… 내도 단 것을 그리 좋아하는 편은 아닙네다만."

그는 분명 한글로 쓰인 글씨를 보았음에도 미제냐고 물었다.

"아닙니다, 거기 보면 메이드 인 코리아라고, 한국 제품입니다."

빅토르는 입술을 혀로 핥으며 언제 자신이 끼어들어야 할까? 눈치를 보며 자리에서 일어섰다. 준호가 말했다.

"장사꾼이란 모름지기 손님이 원하는 것만 팔아서는 단골을 만들 수 없고 높은 이문도 남길 수 없습니다. 좋은 물건이 있으면 손님에게 권하여 사도록 해야 하고 제가 직접 써봐서 좋은 것이라면 기꺼이 권해서 남도 쓰게끔 해야 합니다. 이래야 신뢰를 쌓을 수 있고 단골을 만들 수 있지요. 이 관계가 발전되면 장사꾼과 손님의 관계를 뛰어넘어 진정한 친구가 될 수 있습니다."

지석이 커피 박스에 눈을 둔 채 꼼짝하지 않다가 준호에게 물었다.

"이 물건을 내래 사야 합네까?"

"아닙니다. 장사꾼이라고 무조건 물건을 팔지는 않습니다. 마음에 든다면 선물로 드리기도 합니다. 그래야 친구가 될 수 있기 때문입니다."

"기카믄…… 당신은 내 동지가 될 수 있습네까?"

페치카 안에서 탁, 탁, 장작 타는 소리와 미세하지만 주전자에서 물이 끓으며 크으윽…… 쉬이이…… 소리가 공간을 떠돌았다. 빅토르는 손바닥에 땀이 나서 허벅지에 문지르며 천천히 엉덩이를 의자에 도로 내려놓았다.

"기꺼이 친구가 되겠습니다."

빅토르가 벌떡 자리에서 일어났다. 준호가 러시아말이 아닌 한국말로 대답했기 때문이었다.

"기럼 받갔습네다. 내래 가진 게 읎어서 박 동지에게 줄 것이 읎는데…… 무엇을 주믄 좋갔습네까?"

준호가 다시 러시아말로 대답했다.

"당신에게 받고자 하는 물건은 원목입니다. 양도 좀 많이 받았으면 하고, 무엇보다 지속적인 거래를 원합니다."

"내래 공급 하갔습네다. 박 동지가 원하는 거이 많다고 하니, 기냥은 못 드리갔습네다."

"물론입니다. 양도 많고 지속적인 거래를 해야 하므로 선물이 아닙니다. 비용은 빅토르를 통해 지불할 것입니다."

"기럼, 박 동지가 주신 이 커피를 마시면서 진행해도 되갔습네까? 아주 부드럽다고 하니 한잔 마시고 싶습네다."

빅토르가 얼른 자신이 커피를 타겠다고 나섰다. 지석이 고개를 끄덕이며 커피 박스를 건넸다.

잠시 후 구수한 커피 향이 공간에 가득 찼다.

"향이 참 좋습네다."

"맛 또한 만족하실 겁니다."

준호는 여느 때보다 커피 맛이 좋게 느껴졌다. 지석도 나쁘지 않은 듯 고개를 끄덕였다. 빅토르는 설탕을 좀 넣었으면 했지만 그런 말을 했다가 분위기를 깰 것 같아 엄지를 치켜세우며 끝내 준다고 말했다. 그때 준호가 가방에서 누런 서류 봉투를 꺼내 지석 앞으로 밀었다.

"제가 원하는 원목의 주문서입니다. 지금 검토하시겠습니까?"

"아, 지금은 이 커피 맛을 음미하고 싶습네다. 나중에 찬찬히 검토하갔습네다."

"잘 알겠습니다. 소식 기다리겠습니다."

준호와 빅토르가 자리에서 일어났다. 지석도 따라 일어나 손을 내밀었다. 준호는 웃으면서 손을 부드럽게 쥐었다 놓았다. 빅토르가 먼저 사무실을 나가고 준호도 밖으로 나가려고 할 때였다.

"저, 박 동지! 동지래 이름이……."

준호가 되돌아섰다. 한국말로 대답했다.

"박, 준호입니다."

"기카지요? 박준호 동지, 우리 꼭 다시 만납세다!"

1부
시베리아로

대한민국에서
시베리아로

1

비행기가 인천공항을 벗어났을 때, 준호는 이르쿠츠크가 아닌 크라스노야르스크로 오라던 빅토르의 말에 대해 생각했다. 준호가 이르쿠츠크를 떠난 후 빅토르도 그 도시를 떠났다. 지금 어디에서 무슨 일을 하느냐고 묻자, 빅토르는 "바주 카마즈(카마즈를 운전해)"라고 했다. 준호는 빅토르의 전화를 여러 번 피했다. 그러나 빅토르는 왜 자신의 전화를 피했느냐고 묻지 않았다. 그때처럼 호들갑스럽게 "아흐, 틱! 에타 손 일리 야비(오, 형! 이게 꿈이야 생시야)"라며 공항으로 마중 나오겠다고 했을 뿐이었다.

크라스노야르스크까지는 직항이 없어 하바롭스크를 경유해야 했다. 비행기에는 유럽 횡단 열차를 타기 위한 여행객들로 붐볐다. 준호 옆자리에 앉은 청년이 통로 쪽 동료에게 말했다.

"야, 일단 하바에 도착하면 중앙시장에 들러 장부터 보자."

"아니야, 열차는 밤에 타야 하니까 콤소몰 광장부터 들러야지."

"그래, 중앙시장에서 저녁을 해결하자. 최대한 짐을 덜어야 하니까."

"응, 걔네들 코스대로 가면 될 것 같아."

"보드카는 넉넉히 사야겠지?"

그러고는 당연하다는 듯 웃으며 손바닥을 부딪쳤다. 그들은 연예인 넷이 세계 유명 지역을 탐방하는 주말 예능 여행 프로그램에 대한 이야기를 하고 있었다. 그 프로그램은 유럽 횡단 열차를 타고 10박 11일 동안 시베리아를 횡단했는데, 인기가 상당했다. 정권이 바뀌고 남북관계가 호전되면서 유라시아에 대한 국민들의 관심이 높아졌다. 그러한 분위기를 고려해 기획한 방송이었다. 특집 프로그램이라 아이돌 셋이 특별 출연했다. 이들은 자기주장이 강하고 시간이나 여건에 얽매이지 않으려는 자유분방함이 있었다. 엉뚱하면서도 기발한 행동 때문에 보는 재미가 있었다.

출연진들은 바이칼 호수에 가기 위해 열차로 이르쿠츠크까지 갔다. 그리고 민족의 시원, 시베리아의 푸른 눈을 상징한다는 바이칼 호수의 심장에 있는 알혼섬까지는 배를 타고 들어갔다. 그 방송분은 SNS에서 며칠 동안 인기 검색어에 올랐다. 그 방송이 방영되던 당시, 한국은 한여름인데도 미세먼지로 대기가 뿌옇고 35도를 웃도는 불볕더위에 습도까지 높아 불쾌지수가 최고치였다. 나흘이나 재난 문자가 휴대폰 메시지로 전송되었다. 이런 한국의 대기와는 정반대인 알혼섬의 투명하고 아름다운 밤하늘은 우리 것이 아니어서 더 아름다웠는지 모른다. 그 장면을 보면서 준호는 장식장 문을 열고 위스키를 꺼내 병뚜껑을 땄다.

2

투명하고 맑은 하늘은 지구본을 반 잘라 엎어놓은 것 같았고 끝없이 펼쳐지는 스텝[2]은 지평선과 맞닿아 있었다. 원시의 하늘이 열릴 전조처럼 흰 구름은 지평선 끝으로 휙휙 달려갔다. 어떤 무시무시한 힘과 에너지가 몸을 관통하고 지나가는 듯했다. 준호는 바닥에 털썩 주저앉았다. 빅토르는 천연덕스럽게 킥킥거리며 보드카를 마셨다.

준호는 자작나무 숲이 지닌 신령스러움에도 매혹되었다. 달빛에 황백색 몸을 드러내고 늘어 서 있는 모습은 굉장히 몽환적이었다. 이른 새벽, 잠이 깨자 안개가 자욱한 자작나무 숲으로 들어갔다. 안개를 제 몸에 천처럼 두르고 있다가 햇빛과 바람이 불자 그 천을 벗고 잎사귀를 흔들어 자르륵…… 자르륵…… 마림바 연주를 시작했다. 노오랗게 물든 가을의 숲은 머리끝에서 발끝까지 황금색으로 물들어 놓았다. 옷이 거추장스러워 발가벗었다. 눈을 감고 양팔을 벌렸다. 빛 한줄기가 쏟아져 내려와 몸을 감쌌다. 준호는 그 자리에 선 채로 세르게이 에세닌이 쓴 〈자작나무〉를 암송했다.

자작나무

흰 자작나무가

---

2   러시아와 아시아의 중위도에 위치한 온대 초원 지대.

창가 아래에
눈 덮여 있어
아 정말로 은색이다

나뭇가지 위
흰 눈의 테두리를
하얀 털의 붓이
수놓는다

졸린 침묵 속에
자작나무가 서 있고
황금빛 불꽃 속에
눈송이가 불타고 있다

노을은 게으르게
주위를 맴돌고
새로운 은빛을
가지에 뿌린다

자작나무에 홀린 듯 눈만 뜨면 황금빛 세상, 숲에 있었고 정신
을 차려보면 알몸으로 서 있었다. 빅토르가 찾지 않았다면 그대
로 한 그루 자작나무가 되었을지 모른다. 자작나무는 불을 붙이
면 잘 붙고 오래 가는데 탈 때 자작자작 소리가 난다고 해서 그런

이름이 붙여진 것이었다. 껍질에는 기름기가 많아 잘 썩지도 않았다. 빅토르가 말했다.

"벌목공들에게 자작나무는 생명의 나무야. 추위를 쫓기 위해 불을 피울 때 자작나무 껍질을 벗겨서 불쏘시개로 이용하거든. 물을 뽑아 마실 수도 있어."

준호는 황금색 불꽃으로 자신의 감성을 태우는 실존만 중요했지, 다른 것은 관심 없었다. 빅토르는 자작나무를 손으로 쓸며 덧붙였다. "햇빛을 좋아해서 산불이나 산사태로 빈 땅이 생기면 가장 먼저 찾아와 숲을 이루지. 가문비나무나 전나무, 소나무와 함께 자라는데 자작나무는 자라다가 어느 순간 사라져. 절대 자신이 일군 땅을 남에게 주지 않겠다는 이기적인 인간과는 달라."

준호는 주말이면 빅토르가 운전하는 차를 타고 시베리아를 누볐다. 그것은 유목민이 말을 타고 광활한 대지의 사냥터를 탐색하는 것과 다르지 않았다. 그 탐색은 전혀 지루하지 않았고 중독성이 있었다. 밤이면 획득한 사냥감을 모닥불에 구워 보드카와 함께 먹었다. 그렇게 보낸 바이칼 알혼섬에서의 일주일은 몽환의 절정이었다. 하늘에 펼쳐지는 빛의 보석은 너무 아름다워서 맨 정신으로 볼 수가 없었다. 보드카는 천국의 문을 열어주는 열쇠였다. 첫 잔을 털어 넣는 순간, 혀가 온통 조여드는 매우 강렬한 느낌은 사랑을 나눌 때 입 속으로 들어온 연인의 혀가 자신의 혀를 빨아들이는 것처럼 야릇한 통증과 닮아 있었다. 아삭하고 달콤한 배를 한 입 베어 문 듯한 향이 입 안 가득 퍼지고 난 후에는 보드카 본래의 무색무취의 깔끔함이 느껴졌다.

준호는 사람 못지않게 천사도 보드카를 좋아한다고 말했다. 보드카는 오크통에 담아 숙성시키는데 일 년 후면 그 양이 팔부로 줄어 있다며, 그 범인이 바로 천사라는 것이었다. 빅토르는 키득거렸다. 준호처럼 몽롱한 모습으로 보드카를 마시는 사람을 지금껏 본 적 없었기 때문에 혀가 꼬인 목소리로 대답했다.

"틔 라만티스트(형은 낭만주의자야)!"

자본주의 국가에서 태어나 낭만이라는 허세를 부리는 준호가 빅토르는 솔직히 부러웠다. 아버지를 따라 동네 사람들과 산판을 누비다가 추위에 몸이 오그라들 때면 작업반장이 술병을 꺼내 한 모금 마시고 옆 사람에게 병을 돌렸다. 제일 마지막이 빅토르였다. 어른들의 흉내를 내어 바닥에 남은 술을 병째 들이켜면 온몸이 활활 타올라 뜨겁다 못해 따가워 목을 움켜쥐고 뒹굴어야 했다. 어른들은 그저 껄껄거리고 웃었다. 그러나 시간이 지나면 신기하게 추위가 느껴지지 않았고 배고픔도 사라졌다.

준호를 부러워하는 빅토르의 마음도 모르고, 준호는 아름다운 섬으로 자신을 안내해준 그를, 그 옛날 푸른 초원과 대지를 함께 누린 동료 용사 같다고 생각했다. 팔을 두르고 보드카를 병째 부딪치며 "우라[3]!"를 외쳤다. 바이칼의 호텔 바에서 빅토르의 여동생을 만났다. 검은 긴 생머리에 짙은 쌍꺼풀이 있는 열아홉 살의 라라는 《닥터 지바고》의 여주인공처럼 아름다웠다. '라라'가 아니라 '노라'였어도 그때는 상관없었다.

---

3 "만세"라는 뜻의 러시아어

조선 민주주의 인민 공화국에서
시베리아로

1

인파들로 평양역이 분주했다. 떠나는 남자는 가방이나 배낭을 들거나 메고 있었고, 보내는 여자는 손수건으로 눈물을 닦고 있었다. 어머니가 평양역까지라도 배웅하겠다고 나섰지만 아버지가 단호히 막았다. 지석은 나이키 로고가 새겨진 큼직한 운동 가방을 어깨에 메고 여행용 대형 트렁크를 끌면서 대기실로 들어섰다. 긴 의자에 짐을 베고 잠들어 있는 이가 여럿이었다. 삼지연이나 청진, 거리가 먼 곳에서 온 노동자가 새벽에 도착해 부족한 잠을 보충하고 있었다.

지석이 매표소 문을 열었다. 인솔자가 벌떡 일어나 인사했다. 짐이 많다며 곧바로 열차에 타라고 기차표를 건네주었다. 특급 좌석이 아니라 불편할 거라며, 인민모의 쳉을 슬쩍 들어 올리면서 눈치를 보았다. 지석이 표를 받아들고 인솔자와 함께 매표소를 나왔다. 지석은 곧바로 플랫폼 안으로 사라지고 인솔자는 주위를 둘러보며 손나팔을 하고 소리쳤다.

"로씨야 출발 일꾼들은 이쪽으로 오기요! 이쪽으로 모이시라요!"

광장으로 나가서도 소리쳤다. 노동자들이 모여들자 인솔자가 말했다.

"지금부터 이름을 부르믄 앞으로 나와서 요기에 손도장을 찍고 기차표를 받아서 안으로 들어가기요."

노동자들은 인솔자가 호명하자 부리나케 대답하고 앞으로 나와 붉은 인주에 엄지를 꾹 누른 다음, 이름이 적힌 칸에 손도장을 찍었다. 인주가 묻은 엄지를 바지에 쓰윽 문지르고 기차표를 받아 플랫폼으로 들어가기 전, 배웅하는 식구들과 마지막 인사를 나누느라 입구가 혼잡해졌다. 보위부원이 나서서 제지했다.

노동자들이 하나둘 기차 안으로 들어와 난간 위에 짐을 올리고 짐이 큰 사람은 통로에 부리고 정리하느라 몹시 소란스러웠다. 그들이 자리를 찾아 다 앉기도 전에 기차가 덜컹하며 움직였다. 인솔자가 마지막으로 들어와 지석의 앞자리에 짐을 내려놓고 곧바로 인원 점검에 나섰다. 좌석 번호와 지원자를 대조했다. 사진과 실제 인물이 너무 다르다고 느껴지면 나이, 고향, 가족 이름을 물었다. 인솔자의 말투는 불친절했고 신경질적이었다.

"박종훈 동무! 나이와 고향이 어딥네?"

통로 옆자리에 앉은 덥수룩한 노동자가 주눅 든 목소리로 삼지연이 고향이고 나이는 마흔둘이라고 했다. 옆자리에 앉은 노동자는 이기홍이고 전기공이며 평양에서 왔다고 말했다. 인솔자의 확인이 중간 정도 이뤄졌을 때, 누군가 큰소리로 물었다.

"인솔자 동지, 로씨야는 겨울이 빨리 온다고 기러든대 언제부터 기캅네까? 벌써 땅이 꽝꽝 얼었습네까?"

인솔자가 귀찮은 질문이라는 듯 심드렁하게 대꾸했다.

"지금은 그리 춥지 않으니 따로 걱정할 거이 읎소. 시월부터 영하로 떨어진다 하오."

"기카믄 곧바로 산판으로 들어가는 거야요? 아니믄 영하로 떨어져야 가는 거야요?"

"내는 인솔 일만 하는데 어캐 알갔소? 기카고 지금은 인원 점검 중이요!"

인솔자의 신경질에도 불구하고 출입구 쪽에서 다시 질문을 던졌다.

"고저, 먹는 거는 일없갔지요?"

한 사내가 일어났다. 각진 턱과 까만 피부 때문에 인상이 강해 보였다.

"내래 재작년까지 불도쟈를 운전했드랬소. 내를 보기요. 이렇게 살아 있고 또 가지 않소. 고저 가족과 공화국을 위해 각오를 하므는 되는 일이오."

"동무, 다치기도 마이 한다는데 약은 제때 지급이 됐시요? 동무야, 불도쟈 운전원이라 우리하고는 다르지 않갔소? 리탈하는 동무도 마이 발생한다고 기카던데 사정이 어드랬소?"

"고 질문을 왜 내한테 하는 기요? 내래 다쳐 보지 않아서 기것까지는 모르갔소."

인솔자가 인상을 찌푸리고 대신 대답했다.

"다치므는 병원을 가믄 되지 않소? 기짝에도 병원과 의사는 있잖갔소?"

"로씨야 말도 모르는데 어캐 병원에 가갔소?"

여기저기서 웅성거리기 시작했다. 지석이 자리에서 일어났다. 통로로 걸어 나왔다. 기차가 덜컹거리고 흔들려서 양발을 벌려 중심을 잡았다.

"동무들 걱정이 무엇인지 잘 알갔습네다. 만약 병원에 가야 한다믄 내래 동행해 드리갔습네다. 새 사업소를 맡게 된 강지석입네다. 로씨야 말이라믄 자신있습네다. 병원뿐 아니라 로씨야 사람과 대화해야 할 때도 나서주갔시오."

인솔자가 반색하며 부리나케 지석의 곁으로 걸어오면서 덧붙였다.

"거, 소장 동지는 로씨야에서 박사를 했소. 김일성종합대학 교수 자리를 마다하고 산판으로 로력 봉사를 가는 긴데, 요거는 사상교육을 잘 받고 성장했다는 증거로, 소장 동지 아바지가 바로 로동당의……."

지석이 오른손을 들어 인솔자의 말을 막았다.

"열차는 이미 평양역을 출발해 블라디로 향하고 있고 띤다까지 갈라믄 오 일은 가야 하는데, 그때마다 이런 소동이 일믄 뭣이 좋갔습네까? 로씨야에 대해 궁금한 거이 있으믄 직접 내를 찾아와 물으시라요."

인솔자가 활짝 웃으며 손뼉을 쳤다. 너나없이 그를 따랐다. 기홍과 종훈도 손뼉을 치다가 눈이 마주쳤다. 종훈이 히죽 웃으며

기홍에게 귓속말했다. 여름의 끝물이었다. 평양의 한낮은 햇볕이
따가울 정도였고 평안남도 순천과 개천을 지날 때는 긴 옷이 버
거웠다. 그런데 젊은 소장은 가죽재킷이 거추장스럽지도 않은 모
양이었다. 또한 하체에 짝 붙은 청바지는 볼썽사나웠다.

"저거 저 로씨야에서 제대로 공부는 했간? 놀새(날라리)와 매한
가지인데 잘해 내갔슴메?"

종훈은 함경도 사투리가 심했다. 기홍이 얼른 검지를 입술에
대고 입조심하라는 주의로 눈을 깜박였다. 그들은 그제야 인사를
나눴다. 기홍이 전기공이라고 하자, 벌목공으로 보이지 않았다며
이것도 인연인데 형님 동생 하자고 종훈이 말했다.

화장실에 다녀오기 위해 기홍이 자리에서 일어났다. 종훈이
다리를 모은 후 나가기 편하도록 한쪽으로 비켜주었다. 객석과
객석을 연결하는 통로에 기대어 지석이 담배를 피우고 있었다.
기홍이 먼저 눈인사했다. 화장실을 노크하려고 하자 누군가 들어
가 있다고 지석이 말했다. 기홍은 객실로 들어가기도 뭣해 한쪽
으로 비켜섰다. 담배 냄새가 굉장히 자극적이었다. 윗옷을 객석
에 놓고 나와 담배가 없었다. 그것을 눈치채고 지석이 재킷 주머
니에서 담배를 꺼내 건넸다. 붉은색 담뱃갑에 '평양'이라는 글자
가 선명했다. 당 간부나 고위층들이 피우는 고급 담배였다. 고개
를 주억거리고 한 개비 뺐다. 지석이 불까지 댕겨주었다. 손으로
바람을 막은 후 불을 붙였다. 한 모금 깊게 빨았다. 귀한 약을 먹
듯 꿀꺽 삼켰다. 살보다 비계가 많은 돼지고기를 씹는 듯 느끼했
고 뒷맛은 따끔하면서도 싸했다. 눈이 마주쳤다. 지석이 해맑게

웃었다. 천진해 보였다. 기홍도 빙긋이 웃었다. 그때, 화장실 문이 열리고 볼일을 마친 이가 나왔다. 기홍은 먼저 들어가라고 손을 모아 가리켰다. 지석이 꽁초를 밖으로 던지고 화장실로 들어갔다.

기홍은 지석이 섰던 그 자리에서 늦가을로 접어드는 조선의 산과 들을 바라보았다. 야트막한 산은 기계충을 앓는 어린아이의 머리처럼 군데군데 헐어 있었고 가을 타작을 끝낸 농작물의 잔여물만 남아 대체로 휑했다. 고난의 행군 때는 민둥산 때문에 장마가 아니어도 산이 무너져 내렸고 강이 범람했다. 지금은 식량 걱정은 하지 않았다. 분조로 30평가량의 농작할 땅을 지급해주었기 때문이다. 어떤 사람들은 농촌에서 사는 게 도시에서 사는 것보다 낫다고 말했다.

치이칙, 덜컹, 치이이이칙, 덜컹, 덜컹…….

반복적인 리듬과 움직임 속으로 회색의 가옥과 도로들이 지나갔다.

2

인솔자가 한 시간 후면 두만강에 도착한다며 짐들을 챙기라고 노동자들을 깨웠다. 만 하루가 지났다. 두만강만 지나면 러시아로 접어드는 접경이었다. 해가 떠오르느라 동쪽 하늘이 붉은빛을 머금고 있었다. 기차는 느리게 두만강역으로 들어섰고 노동자들은 짐을 챙겨 들고 통로에 나와 섰다.

부스스한 모습으로 새벽 한기에 몸을 움츠리거나 팔짱을 낀 채 그들은 모여서 담배를 피우며 출국 절차를 밟기 위해 기다렸다. 인솔자와 지석은 바삐 움직이며 사무실을 들락거렸다. 해가 중천까지 떠올랐을 때, 인솔자가 이름을 부르고 차례대로 줄을 세웠다.

"동무들, 지금부터 출국 심사대를 통과해야 하오. 모두 여권을 꺼내서 챙겨 들기요! 기카고 심사자의 질문에 명확히 답하라요."

심사대에는 제복을 입은 심사자가 일일이 여권의 사진과 얼굴을 비교하며 자세히 검사했다. 노동자들은 굳은 얼굴로 커다란 짐 가방을 어깨에 메거나 들고 출국 심사를 거쳤다. 생각보다 시간이 소요되었다. 지석은 그들이 출국 심사대를 통과하는 모습을 멀찍이 지켜보다가 별문제 없이 모두 빠져나가자 블라디보스토크로 가는 기차로 먼저 이동했다.

각자 자리를 찾아 앉았을 때는 어느덧 점심때였다. 깊고 푸르다 못해 검푸른 두만강을 지나갈 때는 기차가 멈춰 선 게 아닌가 싶었다. 철교에 다다르자 기적을 길게 울렸다. 마지막 조선을 보기 위해 노동자들이 창밖으로 시선을 돌렸다. 조국을 가슴에 담으려는 의식처럼 숙연했다. 하늘을 나는 새와 두만강을 왕래하는 물고기만 자유롭게 국경을 넘나들 수 있었다. 완연한 늦가을로 접어든 두만강은 눈부시게 반짝였다. 철교를 지나자 속력을 내기 시작했다.

종훈이 말했다.

"잘 있음메! 내래 금방 갔다 오갔음!"

지석이 손등으로 눈을 힘껏 눌렀다 뗐다. 모래가 들어간 것처럼 뻑뻑했다.

인솔자가 점심을 먹으라고 했다. 노동자들은 각자 준비해온 도시락을 꺼냈다. 객실이 음식 내로 가득했다. 지석도 어머니가 준비해준 도시락을 열었다. 찰밥에 불고기, 계란말이, 김치였다. 아버지는 과한 도시락이라고 분명 잔소리를 했을 터였다. 지석은 밥 한 톨, 김치 한 조각 남기지 않았다.

늦은 점심을 먹은 노동자들이 하나둘 잠들기 시작했다. 덜컹, 치익칙, 치익치익, 덜컹…… 반복적인 리듬과 규칙적인 흔들거림이 미지에 대한 긴장을 덜어주었다. 인솔자도 하품하며 머리를 기대고 눈을 감았다. 지석도 나른했다.

3

'경제학 원론' 시간이었다. 교수가 상호의존성을 가진 상황에서 협력, 대립, 경쟁 등을 통해 합리적인 경제 주체가 어떤 의사결정을 내리는가를 설명하다가 '죄수의 딜레마' 게임에 관해 이야기하기 시작했다. 공범자 A와 B가 경찰서에 잡혀왔다. 물증은 없으나 상황과 정황으로 범인이 확실했다. 자백만 받아내면 되는데 순순히 하지 않을 것이다. 그래서 둘을 각각 다른 방에 넣고 심문한다. 첫째, 한 죄수가 증거를 내놓는다면 그 죄수는 풀려나고 다른 죄수는 오 년이라는 무거운 형량을 받게 된다. 둘째, 두 죄수가 모두 침묵을 한다면, 다른 사소한 잘못을 걸어 가벼운 형량, 구 개월을 선고받게 된다. 셋째, 두 죄수 모두 각자 증거를 내놓는다면,

앞의 두 가지 경우의 중간쯤 되는 삼 년의 형량을 받게 된다. 이들은 과연 어떤 선택을 할 것인가?

교수는 자신의 손목시계를 보았다. 지금부터 십 분의 시간을 줄 테니 생각해보라고 했다. 십 분 후, 누가 발표해보겠느냐는 교수의 말에 아샤가 손을 들었다.

"제 생각으로는 서로 배신을 해서 모두 삼 년을 선고받을 것 같아요."

교수가 이유를 물었다.

"인간이란 원래 남을 배려하기보다는 배신하고 속이는 존재잖아요."

교수가 어깨를 올렸다가 내리며 빙긋이 웃었다. 다른 생각을 하는 학생 없냐고 물었다. 지석이 손을 들었다. 러시아말이 능숙하지 않아 손짓을 섞어가며 말했다.

"상대방의 선택에 상관없이 둘 다 자백하지 않으면 최소 구 개월을 산다는 것을 알기 때문에, 묵비권을 행사할 것 같습니다. 왜냐하면 인간은 혼자 살아남기보다는 동료와 함께 살아가기를 원하는 존재이기 때문입니다."

교수가 유학생이냐고 물었다. 지석이 조선말로 크게 대답했다.

"조선 민주주의 인민 공화국에서 온 강지석입네다."

그 말에 학생들이 웃었고 교수는 천장을 몇 초쯤 쳐다보다가 느리게 고개를 끄덕이며 덧붙였다.

"완벽한 의사소통과 정직성이 있는 세계에서는 죄수의 딜레마 같은 것은 없을 것이다. 그러나 우리가 사는 지금의 세계는 어떤

가? 내 대답에 두 학생이 정확히 말해주었다. 오늘 수업을 마치
겠다."

가방을 챙겨 들고 강의실을 나가려는데 아까 발표한 여학생이
지석의 앞을 가로막았다.

"이상향을 꿈꿀 때 인간들은 행복해하지. 현실을 버티게 하는
원동력이니까. 네가 사는 나라가 과연 그럴까?"

지석이 러시아말을 제대로 알아듣지 못해서 씨익 웃었다. 아
샤가 어깨를 올렸다가 내리며 러시아말부터 배우는 게 좋겠다며
사라졌다.

아샤는 짧은 금발에 작고 하얀 얼굴, 쌍꺼풀이 짙은 눈에 커다
란 초록색 눈동자, 오뚝한 코와 분홍빛의 얇은 입술, 기다란 다리
와 잘록한 허리를 한 마치 살아 있는 인형 같았다. 그런데 인형은
수업 시간마다 졸았다. 수업이 끝나면 강의 노트를 빌려달라고
하고 내용이 뭐였냐고 요약해달라고 당당히 말했다. 지석에게 관
심을 보이는 이가 아무도 없었는데, 인형이 그에게 관심을 두었
다. 지석은 인형을 위해 옆자리에 자기의 가방을 놓아두었고 그
날 배운 걸 설명해주기 위해 수업에 집중했다. 수업 내용을 설명
하다 보니 러시아말이 빠르게 늘었다. 도서관에 가는 시간도 즐
거웠다. 아르바이트한다는 곳은 어디일까? 무슨 아르바이트를
하는데 날마다 술을 마시는 걸까? 아샤 때문에 잠도 오지 않았다.

지석은 러시아 학생들은 어떻게 노는지 궁금해졌다. 수업이
시작됐는데도 술 냄새를 풍기며 들어오거나 캠퍼스 한쪽에서 부
둥켜안고 입맞춤하는 모습이 자주 보였기 때문이다. 여학생들은

대부분 굉장히 미인이었는데, 이 미인들은 동양에서 온 유학생을 거들떠보지 않았고 '제레벤스키'라며 킥킥거렸다. 그 말이 무슨 말인지 몰라 지석은 그저 배시시 웃었다. 누군가 어깨를 툭 쳤다. 아샤였다. 한숨을 쉬더니 말했다.

"제레밴스키! 즈나이쉬 리 카코이 스미슬(무슨 뜻인지 알아)?"

지석은 미소를 띤 채 느리게 고개를 저었다.

"니치보 틔 니 즈나이쉬, 나드 쬼 틔 스미요샤(무슨 말인지도 모르면서 그렇게 실실거리고 있니)?"

지석은 실실거리다의 나드 쬼 틔 스미요샤, 라는 말도 알아듣지 못해 또 웃었다.

"촌놈! 제레벤스키, 틔 제레벤스키(촌놈이라고, 이 촌놈아)!"

지석이 놀란 눈으로 아샤를 쳐다보았다. 그러자 아샤가 지석에게 돈이 있느냐고 물었다. 당황한 지석은 얼마나 필요하냐며 곧바로 지갑을 꺼내 헤아렸다. 아샤가 고개를 젓고 손사래를 치며 말했다.

"머리 스타일도 좀 바꾸고 아저씨들이 입는 것 같은, 통이 그렇게 넓고 배를 감싸는 바지는 싹 다 버리고, 너의 그 멋진 하체가 잘 드러날 수 있는 청바지와 거기에 어울리는 신발, 셔츠 몇 장을 사려면 돈이 좀 들 것 같아서. 물론 네가 그럴 생각이 있다면 내가 기꺼이 동행해주려고. 그 대신 오늘 알바를 하러 못 가니까 그 돈은 줘야 해."

관리원에게 외출을 허락받고 아샤와 함께 블라디보스토크를 쏘다녔다. 한 달 용돈이 바닥났다. 지석이 아르바이트를 해야겠다고 하자 아샤는 기꺼이 소개해주겠다고 했다. 외화가 부족해 사실상 공화국은 유학생들이 아르바이트하는 것을 만류하지 않았다. 그 대신 번 돈의 50퍼센트는 충성자금으로 당에 송금해야 했다.

아샤가 데려간 곳은 체스와 보드게임을 할 수 있는 게임 카페였다. 손님이 오면 체스나 보드게임을 골라주었는데, 혼자 오는 손님에게는 그에 맞는 상대를 소개해주거나 종업원이 상대했다. 그들은 담배와 맥주를 마시면서 놀이에 빠졌다. 간혹 내기 게임, 도박처럼 하는 손님이 있었다. 이런 손님은 종업원이 상대했다. 게임에서 이기면 손님의 돈을 땄지만, 지면 오히려 돈을 내줘야 했다. 아샤는 손님과 내기 게임을 주로 했는데 승률이 좋은 편이 아니었다. 게임의 법칙을 금세 이해한 지석은 이길 수 있다는 자신감이 생겼다. 러시아인들은 머리가 그렇게 좋지 않았고 조금만 불리하면 흥분하고 포기했다.

아샤가 내기 게임에서 졌다. 이마가 벗어지고 왼손에 두툼한 금반지를 낀 손님이 씨익 웃으며 자기 술을 한 잔 받아 마시면 내기로 건 돈을 돌려주겠다고 했다. 지석이 아샤에게 다가가 귓속말했다. 아샤가 눈을 동그랗게 뜨고 쳐다보았다. 지석이 주먹을 쥐어보였다. 아샤가 손님에게 말했다.

"이 친구가 당신과 내기 게임을 하겠대요. 지면 제 돈까지 배상한대요. 그 대신 이기면 제 것까지 달래요."

손님이 지석을 쳐다보더니 가소롭다는 듯 검지를 흔들며 낄낄거렸다.

지석은 그 사람과 무려 일주일 동안 게임을 했는데 한 번도 지지 않았다. 열이 받은 손님은 질수록 판돈을 키웠고 막판에는 십만 루블을 걸겠다고 했다. 금액이 너무 커서 긴장됐지만 아샤가 보고 있었기에 코웃음을 날리며 고개를 끄덕였다. 게임이 시작되는 찰나, 아샤가 잠깐만 얘기하자며 지석의 팔을 잡아끌고 밖으로 나왔다.

"자그마치 십만 루블이야!"

지석은 어깨를 들었다가 놓고 양손을 펼치며 알고 있다고 그깟 거 문제없다고 말했다. 아샤가 상체를 앞으로 기울이더니 지석의 볼에 쪽 입을 맞췄다.

"네가 이기면 입술에 키스해줄게."

뒷모습을 보이며 아샤가 가게 안으로 총총히 사라졌다. 지석은 뺨을 만지며 그대로 서 있었다. 주인이 게임 안 할 거냐고, 아샤한테 얻어맞았냐고 물었다. 지석이 손사래를 치고 가게 안으로 들어갔다. 벌게진 지석의 얼굴을 보고 주인은 때릴 것까지는 없지 않으냐고 아샤에게 귓속말했다. 아샤가 어깨를 으쓱하며 피식 웃었다.

주인은 금액이 큰 만큼 5판 3승으로 하는 게 어떻겠느냐고 물었다. 뭐든 상관없다고 지석이 말하자 손님은 인상을 쓰고 손사래를 치며 단판으로 승부를 보자고 했다. 지석도 좋다고 고개를 끄덕였다.

지석이 체크라고 외쳤다. 벌게진 얼굴로 인상을 쓰고 있던 손님은 체스판을 한참이나 노려보았다. 그러더니 "아, 욥토마이마치(씨팔)"라고 욕하며 체스판을 뒤집었다. 피스가 나뒹굴었고 싸움이 벌어졌다. 업소에 경찰이 출두했고 그들은 지석에게 신분증을 요구했다. 신분증이 없었던 지석은 결국 연행되어 구속되었다. 관리원이 혼비백산 되어 아버지에게 연락했고, 아버지는 바로 면회를 왔다.

"사내자식이 와 그렇게 고개를 처박고 있네? 싸움을 한 거는 잘못한 일이지. 내기해서 이겼담서. 그라믄 당연히 돈을 챙겨야 하는 게지. 그쪽에서 먼저 판을 엎었다지?"

지석이 그제야 아버지를 쳐다보고 고개를 끄덕였다. 아버지가 버럭 화를 냈다.

"거 주둥이는 밥 처먹을 때만 쓰라고 달린 거네?"

지석이 재빨리 대꾸했다.

"자꾸 속임수를 썼다고 없는 소리를 해대지 않갔시오. 또 신분증을 달라는 겁네다. 당신이 와 내한테 신분증을 달라고 하느냐고 했더니 주먹질을 했드랬습네다."

"기래서? 너도 기놈을 쳤네?"

"기카고 있을 수만은 없었시요."

"속은 후련하지마는 뒷감당이 깜깜하다. 기놈 코뼈가 부러졌다는구만. 로씨야 놈들이 우리를 완전히 봉으로 알고 벌금을 만 루블이나 내라 카는데 내는 돈이 읎다. 쌍발(아르바이트)로 돈 많이 벌었다며?"

"기캅네다."

"쌍발 비는 어캐 할 기야? 관리원이 당에다 보고했는데. 내기를 했다는 말은 안 했다드만. 나중에 관리원한테 크게 한턱 쓰라우."

"아바지가 좀 보태주시라요. 게우 벌금 낼 비용밖에는 없시오."

러시아 경찰이 면회 시간이 다 되었다고 했다. 아버지가 자리에서 일어나면서 말했다.

"기카고 네 머리랑 옷을 보고 내 자식이 아닌 줄 알았어."

"알았시오. 요기서 나가는 대로 머리도 손 볼 거고 옷도 벗을 기야요. 자꾸 내보고 제레벤스키! 제레벤스키! 라고 놀려대서리 노란 물 좀 들여봤시오."

"기카지 마라. 실컷 멋 부리라. 공화국에 들어올 때만 제레벤스키가 되어 오라, 알간?"

할아버지의 의자

1

손을 뻗으면 닿을 듯한 알혼섬의 맑고 깨끗한 밤하늘은 한국인의 정서 속에서 무수히 많은 별을 올려다보며 소원을 말하던 추억을 끄집어낸 듯했다. 알혼섬이 방송된 후 많은 시청자들은 게시판과 SNS에 '소금 알갱이를 뿌려놓은 것 같은 밤하늘'이라거나, '천사가 빛의 보석을 수놓은 밤하늘' 같은 수사법이 동원된 글을 올렸다. 특집 프로그램은 종영됐고 계절은 가을로 접어들었지만, 시즌과는 상관없이 젊은이들은 시베리아를 횡단하는 열차 여행을 하고 있었다. 방송의 힘은 참으로 놀라웠다.

준호는 잠든 청년들 얼굴에서 삶의 고단함을 보았다. 기술직이나 생산직에 종사하는 모양인지 뭉툭하고 짧은 손톱에는 기름때가 껴 있었다. 넉넉히 자신들의 휴가를 계획하고 떠나는 여행은 아닌 듯했다. 준호는 노트북으로 시선을 돌리고 다운받아 놓은 지도를 보면서 일정을 확인했다.

준호는 지금껏 한 번도 치열하게 살아본 적이 없었다. 적당히 해도 괜찮은 결과가 손에 쥐어지는 환경과 조건 덕분이었다. 이 것은 모두 평안북도 신의주가 고향이었던 할아버지, 박대성이 물려준 것이었다.

대성이 열 살 때 한국전쟁이 일어났다. 아침에 집을 나간 아버지가 돌아오지 않았다. 형과 함께 신의주 시내를 뒤졌다. 수많은 인파로 북새통이었다. 아버지는 찾을 수 없었고 형제는 인파들에 떠밀렸다. 집으로 가야 했으나 어디가 어딘지 알 수 없었다. 하루를 꼬박 걷는 사이 평양 어디쯤에 온 것 같았는데, 형이 포탄에 맞았다. 혼자 남은 대성은 피란민에 끼여 전북 군산까지 내려와 선창을 떠돌았다. 한 사내가 거지 소년에게 국밥 한 그릇을 사주었다. 대성은 그 사내를 뒤따라갔다. 그는 규모가 제법 큰 제재소의 주인이었다. 그렇게 제재소와 인연을 맺게 된 대성은 마흔에 자신의 이름을 딴 '대성제재소' 주인이 되었다.

준호의 아버지는 상고를 나와 십 년간 농협 직원으로 근무하다가 할아버지 밑으로 들어왔다. 그러나 당신이 가진 어떤 장점도 발휘하지 못했다. 당신이 하는 일이라곤 사무실 의자에 앉아 목재가 들고나는 장부를 정리하고 25일에 직원들 계좌에 월급을 입금하고 정산을 위한 자료를 세무서에 넘기는 게 전부였다. 일꾼들을 부리고, 제때 입금을 해주지 않은 거래처 사장을 만나 멱살을 쥐고 끝장을 보고, 지속적인 관계 유지를 위해 필름이 끊길 정도로 말술을 마시면서까지 2, 3차 자리에 가고, 거래처와의 신용을 위해 대들보와 기둥재로 쓰일 대각재를 서까래나 마루 용도

로 제재해서 납품 기일을 지키는 것 모두가 할아버지의 몫이었
다. 받아야 할 대가가 정당한 것이라면 칼을 품고 찾아가 책상에
날을 꽂고서라도 받아내는 강단을 부리는 일도 할아버지가 했다.
청춘을, 아니 인생을 바쳐 지켜온 한옥 자재 소나무만 제재하는
곳, 그곳이 대성제재소였다.

준호가 고등학교에 들어가던 그해는 밀레니엄을 맞이했다는
불안감과 IT 버블 붕괴로 주가가 대폭락했다. 선생님이 진학 상
담을 위해 부모님을 모시고 오라고 했을 때였다. 아버지와 함께
집을 나서는데 할아버지가 읽던 신문을 접으며 말했다.

"우리 준호는 노어를 지원한다고 해라!"

작업복 차림으로 할아버지가 트럭을 몰고 학교에 올까 봐, 준
호는 알았다고 대답하라는 눈짓을 아버지에게 했다.

다음 해 9.11테러가 일어나면서 세계 질서에 큰 변화가 생겼다.
경제적으로는 호황 기조가 유지되면서 신자유주의가 절정에 달
했다. 돈이 있는 사람들은 답답한 아파트보다 외곽에 널찍한 정
원을 갖춘 전원주택을 원했고 더 여유가 있는 사람들은 고풍스러
운 멋을 살린 한옥을 선호했다. 국외는 러시아, 중국 등이 크게 약
진하며 미래 강국으로 부상했다. 김대중 정부가 출범하면서 북과
의 관계도 전에 없이 화해와 협력의 체제로 들어섰고 개성공단
조성과 금강산 관광이 가능해졌다. 한옥의 자재, 소나무 단일 품
목만 취급한 것은 할아버지의 선견지명이었다. 대성제재소는 일
꾼을 늘렸다.

준호는 Y대 러시아학과에 입학했다. 할아버지는 답답한 기숙

사에 들어갈 필요 없다며 베란다에 풀 옵션을 갖춘 원룸을 얻어
주었다.

2

대학원을 졸업한 후 준호는 H기업 자동차 구매 본부 부품개발사
업부의 아르쿠츠크 파견사무소에 주재원으로 근무하게 됐다. 근
무하는 동안 그는 주말이면 빅토르가 운전하는 차를 타고 유목
민의 후예라는 것을 증명이라도 하듯 시베리아를 쏘다녔다. 밤이
면 백야로 해가 지지 않는 예니세이 강가에 앉아 보드카를 마시
며 금발의 여자들을 희롱했다. 할아버지가 위급하다며 한국으로
들어오라고 아버지가 전화하지 않았다면 그 생활을 지속했을 것
이다.

　얼결에 할아버지 임종을 지켰다. 장례를 치르고 러시아로 돌
아갈 짐을 싸고 있는데 아버지가 할아버지 유품이라며 까만 노트
를 건넸다. 노트에는 '대성제재소의 오늘과 내일'이라는 손글씨
가 쓰여 있었다. 노트를 펼쳐보았다.

　할아버지는 아침에 일어나면 신문만 읽었던 게 아니라 한국의
제재산업이 어떻게 변화할 것인가 촉각을 세우고 분석했고 그에
따라 수정과 보완을 하며 대성제재소를 지켜왔다. 처음에는 건성
으로 노트를 넘기던 준호는 어느새 의자를 빼서 앉았다.

　한국의 제재산업이 가장 호황을 누렸던 시기는 1960년에서
1970년대로, 합판 목재 산업이 활성화되던 때였다. 그러나 그 후

로 합판 목재는 불경기로 접어들었다. 중국이나 동남아산의 저가 제품이 유통되면서 가격 경쟁력이 낮은 국산 제품은 시장에서 밀려날 수밖에 없었다.

게다가 원자재의 문제도 있었다. 우리나라는 전반적으로 목재산업의 원재료인 원목의 수입의존도가 높은 편이었다. 대성제재소는 70년 중반부터 그러니까 준호가 태어나기 전부터 한옥 재료인 소나무로 제재목을 갈아탔다. 한옥 제재목, 소나무 단일품목으로 승부를 걸겠다고 결정한 것이다. 합판 목재로 한몫 챙겼던 주위의 제재소들은 이러한 판세를 읽지 못하고 하나둘 문을 닫았으나 대성제재소는 호황을 누렸다.

준호는 의자를 뒤로 밀치고 자리에서 일어났다. 노트를 집어들고 방을 나와 거실 탁자 위에 놓인 자동차 키를 챙겼다. 장례를 치르고 어머니는 몸살이 났다. 아버지는 어머니 곁에 계실 것이니 자동차를 쓸 일이 없을 터였다. 열흘의 휴가 중 닷새가 남았다. 십 분 거리에 있는 제재소로 가기 위해 시동을 걸었다.

제재소를 지키고 있는 진돗개, 또복이와 반달이가 꼬리를 흔들며 반겼다. 차를 주차해놓고 대성제재소의 대표, 할아버지가 사용하던 사무실로 들어갔다. 벽을 더듬어 불을 켰다. 나무로 대충 만들어 투박하기 그지없는 커다란 책상, 그 위에 나무명패, 그 뒤 옷걸이에 걸린 하늘색 작업복 상의…… 뚜벅뚜벅 걸어 들어갔다. 명패를 들었다. 생각보다 가벼웠다.

대성제재소 사장 박대성.

준호가 태어나기 전부터 존재했던 명패였다. 명패를 제자리에 내려놓고 의자를 빼서 앉았다. 쿠션도 없는 딱딱한 나무 의자는 등받이와 팔걸이가 갈색으로 변해 있었다. 할아버지의 큰 몸을 받쳐 준 엉덩이 부분은 다른 곳보다 변색이 덜 되어 옅은 색을 띠었다. 모든 게 평소 할아버지가 존재했을 때 모습 그대로였다. 사십 년의 세월을 할아버지와 함께한 흔적들이 다섯 평 남짓한 공간에 고스란히 남아 있었다. 준호는 할아버지를 닮아 아니다 싶으면 미련을 두지 않는 단호함과 한번 꽂히면 죽기 살기로 승부를 보는 성미였다. 초등학교 4학년 때 축구공을 사달라고 하자 1등을 하면 사주겠다고 할아버지가 말했다. 노는 데 팔려 공부 따위는 나 몰라라 했기에 중간에도 들지 못했다. 준호가 콧방귀를 뀌자, 할아버지는 그럼 자전거도 한 대 사주겠다고 했다. 새끼손가락을 내밀며 약속하라고 했다. 할아버지가 허허 웃으면서 손가락을 걸었다. 한 달 동안, 준호는 자정 전에는 잠들지 않았고 새벽 다섯 시면 일어나 아버지에게 과외를 받았다. 시간을 어기거나 꾀를 부린 적도 없었다. 기말고사에서 1등을 했다. 할아버지는 성적표를 제재소 게시판에 압정으로 고정해놓았다.

준호는 그때 생각이나 피식 웃었다. 할아버지와의 추억은 별로 남은 것도 없는 것 같았는데 그렇지도 않았다. 학교 공개수업이나 학부모 상담이 있을 때, 친구들의 부모님은 버젓한 양복에 승용차를 타고 왔는데, 작업복 차림으로 트럭을 몰고 온 할아버지 때문에 곤란한 적이 한두 번이 아니었다. 준호는 할아버지가 아버지냐고, 얘들이 일꾼이 왔다고 놀린다며 제발 오지 말라고 했다. 그 후로 아버지가 주로 학교에 왔지만 등이 굽고 왜소해 더 부끄러웠다.

엉덩이가 배길 것 같았는데 의자는 생각보다 편했다. 등받이에 몸을 기대며 상체를 늘렸다. 허리를 받쳐주어 시원했다. 할아버지의 키는 요즘 사람치고도 큰 180센티미터나 됐다. 그 큰 키와 몸, 배짱을 오롯이 받아낸 의자의 주인은 이제 영원히 돌아올 수 없었다. 뜨거운 기운이 올라와 목을 막았다.

탕비실로 가서 전기포트에 전원을 넣었다. 물이 끓는 동안 휴게실로 나가 담배에 불을 붙였다. 직원들이 사용하는 재떨이에 꽁초가 가득했다. 할아버지가 계셨다면 용납되지 않았을 일이다. 재떨이 뚜껑을 분리해 꽁초가 든 몸통을 조심히 빼내 휴지통에 쏟았다. 휴지통도 입구까지 쓰레기를 물고 있었다. 휴지통 뚜껑을 벗겨 안에 든 검정 비닐봉지를 잡아당기고 내용물을 밀어 넣은 후 양쪽을 묶었다. 분리수거장에 가져다 놓았다. 머그잔에 커피를 타서 할아버지 책상으로 돌아왔다. 준호는 의자에 앉아 노트를 다시 읽기 시작했다.

3

지금은 〈나무신문〉이나 〈한국목재신문〉, 지역에 있는 목재협회의 홈페이지에서 한옥 관련 정보를 얻을 수 있었다. 할아버지는 현재 〈한국산림과학회〉로 이름이 바뀐 〈한국임학회지〉를 정기구독하며 제재소 운영의 청사진을 그렸다. 그러나 가장 생생한 정보는 뭐니 뭐니 해도 현장에서 뛰는 대목장과 목수들의 목소리를 통해 얻을 수 있었다. 할아버지는 목재에 관한 정보라면, 그 어떠한 것도 허투루 보지 않고 제재소 운영에 참고하고 있었다. 이 노트가 증거였다.

국내의 원목 생산량이 2011년에는 상승 추세를 보이기는 해도 2, 3년 사이에 하락해 수입에 의존해야 할 것이라던 할아버지의 전망은 맞아떨어졌다. 이때 경주와 공주, 전주 등에 불던 한옥 열풍에 맞춰 미국산 원목인 다그라스(홍송)가 대량 수입되어 많이 보급되었다. 합판 제재로 문을 닫았던 제재소들이 다시 기계를 돌렸고 호황을 맞았다. 하지만 대성제재소는 다그라스는 손대지 않았다. 이때부터 불황이 시작되었다. 준호는 갈증이 나서 뜨뜻한 커피를 들이켰다. 할아버지가 미국산 다그라스를 취급하지 않은 이유는 다음과 같이 정리되어 있었다.

하나, 다그라스는 아직 검증되지 않은 목재다. 나는 검증이 되지 않은 목재를 한옥재로 사용할 수 없다. 준호는 '나는'이라는 단어에 멈칫했다. 무심코 길을 걷는데 누군가 발을 걸어 넘어트린 느낌이었다. 둘, 색이 너무 붉다. 한옥의 단아한 멋이 자칫 천박해 보일 수 있다. 붉은색을 띤다는 것은 나중에 변색이 있을 수 있고 시커멓게 될 가능성이 농후하다. 셋, 나무의 형질을 제대로 파악하지 못해 목수의 조각칼이 잘 먹히지 않는다. 이런 나무로 집을 짓다가는 열에 아홉은 뒤틀림이 발생할 것이다. 나무의 뒤틀림은 건축, 한옥에 치명적 결함이다. 넷, 미국의 건설경기에 시장가가 좌지우지된다. 지금 달콤하다고 대량 섭취했다가 이를 몽땅 뽑아야 하거나 당뇨에 걸리는 사태에 놓일 수 있다. 원목 수입이 가능한 다른 나라를 알아봐야 한다. 다섯, 불쾌한 냄새를 풍긴다. 어떤 냄새라고 정확히 표현하기 애매하다. 건조가 덜된 것과는 무관하다.

준호는 꿀꺽 침을 삼켰다. 침이 이렇게 뜨거울 수 있을까? 지금껏 할아버지가 어떤 분이었는지 생각하기는커녕 제대로 알려고 한 적도 없었다. 넋이 나간 듯 준호는 멍하니 앉아 있었다. 휴대폰이 울렸다. 곧바로 통화버튼을 누르지 못하고 한참 후에야 전화를 받았다. 아버지였다.

"어디 간 거냐?"

"제재소예요."

"어머니 걱정한다. 어서 들어와라."

준호는 전화를 끊고 밖으로 나와 찬바람을 맞으며 담배에 불을 붙였다. 아버지가 지금껏 농협에 재직했다면, 자신에게 제재소를 맡겼을까? 물어보고 싶었지만 할아버지는 이제 세상에 존재하지 않았다.

노트에는 해외 원목 수입 여건에 대해서도 상세히 기록되어 있었다. 그러니까 이 자료는 FAO(국제연합식량농업기구)의 세계 산림 현황보고서를 참고해서 정리한 것이었다. 세계 주요 원목 수출국은 뉴질랜드, 러시아, 미국, 프랑스, 캐나다인데 앞으로 관심을 가지고 검토할 수 있는 국가는 러시아라고 쓰여 있었고 붉은색으로 동그라미가 쳐져 있었다. 러시아는 원목 총수출량이 세계 최대라고 했다. 러시아라는 것에 준호는 또다시 멈칫했다. 자신을 러시아어 학과에 보내고 러시아에서의 생활에 취해 할아버지에게 전화 한 통 없어도 그대로 두었던 이유가 이것들 때문이었을까?

이 자료를 정리한 시기가 2010년이었다. 이때 준호는 대학을 졸업하고 집에서 일 년을 빈둥대다 다음 해 대학원에 들어갔다. 한 학기를 마치고 교환 학생으로 모스크바대학의 대학원에서 러시아 문학을 공부하면서 어학원에서 한국어를 가르쳤는데, 이 무렵 할아버지는 전화로 사소한 것들을 물었다.

"우리 준호, 밥은 잘 먹고 있니? 김치는 안 먹고 싶니? 네 에미한테 보내라고 할까?"

"저 잘 먹고 있어요. 걱정 마세요!"

"기래, 오늘은 무엇을 먹었니?"

"샤슐릭요."

"우리 준호, 기거를 좋아하니?"

"나중에 한국에 들어가면 샤슐릭 잘하는 음식점에 모시고 갈게요."

할아버지는 껄껄 웃으며 러시아 어데를 쏘다닌 기야? 유럽 횡단 열차는 이번 방학 때 탈 기니? 자작나무 숲에는 한번 안 가보았니? 시베리아 지역도 연이 닿으면 꼭 가보기야? 그곳에 연이 닿는 동무는 아직 못 사귀었니? 동무 중에서 그 아바이가 제재소를 하는 아는 없니? 하고 물었다.

그러나 준호는 한 번도 할아버지의 전화를 성의 있게 받은 적이 없었다.

할아버지의 예상대로 다그라스는 시간이 지나면서 쩍쩍 갈라지고 붉던 색이 검붉게 변했다. 서까래와 기둥에 단아한 기품은 찾아볼 수 없었다. 보수를 하려고 해도 비용이 만만치 않았다. 가장 눈살을 찌푸리게 하는 것은 사찰이었다. 부연개판, 서까래, 천장 개판이 경극京劇 배우의 분장 얼굴처럼 불그뎅뎅했다. 자연과 조화를 이룬 사찰의 여아麗雅한 건축미는 찾아볼 수 없었다. 다그라스가 대량으로 수입되어 한옥 단지뿐 아니라 다양한 건축에 엄청나게 투입되는 동안, 다그라스를 취급하지 않은 대성제재소는 어려움을 겪을 수밖에 없었다. 그 선택이 옳았다는 것은 십 년이 지난 지금에서야 알게 되었지만 그 선택의 주체는 이제 세상에 존재하지 않았다.

준호는 서울에서 찾아온 친구와 함께 전주의 한옥마을을 관광하고 하룻밤을 묵은 적이 있었다. 겉보기에는 2층 한옥이라 웅장했다. 그런데 대각재는 물론이고 서까래도 주먹 하나가 들어갈 정도로 쩍쩍 갈라졌고 굽은 나무를 사용한 것처럼 휘어져 있었다. 친구가 문지방에 다리를 걸치고 물었다.

"괜찮은 거냐?"

준호는 한옥에 대해 아는 게 없었다.

"설마 무너지겠냐?"

친구는 안전을 확인받지 않는 한, 숙박할 수 없다며 마루에서 주인을 기다렸다. 개량한복을 입은 주인이 쟁반에 녹차를 들고 왔다. 친구의 질문에 주인은 여기 대부분이, 이 정도의 틈은 벌어져 있고 휘어져 있다며 목수들이 덜 마른 나무를 써서 그렇다고 했다. 안전에는 전혀 문제가 없다며 손님들이 난방을 세게 틀

어서, 바깥공기와 안 공기의 차이가 심하게 나다 보니 갈라지고
휘었다는 것이다. 자기 집이 아니라고 난방을 과하게 돌리는 손
님들이 문제라고 탓했다. 준호는 친구의 팔을 잡고 방 안으로 끌
었다.

집주인의 말처럼 그의 잘못이 아니라 검증되지 않은 나무로
집을 짓게 한 정부와 지자체, 그 사업으로 막대한 돈을 챙기는 건
설사가 문제였다. 대목장들은 나무의 특성을 잘 알고 있었지만
실력과 소신을 갖춘 대목장이 존중받기보다 영업력이 뛰어난 이
가 대목장 소리를 듣는 시대였다. 소신을 지킬 배짱 있는 대목장
도 찾기 힘들었고, 시시콜콜 나무의 단점을 말하는 대목장보다는
고분고분, 건설사의 말을 따르는 목수가 대우받았다. 대목장이
원하는 나무를 구하려면 시일과 돈을 들여야 하는데, 한옥에 대
한 진정성을 가진 건설사가 아니라면 입을 다물고 있는 게 수익
면에서 이득이었다. 붉은빛을 띠는 게 우리의 적송赤松 같아서 아
름답다고 말하는 건설사와 건축주에게 단점을 말해 일거리를 놓
치는 바보는 되지 말아야 했다. 개인의 취향이라고 여기면 그만
이었다. 친환경이라는 공업용 약품으로 나무의 단점을 숨겼다는
것을 아는 이는 많지 않았다.

4

노트의 다음 장에는 러시아 원목의 수입에 대한 전망이 쓰여 있
었다. 장기적으로 반드시 고려해야 할 측면이 있다고 붉게 밑줄

이 그어져 있었다. 할아버지는 러시아를 원목 자원이 풍부한 나라로, 극동지방은 우리나라와 가깝다는 거리의 이점이 있으나 현재는 가깝고도 먼 나라라고 평가했다. 산림정책연구회의 산림청 정책연구용역 평가서의 용역 결과를 참고한 내용이었다. 러시아 산림자원 현황 및 개발 타당성 조사연구에서 밝힌 바에 따르면 러시아는 산림 면적이 국토의 47.4퍼센트를 차지하는데, 숲과 부속 습지 등을 포함한 총 산림 면적은 12억 헥타르며, 이 중 소나무가 울폐된 숲은 8억 헥타르에 달한다고 했다. 러시아의 연간 벌채 허용량은 5억에서 6억 제곱미터 정도고 실제 벌채되는 물량은 3분의 1을 겨우 넘는 수준으로, 그 이유는 명확히 추측할 수는 없으나 인프라 부족이라고 할아버지는 진단하고 있었다. 즉 수송 인프라 구축이 안 돼 겪는 어려움이었다. 극동지역은 철도망이 러시아 전체의 13.8퍼센트, 도로망이 9.5퍼센트, 내륙수로 29퍼센트에 불과하다며, 산림자원이 용이한 지역은 그중에서도 철도망이 잘 구축되어 있었기에, 이미 개발이 끝난 곳이라고 볼 수 있었다. 할아버지는 원석을 캐기 위해서는 시베리아로 들어가야 한다고 결론 내리고 있었다. 준호는 막연한 숫자에 쉽게 공감을 하지 못하고 다음 장으로 노트를 넘겼다.

중국은 2000년에 러시아 정부와 MOU를 체결하고 산림자원 개발권을 넘겨받아 벌채하고 있었다. 당시 우리나라는 시베리아 산 소나무를 쓰고 있었는데, 러시아가 아닌 중국에서 수입해서 쓰는 꼴이었다. 그런데 그 내용 옆에 할아버지가 붉은 글씨로 '북한도 외화벌이를 위해 벌목공들을 극동지역으로 보내 개발하고 있다'라고 써놓은 것이 보였다. 할아버지는 러시아 지도를 오려 붙여 놓았고 하바롭스크, 치타, 울란우데, 이르쿠츠크, 크라스노야르스크…… 유럽 횡단 열차가 지나가는 철도노선을 붉은색으로 칠해놓았다. 하바롭스크와 크라스노야르스크에는 동그라미까지 그려져 있었다. 준호는 대학원 시절에 유럽 횡단 열차를 타고 여행하다가 크라스노야르스크역과 가까운 곳에서 원목 운반역을 봤던 게 순간, 떠올랐다. 원목을 가득 실은 열차가 끝도 보이지 않을 정도로 늘어서 있었다. 역 이름은 기억나지 않았다.

다음 장에는 한국의 소나무와 시베리아의 소나무에 대한 특징이 기록되어 있었다.

한국산 소나무는 강질이지만 사계절 태양의 각도 때문에 나이테가 존재하면서도 그 형태가 일정하지 않았다. 그것이 단점이었다. 이로 인해 뒤틀림이 발생했다. 집을 지을 때 대목장의 안목이 필요한 것도, 산에서 자란 방향 그대로 세워야 하는 것도 그 이유 때문이었다. 두 번째 단점은 한옥의 대각제를 한국의 산에서 얻기에는 그 양이 부족하다는 것이었다. 한국은 사계절이 뚜렷하여 태양을 받는 기간이 짧아서 성장도 그만큼 더딜 수밖에 없었다. 이처럼 우리나라 산림에서 대각재를 얻기에는 한계가 있음에도 국민들은 아담한 한옥보다 웅장하고 거대한 한옥을 선호하다 보니 수요에 공급이 따라가지 못해 값이 비싸지고 있었다. 세 번째 단점은 힘든 일을 하지 않으려는 경향 때문에 벌목공을 얻기가 힘들고, 이 때문에 인건비가 너무 높아져 생산 비용이 많이 든다는 점이었다.

다음으로 정리되어 있는 것은 시베리아산 소나무의 특징이었다. 준호는 괜히 긴장되어 바로 읽지 못하고 밖으로 나왔다. 제재소 정문에서 들고나는 차량과 사람들을 검문하는 반달이와 또복이가 컹컹 짖으며 꼬리를 흔들고 빤히 쳐다보았다. 몇 년 만에 나타나도 주인을 용케 알아보았다. 다가가 머리를 쓰다듬고 목 언저리를 어루만지며 장난을 쳤다. 담배를 피우고 숨을 돌린 준호는 다시 들어와 노트를 읽기 시작했다.

한국 소나무와 시베리아 소나무는 대목장도 구분해내지 못했다. 실제로 할아버지는 실험을 자그마치 열 번이나 해보았다. 날짜와 대목장 이름이 노트 상단에 기록되어 있었고 실험한 장소와 시간까지 꼼꼼히 적혀 있었다. 디지털 카메라로 찍은 사진도 인쇄되어 노트에 붙어 있었다. 실험 방식은 바닥에 커다란 소나무 원목 두 그루를 가져다놓고 대목장 아무개가 어떤 소나무가 한국산이고 시베리아산인지 맨눈으로 구분하는 모습을 담은 사진 한 컷, 그 원목을 가지고 각각 치목하는 모습으로 또 한 컷, 서까래 용도로 깎은 듯 양쪽 모두 홈이 파여 있는 모습으로 또 한 컷, 대목장이 완성된 서까래 앞에 서서 활짝 웃는 모습으로 또 한 컷의 사진이었다. 대목장이 한국산 소나무라고 생각하여 치목한 서까래가 바로 시베리아산 소나무라서 허탈하게 웃고 있는 모습이었다. 이런 실험 방식이 과학적이라고 말할 수는 없지만 할아버지로서는 최선인 듯했다.

다음 장은 일반 주택과 펜션, 사찰의 완성된 내부를 여러 각도로 찍어놓은 사진이었다. 상량 때를 기준으로 한 달 후, 육 개월

후, 일 년 후, 이 년 후, 삼 년 후의 모습까지 동일한 각도에서 찍어 정리해놓은 것이었다. 나무는 시간이 지날수록 황백색 속살에 감물이 스민 듯 고혹적으로 변했다. 준호는 그 사진에서 오랫동안 눈을 떼지 못했다.

할아버지가 얼마나 치밀하게 시베리아산 소나무에 대해 알려고 했는지, 제재소를 키우기 위해 노력했는지, 짐작할 수 있었다.

준호가 할아버지의 노트를 다 읽었을 때는 아침이 오고 있었다. 사무실을 나와 천천히 밖으로 걸었다. 이천 평에 달하는 제재소가 눈에 들어왔다. 하얗게 제재된 소나무가 한쪽에 쌓여 있었고 텅 비어 있는 건조실, 금방이라도 엔진 톱이 위이잉 소리를 내며 돌아갈 것 같은 작업실이 깔끔하게 정리되어 있었다. 이른 아침에 다시 나타난 준호가 반가운지 또복이와 반달이가 꼬리를 흔들었다. 출근하면 아버지가 밥을 줄 테지만 처음으로 빈 밥그릇과 물그릇을 채워주었다.

5

휴대폰도 꺼놓고 방에 처박혔다. 휴가 마지막 날에야 씻고 면도했다. 양재동 본사로 가서 회사가 훤히 보이는 카페에 앉아 시간을 보내다가 퇴근 시간이 돼서야 사무실로 올라가 사직서를 제출했다. 무엇을 어떻게 해야겠다는 생각은 없었다. 이대로 제재소를 떠날 수 없었고 러시아로 돌아갈 수 없었다.

일을 마치고 돌아온 아버지가 방을 노크했다. 침대에서 일어나 앉았다.

"후회할 것 같으면 돌아가거라."

고개를 숙인 채 아무 대꾸도 하지 않았다. 아버지가 나갈 줄 알았는데 옆으로 와서 앉았다.

"제재소를 정리할까 한다. 할아버지가 잠들어 계시는 청학리에 아담하게, 한옥 한 채 짓고 살기로 엄마와 얘기 끝냈다."

대성제재소뿐만 아니라 할아버지가 직접 설계하여 지은 ㅁ자 형태의 한옥, 이 집도 은행에 저당 잡혀 있다는 것을 준호는 지금에서야 알았다.

"아버지!"

아버지가 고개를 끄덕이며 준호의 어깨를 토닥이고 나가려고 일어났다.

"잠깐만요! 저하고 얘기 좀 해요."

"너 있던 자리로 돌아가. 대성제재소는 이제 정리하는 게 맞는 것 같다."

"아니, 그럴 거면서 왜 저한테 할아버지 노트를 보여준 건데요?"

"그건…… 그래야 할 것 같아서."

준호는 자기도 모르게 아이 씨! 욕을 뱉고 자리에서 벌떡 일어났다.

"그럴 거면 왜 보여준 거예요! 지금 제가 러시아로 돌아가면 마음 편하겠어요? 정말, 그렇게 해요? 아버지는 항상 뒤로 물러나 있다가 일이 터지면 어쩔 수 없다고 변명만 하시네요? 뭘 하신 거예요, 예? 할아버지 혼자 어떻게든 제재소를 살려보려고 갖은 애를 쓰셨던데, 병원에 계실 때도 온통 제재소 생각뿐이셨던데, 아버지가 한 일은 도대체 뭐였냐고요!"

찰싹!

아버지가 매섭게 뺨을 때렸다.

다음 날 준호는 이르쿠츠크 사무실로 전화했다. 팀장과 통화를 끝내고 동료 직원을 바꿔 달라고 한 후에 자신의 짐을 정리해서 한국으로 보내 달라고 부탁했다. 러시아로 돌아가면 한국에 못 올 것 같았다. 몇 번 망설이다가 빅토르에게는 전화하지 않았다. 라라 때문이었다. 그럴 필요가 없다고 냉정하게 생각했다.

유럽 횡단 열차

1

러시아 국경선을 넘었다. 띄엄띄엄 보이는 집이 조선의 것과 확연히 구별되었다. 크고 널찍한 데다 파랗고 빨간 페인트가 곱게 칠해져 있고 덧창이 열려 있는 것이 꼭 새집 같았다. 풍향계인 공작이 지붕 꼭대기에서 느리게 회전하고 있어서 평화롭고 고즈넉해 보였다. 지석은 익숙한 풍경이었지만 노동자들은 낯선 세계에서 눈을 떼지 못했다. 기차가 속력을 줄이며 블라디보스토크역으로 들어섰다.

동해의 아무르만과 우수리스키만 사이로 뻗어 있는 반도의 서쪽, 졸로토이만을 감싸듯이 자리 잡은 블라디보스토크는 러시아의 극동지방 남쪽 끝에 있는 탓에 자연스럽게 항구와 해군기지가 형성되었다. 그러다가 러시아의 태평양 해군기지가 이전한 후 급속도로 발전했다. 만주를 가로질러 치타에 중동철도가 건설되면서 러시아 제국의 나머지 지역과 철도가 직접 연결되었고 중요성이 커졌다. 수많은 철로가 갈라져 있었는데 모스크바에서 출발한 기차의 종착역이 블라디보스토크였다. 이곳은 유럽 횡단 열차의 시작이며 동시에 끝이었다.

노동자들은 굳은 얼굴로 인솔자 뒤를 바짝 뒤따르며 사방을 둘러보았다. 하늘에는 갈매기가 날며 이방인들을 구경했다. 가까이 항구가 있다는 증거였다. 거미줄처럼 엉켜 있는 철길 위, 육교에도 발길들이 바빴다. 어디서 이렇게 많은 사람이 모여들고 그들은 어디를 가는지, 보고 있는 것만으로도 정신이 아찔했다. 노동자들은 대기실 한쪽 구석에 짐 가방을 들거나 메고 인솔자의 다음 지시를 기다렸다. 띤다로 가는 열차는 세 시간 후에 출발한다며 대기실을 벗어나지 않는 한에서 자유시간을 가져도 된다고 했다.

그제야 노동자들은 가방이나 배낭을 바닥에 내려놓고 빈 의자를 찾아 앉거나 볼일을 보기 위해 동료에게 짐을 맡긴 후 화장실로 뛰어갔다. 넓고 낯선 대기실을 구경하기 위해 두셋이 돌아다녔는데, 후줄근한 차림새에 긴장한 얼굴의 노동자들은 한눈에 봐도 가난한 나라에서 온 이방인 티가 역력했다.

느끼한 음식 냄새가 진동했다. 대부분 점심을 걸렀다. 다섯 끼니를 온전히 도시락으로 챙겨오기는 어려웠다. 종훈이 입을 쩝쩝거리며 냄새의 진원지를 찾듯 두리번거렸다. 기홍도 마찬가지였다. 하지만 무엇을 먹고 싶지는 않았다. 그렇다고 세 시간을 딱딱한 의자에 앉아 보낼 수는 없었다. 기홍이 구경이나 하자고 했다.

남루한 옷차림을 한 동양인 남자 둘이 가판대 앞에서 서성이는데도 주인은 지켜만 보았다. 종훈이 잡지를 들추자 느리게 다가와 뭐라고 말했다. 반나체나 다름없는 금발의 여자가 주인의 손에 따라 여러 모습과 형태로 바뀌며 지나갔다. 종훈과 기홍이 눈을 크게 뜨고 마주 보며 낄낄거렸다. 주인이 잡지를 접고 손바닥을 폈다.

"종간나가 돈부터 달라는 거임메?"

종훈이 주인을 째려보며 안 주머니에서 인민폐를 꺼냈다. 주인이 고개를 저었다. 달러나 루블을 달라고 했지만 알아듣지 못했다.

"아이 쌍, 이 종간나가 을메를 달라는 거임메?"

"형님, 아무래도 비싸게 파는 것 같습네다. 기냥 사지 마시라요."

기홍은 잡지는 안 사겠다고 손을 내젓고 러시아어 학습서나 달라는 의미로 쓰는 동작을 했다. 종훈이 물었다.

"로씨야 말을 배울 생각임메? 기거이 쉽지 않다수래."

"처음부터 쉬운 일이 어디 있갔습네까? 로력을 해봐야디요."

주인이 안쪽 선반에서 책을 한 권 가지고 왔다. 중국어로 설명된 학습서였다. 중국인이 아니고 조선인이라고 했지만 주인은 인상을 쓰고 고개만 저었다. 답답했던 기홍이 지갑에서 인민폐를 꺼내 김일성 수령을 보여주었다. 주인은 이번에도 고개를 흔들었다. 이들이 답답하기는 주인도 마찬가지였다. 주머니에서 위안과 루블을 꺼내 보여주었다. 흥정이 실랑이가 되었다. 경찰이 다가왔다. 신분증을 요구했다. 기홍이 알아듣지 못했지만 짐작할 수 있었다. 두만강에서 출입국 심사를 마칠 때 인솔자가 여권을 모두 회수해갔다.

화장실을 다녀오던 지석이 그들을 보고는 부리나케 뛰어왔다. 경찰은 지석의 설명에 고개를 끄덕이고 사라졌다. 인솔자도 뒤늦게 나타났다. 그는 분란을 일으켰다고 막무가내로 화를 냈지만 지석은 무슨 일이냐고 물었다. 종훈은 인솔자의 눈치를 보며 기홍의 옆구리를 푹 찌르고 외면했다.

"로씨야 주인이 저 불순한 잡지를 사라고 자꾸 우리에게 권하는 기야요. 기래서 기칸 것은 필요 없다! 로씨야 학습서나 한 권 달라! 이랬단 말입네다."

기홍의 말에 종훈이 맞다고 맞장구를 쳤다. 지석이 주인에게 물었다. 주인이 가판대 잡지를 가리키며 한참 떠들었다. 지석이 빙긋이 웃고 그들을 쳐다보자 얼른 눈을 피했다.

주인이 안으로 들어가 빨간색 표지에 '나 혼자 끝내는 독학 러시아 첫걸음'이라고 쓰인 학습서를 가지고 왔다. 단어장 한 권도 그 위에 얹어 내밀었다. 지석이 학습서를 손으로 빠르게 넘기면서 내용을 살폈다. 지갑에서 달러를 꺼내 지불하고 기홍에게 주며 말했다.

"공화국 거는 여게 읇고 남조선 거인데 중국 거보다는 나을 기요. 기카고 인민폐는 여게서 쓸모가 없소."

지석이 이번에는 가판대의 잡지를 집었다. 종훈에게 성큼 다가가 웃옷 안쪽으로 찔러주며 귓속말로 말했다.

"딴 동무들이 알믄 소란 날 테니 날래 숨기시라요."

인솔자가 눈을 크게 뜨고 지석을 쳐다보았다. 그의 어깨를 툭 치며 동무도 한 권 필요하냐는 듯, 눈으로 가판대를 가리켰다. 인솔자가 입을 쩌억 벌리고 검지로 자신을 가리켰다. 지석이 필요하다면 사주겠다는 듯 지갑을 꺼냈다. 인솔자가 손사래를 치며 지석의 팔을 잡아끌었다.

인솔자가 노동자들을 불러 모았다. 띤다로 가는 열차를 타기전에 주의할 점이라고 했다.

"이 열차가 쉬는 간이역에는 로씨야인들이 먹을 거를 파는데 고저 볼썽사납게 주전부리하는 일이 없도록 하고 밥때만 음식을 사 먹기요. 기카고 보드카를 마시다가 걸리믄 압수할 거이요. 지금부터 인민폐는 더는 사용할 수 없어서 로씨야 돈을 배급하갔소. 이 돈은 모두 동무들의 로임에서 제하게 되니 그리 알라요. 동무들은 공화국의 용사들이니 손가락총질당하는 일이 없도록 각별히 주의하기요!"

2

유럽 횡단 열차는 긴 복도가 있고 미닫이를 열면 아래층과 위층에 각각 침대가 있었다. 네 명이 한 조로 배정되다 보니 지석과 인솔자, 종훈, 기홍이 같은 객실이었다. 인솔자가 종훈과 기홍에게 위층 침대를 사용하라고 했다. 위층은 천장이 가까워 앉기에도 불편했다. 하지만 지석이 위층을 사용하겠다며 벽에 붙은 디딤판을 딛고 먼저 올라갔다. 기홍도 옆 칸 위층 침대로 올라갔다.

열차는 간이역에 정차하여 십 분이나 삼십 분을 쉬다가 갈 때도 있었고 고장 난 게 아닐까 싶을 정도로 한정 없이 쉬기도 했다. 종훈은 창밖에 눈을 두고 낯선 세상을 구경했다. 통나무로 지어진 커다란 집 울타리 텃밭에 양배추와 감자가 자라고 있었다. 그 모습을 보고 뭐 우리랑 사는 게 크게 다를 것도 없다고 혼잣말했다. 집 옆에는 자르지 않은 통나무가 흩어져 있었고 잘게 쪼갠 장작이 더미를 이루고 있었다. 아무리 겨울이 길다고 해도 땔감 걱정은 없을 것 같다며 또 구시렁거렸다. 집들이 하도 띄엄띄엄 있어서 마을의 경계가 어떻게 되는지도 궁금했다. 몇 집을 지나치면 자작나무, 가문비나무, 물푸레나무가 빽빽하게 들어찬 숲으로 이어졌고 숲이 끝나면 초원이 시작됐으며 말 떼와 소 떼가 흩어져 있었다. 한낮은 햇볕이 너무 뜨거워 그늘막으로 창을 가리고 복도로 나와 서성였다. 농부들이 웃통을 벗은 채로 아니면 수영복 차림으로 일하고 있었다. 큰 소리로 말했다.

"저 간나들 좀 보우다! 고저, 로씨야는 사람이나 짐승이나 세월아 네월아 임메."

종훈의 말에 기홍도 복도로 나섰다. 객실이 답답해 노동자 대부분이 복도에 나와 있었다. 강변에서는 러시아인들의 하얀 살덩이를 내놓고 나체로 누워 일광욕했다. 무슨 구경거리라도 발견한 듯 노동자들이 죽 늘어서서, 손가락질해대며 돼지 비곗덩어리 같다고 낄낄거렸다. 인솔자는 선잠이 들었다가 깨어서는 입 좀 닥치라고 신경질을 부리며 돌아누웠다.

열차가 간이역에 쉬면 부리나케 내려 굳은 몸을 풀고 담배를 피웠다. 뚱뚱한 러시아 상인이 빵, 소시지, 과일, 과자 등을 놓고 호객했다. 노동자들은 인솔자 눈치를 보며 구경만 했다. 극동을 지나 중앙 시베리아로 들어갈수록 백야로 해가 졌어도 세상이 희뿌옇게 흐려질 뿐이었다. 저녁과 새벽이 공존하고 있었다. 기홍이 혼잣말처럼 말했다.

"하루 이십사 시간도 우리하고 다르고 새벽이 저녁 같구, 저녁이 새벽 같구, 자꾸 낯설어지는구만."

철길을 따라 늘어선 자작나무 잎은 기차가 지나갈 때마다 빛에 반사된 물결처럼 반짝거렸다. 귀를 기울이면 자르르 자갈 굴러가는 소리와 비슷했다. 지석은 팔베개하고 누웠다.

3

대학원에 진학할 것이라고는 생각지도 못했던 아샤가 강의실에 앉아 있었다. 여전히 짧은 머리에 화장 같은 것은 하지 않았고 아르바이트와 공부를 병행하느라 옷차림도 바지에다 운동화였지만 학부 때보다 성숙해져 있었다.

점심시간에 구내식당에서 아샤는 햄버거를, 지석은 포크커틀릿을 먹었다. 아르바이트 때문에 밥도 제때 먹을 수 없을 만큼 바쁘면서 아샤가 공부를 놓지 않는 이유가 궁금했다. 지석이 물었다.

"아샤, 네 꿈은 뭐야?"

"꿈? 대학원을 마치면 무슨 일을 하고 싶으냐는 거지?"

지석이 고개를 끄덕였다. 아샤가 햄버거를 한입 베어 물더니 빠르게 씹었다. 빨대가 꽂혀 있는 콜라도 한 모금 마시고 싱긋 웃더니 대답했다.

"돈 많은 부자가 되는 거."

지석이 미간을 찌푸렸다. 자꾸 대화가 부서지는 이유는 자신이 러시아말을 제대로 구사하지 못해서가 아니었다. 생각이 다르기 때문이었다. 아샤가 힘들게 공부하는 것은 그럴듯한 목표나 꿈이 있기 때문일 거라고 생각했다. 그런데 돈 많은 부자가 되는 게 꿈이라는 말을 듣는 순간 거대한 주먹이 날아와 복부를 가격할 것 같아 잔뜩 힘을 주고 버텼는데, 검지로 콕하고 건드린 것처럼 힘이 빠졌다.

지석은 김일성종합대학에 합격했을 때, 부모님과 평양 류경호텔 해운 이딸리아 특산물 식당으로 외식 갔다. 그때 피자와 포크커틀릿을 처음 먹었다. 익숙하지 않은 맛 때문에 반도 먹지 못했다. 하지만 시간이 지날수록 달콤한 과일과 야채, 싱싱한 해산물이 부드러운 치즈와 어우러져 오묘한 맛을 냈던 피자와 빵가루를 묻혀 바싹하게 튀긴 돼지고기를 나이프로 조각내 과일을 갈아 넣은 간장소스에 찍어 먹었던 포크커틀릿이 생각났다. 한 번만 더 맛볼 수 있다면…….

대학의 구내식당 메뉴판에서 포크커틀릿을 발견하고 환호성을 질렀다. 하지만 평양에서 먹던 것에 비해 고기가 제대로 튀겨지지 않아 질겼고 느끼했으며 소스도 진하지 않고 밍밍했다. 공들이지 않은 음식이라 일주일에 한 번 이상은 먹을 수 없었다. 지석이 생각하기에 '돈', '자본'이라는 것도 처음에는 많았으면, 자주 먹었으면 하는 음식 같은 것이었다. 욕망을 부추기는 악이었고, 그것은 야수의 속성을 지니고 있었다. 많은 음식을 한꺼번에 섭취할 수 없는 것처럼 돈도 적당히 있으면 되는 것이라고 생각했다. 물론 '적당한'이라는 개념을 한정하기가 쉬운 건 아니었다.

아샤는 등을 펴고 입술을 삐죽이더니 어깨를 으쓱했다. 부탁이 있는데 들어줄 수 있느냐고 물었다. 지석이 언제나 그렇듯 고개를 끄덕였다. 아샤가 가방에서 책을 꺼냈다. 니콜라이 체르니셉스키가 쓴 《무엇을 할 것인가》였다. 레닌이 쓴 책과 제목이 같았다.

"레닌이 이 책에 감동해서 똑같은 제목으로 출간했어. 1863년 출간된 이후 러시아 사회에 커다란 영향을 끼쳤지. 이번 동아리에서 이 책으로 토론하기로 했어. 레닌은 체르니셉스키를 마르크스 이전의 가장 위대한 사회주의 개혁가라고 했지. 이 책이 러시아 혁명을 이끄는 투쟁을 가속했다고 말하기도 하는데, 우리는 다른 견해로 보고 토론하기로 했어. 읽고 요점 정리 해줄래?"

지석이 대답하지 않고 아샤를 보았다. 아샤가 동아리에 같이 가자고 넌지시 말했다. 지석은 고개를 저었다. 아버지의 기대에 어긋난 행동은 하고 싶지 않았다. 얼른 박사과정을 마치고 평양으로 돌아가 최연소 교수가 되어 자랑스러운 아들의 모습을 보여주고 싶었다. 그래서 사적 모임은 경계해야 했다. 하지만 책을 읽는 것쯤이야. 경제학이 아닌 문학은 접해보지 못했고 조금이라도 아샤와 같이 있고 싶기도 했다. 볼멘소리로 물었다.

"밥은커녕 책도 제대로 읽지 못할 만큼 바쁘면서…… 그런 모임에 왜 나가?"

"이곳은 지식인들의 모임이야. 나도 꼭 끼어야 해."

아샤가 휴대폰을 꺼내 시간을 확인하고 자리에서 일어났다. 지석이 식판을 배식구에 반납하는 동안 아샤는 햄버거 포장지를 정리해서 휴지통에 버렸다. 구내식당을 나오자 손을 흔들고 바삐 걸어갔다. 지석은 아샤가 보이지 않을 때까지 바라보다가 천천히 걸어 도서관으로 갔다.

체르니솁스키의 《무엇을 할 것인가》는 남녀간의 사랑을 주제로 하면서도 새 시대의 자유와 혁명을 이야기하는 소설이었다. 젊은 지식인들에게 사랑과 혁명이 무엇인지, 진보와 인간애의 새로운 전형은 어떻게 나타나야 하는 것인지 보여주는 내용이었다. 작가는 도덕적 정열과 합리적 사고방식을 가진 주인공을 통해 구체적인 행동으로 표출한다는, 행동 사상을 말하고 있었다.

지석은 러시아로 떠나기 전날 부모님과 함께 해운 이딸리아 특산물 식당에서 식사를 한 후 맥줏집으로 자리를 옮겨 탈피(북어)에 맥주를 마셨다. 그때 조금 취기가 오른 아버지가 말했다.

"내 인생에서 가장 잘한 일이 두 가지가 있어. 하나는 네 오마니와 결혼한 거였고……."

아버지의 말에 어머니가 얼굴을 붉히며 고개를 숙였다. 지금도 어머니는 아버지 앞에서는 부끄럼이 많은 여자였다.

"또 하나는 너를 낳은 거이지."

지석도 부끄러워 앞에 놓인 잔을 들고 어머니와 건배했다. 어머니는 발그레해진 얼굴로 잔을 부딪쳤다.

"한눈팔지 말고 날래 박사학위 따서 들어오기야. 기것은 네 앞날의 첫 시작이야. 이 아버지가 너에 대해 어떤 그림을 그리고 있는지 기대하라. 알간?"

어머니가 백에서 손수건을 꺼내 눈가를 눌렀다. 아버지가 어머니에게 당신도 한마디 하라고 했다. 내래 뭐 할 말이 있갔습네까, 라고 첫마디는 그랬지만 알 만한 집에서 지석을 사위 삼겠다고 한다며 자랑을 늘어놓았다. 다른 때 같으면 적당히 하라며 아버지가 말을 끊었겠지만 웃는 얼굴로 고개를 끄덕이며 어머니의 빈 잔에 맥주를 채웠다.

3

"베라가 원하는 유토피아라는 게 실현 가능하다고 생각해?"

지석이 약속대로 책 내용을 정리해주자 아샤가 물었다. 지석이 머뭇거리다 그렇다고 대답했다. 아샤가 등을 의자에 붙이며 피식 웃었다. 기분이 상했다. 자존심이 상했다는 게 더 정확했다.

체르니셉스키는 '반짝이는 것이 모두 금이 아니듯, 트로츠키의 반짝임과 요란함에 현혹되어서는 안 된다'라고 했는데 아샤는 역으로 비꼬고 있었다. 즉 출신과 성분이 좋아 인민들은 누릴 수 없는 혜택을 받는 지석이 조국을 위해, 인민들을 위해 그렇다면 '무엇을 할 것인가?'라고 묻고 있었다. 지금 혜택을 누리고 있는 삶을 네 개인의 영화가 아닌 노동자를 위한 삶으로 살아갈 자신이 있느냐는 물음이기도 했다. 지금까지와는 다른 프레임으로 아샤를 바라보게 하는 말이었다.

"나도 그 모임에 나갈 수 있을까?"

아샤는 당연하다는 뜻으로 어깨를 들었다 놓았다.

동아리의 이름은 '애호(메아리, 울림)'였다. 1992년 소련이 붕괴한 후 러시아는 중앙계획 경제에서 자유시장 경제로 전환하기 위해 일련의 획기적인 개혁 조치를 실행했다. 이런 조치에는 사기업의 허용과 영리 추구를 위한 투기 활동, 내·외국인의 투자허용과 공기업의 민영화 정책이 포함되었다. 증권이 발행되어 러시아 국민은 사유화된 기업들로부터 주식을 살 수 있었고 경매를 통해 팔 수도 있었다. 증권은 중개업자들의 거래를 통해 종종 현금처럼 팔리기도 했다. 상품시장 경제와 주식시장이 자리 잡았다고는 해도 민영화 과정은 느리게 진행되었고 많은 중공업 기업들은 여전히 국가 소유로 남았다. 통화 체계는 혼란스러웠으며 가격통제 제도의 폐지로 인해 인플레이션과 물가가 크게 상승했다. 루블화의 가치는 폭락했고 가정의 실질 수입은 감소했다. 산업과 농업 생산은 줄어들었고 실업률이 상승했다. 도시 지역에서는 소비재 물품과 식품의 부족 현상이 빚어졌다. 이러한 어려움은 비공식적인 경제 부분, 즉 암시장의 빠른 발달로 완화되었다. 성공적인 기업가와 일반 노동자 사이의 간격은 더욱 벌어졌다.

애호는 시장을 개방한 러시아가 시민의 의견을 정책에 반영할 수 있도록 시민 제안제도를 만들고자 했다. 동아리 회원 상당수가 사회주의 회의론자로 낮은 임금 때문에 퇴근 후에 아르바이트를 해야 하는 학교 선생이나 환자를 치료하는 의사지만 엔지니어로 취급받는 데에 불만을 가진 지식인들이었다. 이들은 개인의 능력을 인정하는 사회로의 변화를 촉구하고 있었다.

세계 유일의 폐쇄국가 국민이면서 당 간부의 자식으로 특권을 누리고 있는 지석에게 그들은 사회주의가 인권을 얼마나 말살하고 있는지, 그 체제가 얼마나 불평등한 것인지, 직설적으로 물었다. 물론 자본주의가 완벽한 사회체계라고 말하지는 않았다. 지식인이라면 사회구조에 어떤 문제점이 있는지 의문을 가져야 한다고 했다. 지석은 몹시 혼란스러웠다. 동아리 모임만 다녀오면 화가 나서 잠도 설쳤다. 당신들이 생각하는 것처럼 조선 민주주의 인민 공화국이 폐쇄적인 나라가 아니다, 인민들도 행복한 삶을 살고 있다, 당신들에게 직접 보여주겠다며 지석은 동아리 회원들을 여름방학에 평양으로 초청했다. 그들은 일주일간 여행을 하고 마지막 날 회장이 대표로 소감을 말했다.

"아름다운 사람들이 사는 가난한 나라[4]군요. 당신은 그런 조국을 위해 무엇을 할 겁니까?"

---

[4] 신은미, 《재미동포 아줌마, 북한에 가다》에서 인용

빅토르를 만나다

1

H기업은 취업 준비생들 사이에서 취업하고 싶은 직장으로 다섯 손가락에 꼽히는 곳이었다. 특히 해외로 백여 명의 주재원을 파견하는 자동차 생산본부는 해외에서의 활동을 선호하는 젊은이들이 많이 동경하는 부서였다. 그 중에서도 자동차 부품을 생산하고 협력사와의 관계를 유지하는 면에서 안정적으로 자리 잡은 독일 본부가 가장 인기가 많았다.

러시아 중동부의 이르쿠츠크는 일 년 전에야 직원이 파견되었는데 파견자들이 이공계열이라 언어 소통에 골머리를 앓고 있었다. 모집 공고에는 러시아 중동부 지역에서의 정착을 위해 러시아어 전공자를 우대한다고 쓰여 있었다.

아직 사회주의 체제가 유지되는 곳이라 규제가 까다롭고 융통성이 없어 애로사항이 많을 것이고, 시베리아 쪽은 치안 또한 불안한데다 추운 날씨가 문제라며 지원을 만류하는 선배도 있었다.

준호는 대학원에 다닐 때 모스크바에서 H기업 마크를 단 자동차를 많이 보아왔기 때문에 고민하지 않고 지원서를 냈다.

러시아로 떠나기 전 인사를 드리기 위해 집에 들렀다. 할아버지는 기분이 무척 좋아 보였다.

"우리 준호, 러시아가 어떤 나라인지 실컷 알아두기야."

러시아 주재원은 다른 나라 주재원들에게 주어지지 않는 혜택이 하나 더 있었다. 사륜구동 SUV 차량과 현지 운전사 제공이었다.

준호는 회사에서 지정한 날보다 이틀 일찍 이르쿠츠크에 도착했다. 바이칼을 돌아보기 위해서였다. 알혼섬에서 하룻밤 자기 위해 호텔도 예약했다. 공항에서 택시를 타고 자동차 렌트 사무실로 갔다.

사장은 손사래를 치며 알혼섬은 비포장도로라 자가용은 안 되고 우아직이어야 한다고 했다. 우아직은 소련연방 시절에 생산된 사륜구동 8인승 차량으로 수동변속기가 있는 밴이었다. 준호는 오토매틱의 사륜구동 SUV 차량은 없냐고 물었다. 사장은 고개를 저으며 3천 루블만 내면 직접 운전도 해주고 관광 안내까지 가능하다고 했다. 그때 사무실 소파에 얌전히 앉아 있던 앳된 청년 하나가 베레모를 고쳐 쓰고 자리에서 벌떡 일어나며 알로, 라고 인사했다. 사장은 3천 루블 외에는 아무것도 더 요구하지 않는다고 했다. 청년은 맞장구를 치듯 고개를 끄덕이며 소파 구석에서 비닐봉지를 들어 보였다. 자기가 먹을 것은 다 준비되어 있고 잠도 우아직에서 자면 된다고 했다. 준호는 어이가 없어 피식 웃었다.

몇 살이냐고 운전면허증이나 있느냐고 물었다. 청년이 웃으며 오른손을 쫙 펴고 운전한 지 오 년이 넘었다며 빅토르라고 이름까지 말했다. 준호는 손사래를 치고 운전면허증이나 보여 달라고 했다. 빅토르가 인상을 찌푸리고 어깨를 올렸다 내리며 사장을 보았다. 사장도 어깨를 올렸다가 내리며 난감한 표정을 지었다.

빅토르가 뒷주머니에서 너덜거리는 지갑을 꺼내 운전면허증을 내밀며 빠르게 덧붙였다. 면허증을 딴 지는 한 달밖에 되지 않았지만 카마즈도 운전할 줄 안다고, 열다섯 살 때부터 여기 사장님 밑에서 운전을 했다고, 이번 스무 살 생일 때 단번에 면허증을 땄다고 했다. 사장이 고개를 끄덕이며 지금껏 한 번도 사고 낸 적이 없다며 자신이 책임지겠다고 했다. 준호가 고개를 절레절레 흔들며 다른 운전사는 없냐고 물었다. 사장도 고개를 절레절레 흔들었다. 난감했다. 준호는 자동차가 보험에는 가입되어 있느냐고 물었다. 사장이 니치보! 니치보! 를 외치며 책상 서랍에서 보험 가입증을 내밀었다. 준호가 살피는 사이, 걱정하지 않아도 된다고 빅토르는 성실하고 정직한 아이라고 자신의 가슴을 두드리며 보증한다고까지 했다.

사장 말대로 빅토르는 아주 성실했고 정직했다. 점심때가 되어 휴게소에서 간단하게 때울 수 있는 빵과 보르시를 주문했는데, 빅토르는 제 몫의 빵과 물로만 식사를 해결했다. 바이칼을 둘러보고 알혼섬에 들어가기 위해 선착장으로 갔다. 배가 떠나려면 두 시간을 기다려야 했다. 점심을 부실하게 먹어 출출했는데, 주차장 끝에 간이음식점이 있었다. 준호는 샤슐릭과 보르시 2인분과 맥주를 주문하고 빅토르를 불렀다. 그런데 계약 위반이라며 자신은 먹지 않겠다고 말했다. 밥 때마다 이런 실랑이가 벌어질 것 같아 준호는 빅토르의 손에서 돌덩이 같은 빵을 낚아채 바이칼 호수에 던져버렸다. 빅토르가 놀라 안절부절못했지만 빵이 떨어진 호수에 물고기가 모여들었고 갈매기가 날아드는, 생각지 못한 장면이 연출됐다.

"밤 나더 브일리 흘레바 볼쉐 챔 미냐(나보다 너희들에게 더 빵이 필요했구나)."

빅토르가 혼잣말했다.

호텔에 도착해 체크인하면서 더블베드로 방을 바꿔 달라고 했다. 준호의 가방을 들고 뒤따라 들어 온 빅토르에게 침대 하나를 가리키며 말했다.

"니 인치리수이샤, 시보드냐 크토 부짓 하쟈인 나 에토이 크로바치(오늘 밤 이 침대 주인이 누군지, 알아)?"

빅토르가 히죽 웃고는 이곳에서 여자는 살 수 없다고 검지를 흔들었다. 필요한 게 있으면 언제든 전화하라며 손으로 전화 모양을 만들고 방을 나가려고 했다.

"니 나더 제보치카(여자는 필요 없어)! 에터 트바야 크라바치(바로 네 침대야)."

여행을 마치고 이르쿠츠크 시내로 돌아왔을 때는 자정이 넘었다. 택시를 타고 가겠다고 했지만 빅토르는 신세를 많이 졌다며 회사까지 데려다주었다. 준호가 팁을 내밀었으나 계약 위반이라며 그 역시 거절했다.

2

사회주의 국가였던 만큼 협력사 담당자는 원칙에서 조금만 벗어나도 이견 조율을 하지 않았다. 그들은 오후 5시까지만 일했고 금요일 오후에는 다차(별장)로 놀러 갔다. 아무리 일이 급하다고 해도 통하지 않았다. 덩달아 주재원들도 4일 반만 근무할 수밖에 없었는데 주재원의 운전사도 마찬가지였다. 주재원이 야근하든 말든 5시가 되면 차 키를 경비실에 맡겨놓고 사라졌다. 남아 있는 운전사는 오직 빅토르뿐이었다. 좁은 자동차 안에서 대기하는 그에게 개인적인 볼일을 시켜도 웃으며 말했다.

"니치보(아무렇지 않아)! 니 아브라샤이 브니마이니어(그까짓 거 신경 쓰지 마). 니치보 니 스토이트(별거 아니야)!"

빅토르는 출근 때도 한 시간이나 일찍 와서 준호가 출근을 준비하는 사이, 토스트와 커피로 아침을 챙겨주었다. 이런 서비스를 해주는데 싫어할 이유가 없었다. 게다가 한국어를 배우겠다며 가르쳐 달라고 했다. 하루 외워야 할 단어를 노트에 써주며 퇴근할 때 검사를 하겠다고 하면 니치보! 니치보! 라고 했다. 석 달이 지날 때쯤에는 주재원들과 간단하게나마 소통도 가능했다.

여느 때와 같이 빅토르가 운전하는 차를 타고 퇴근했을 때였다. 시간이 늦었기에 택시를 타고 가라며 2천 루블을 지갑에서 꺼내주었더니 빅토르는 그 돈은 받지 않고 이렇게 말했다.

"브라트, 마구 리 야 브쟈치 클류치 마시늬(형, 자동차 키를 그냥 내가 가지고 있으면 안 돼)?"

사무실 주차장이 아닌 주재원의 아파트에 차를 주차할 때는 반드시 차 키를 주재원에게 반납해야 한다는 규정이 있었다. 준호는 웃으며 고개를 젓고 손을 내밀었다. 빅토르를 믿지만 차를 개인적으로 사용하다가 사고라도 나는 날에는 문제가 컸기 때문이다. 입을 삐죽하더니 빅토르는 순순히 준호의 손바닥에 키를 떨어트리고 주차장을 빠져나갔다. 다음 날에도 차 키를 자신이 가지고 있겠다고 했다. 이유를 물어도 어깨를 올렸다가 내리고 손바닥만 펴보일 뿐이었다. 다음날에도 마찬가지였다. 자꾸 칭얼대니 난감했다. 차 키를 맡기면서 준호는 다짐을 받았다.

"아비샤이쉬(약속하지)?"

"아비샤유(약속해)!"

준호는 잠이 오지 않았다. 맥주 생각이 나서 냉장고를 열었는데, 없었다. 마트에 가기 위해 아파트를 나왔다. 차가 잘 주차되어 있는지 확인했다. 맥주와 안줏거리를 사서 돌아오다가 주차된 차를 건너다보았다. 느낌이 차 안에 누군가 있는 것 같았다. 멀찍이 서서 담배를 꺼내 불을 붙이고 전화를 걸었다. 몇 초 후, 차 안에서 휴대폰 불빛이 비쳤고 빅토르가 전화를 받았다.

"그제(지금 어디야)?"

"노, 그제 토(응? 어디긴)…… 틔 이쇼 니 스피쉬(왜, 아직 안 잤어)?"

"야 니 마구 스파치(잠이 안 오네). 피보 부지쉬(맥주 한잔할래)?"

"피보(맥주)? 그제(어디서)?"

"돔아(집에서). 모이 돔(우리 집에서)."

"음…… 라드너(그래), 시차스 파에두(금방 갈게)."

전화를 끊으려는데 빅토르가 긴박하게 오우, 틔! 라며 불렀다.

"모스노 리 탐 스파치 이 우트럼 브메스치 나 라보투(나 거기서 자고 아침에 같이 출근하면 안 돼)?"

준호는 "다아(웅)"라고 대답했다. 잠시 후 실내등이 켜지고 빅토르가 부산하게 움직였다.

잘 곳이 없어서 차 안에서 몰래 자고 준호가 출근을 준비하는 사이에 화장실에서 샤워까지 마치고 나와 아침을 차려주었다는 것은 생각하지 못한 일이었기에 전혀 눈치채지 못했다. 그래서 준호는 빅토르에게 작은방을 내주었다.

빅토르는 밥과 청소는 물론이고 빨래까지 도맡았다. 카드를 맡기면서 생활에 필요한 물건을 알아서 사라고 했다. 그런데 카드를 과하게 사용한 적이 있었다. 이유를 물으니 시무룩한 얼굴로 아버지의 다리 수술과 동생 라라 때문이라고 했다. 빅토르가 있어서 생활이 편해진 것도 있었으므로 준호는 별말 않고 넘어가기로 했다.

어느 날 샤워를 하는데 초인종 소리가 났다. 아무 생각 없이 팬티 차림으로 현관문을 열었더니 라라가 서 있었다. 이르쿠츠크에 일자리를 알아보고 있다며 오빠를 찾아왔다고 했다. 그렇게 라라까지 한집에 살게 되었다.

3

빅토르는 대대로 벌목을 생계 수단으로 하는 집안의 다섯 형제

중 장남이었다. 열 살 때부터 아버지를 따라 동네 사람들과 산판을 누볐다. 지독한 추위를 견뎌야 하고 언제 나타날지 모르는 집채만 한 곰을 경계해야 하는 생활과 끝이 보이지 않는 나무를 베기 위해 사납게 내지르는 엔진 톱의 소리가 사춘기가 시작될 무렵부터 끔찍이도 싫어졌다. 자칫 한순간만 방심했다가는 목숨을 잃을 수 있는 긴장감도 견디기 힘들었다. 지독하게 비가 많이 내리는 여름이 지나면 짧은 가을은 온데간데없이 겨울이었다. 그때부터 미열에 시달렸다. 편도가 부어 물도 삼킬 수 없었다. 열이 내렸다가 오르기를 반복했고 잔기침도 계속됐다. 해마다 반복되는 일이었다. 오늘 딱 하루만, 정말 하루만 쉬었으면 싶었지만, 아버지는 엔진 톱과 기름통을 챙겨 들고 밖에서 빅토르를 불렀다. 어머니가 건네는 물병과 한 끼 식사가 든 가방을 어깨에 메고 아버지를 따라나섰다. 잔기침하면서 어른들이 베어놓은 나무의 잔가지를 도끼로 쳐냈다. 잔가지를 칠 때는 벌목공의 작업에 신경 써야 했다. 커다란 나무가 언제 어디로 쓰러질지 모르기 때문이었다. 그러나 빅토르는 그럴 마음의 여유도 몸 상태도 아니었다. 아름드리 소나무가 빅토르 쪽으로 쓰러지고 있었다. 아버지가 몸을 날려 구했으나 왼쪽 다리가 나무에 깔려 부러지고 말았다.

　한 달 동안 아버지가 일을 못 하게 되자 집에 먹을 게 없었다. 이웃집 인심은 오래 가지 않았다. 결국 아버지는 절뚝거리며 집합 장소로 갔다. 빅토르는 학교에 가기 위해 집을 나섰다가 시끌벅적한 소리에 고개를 돌렸다. 사람들이 아버지를 카마즈에 태우

려고 하지 않았다. 아버지가 어떻게든 올라타려고 하다 보니 실
랑이가 벌어졌다. 작업반장이 나섰다. 그 지팡이를 놓고 걸어보
라고 했다. 보란 듯이 아버지가 지팡이를 팽개쳤지만 발을 떼지
못했다. 사람들이 그것 보라는 듯 술렁댔다. 잠시 후 병정처럼 앞
뒤로 손을 흔들며 다리를 직각으로 올렸다 내렸다 하며 걷기 시
작했다. 아무리 숨기려고 해도 왼발을 디딜 때는 한쪽 어깨가 기
울였다. 그런데도 아버지는 니치보! 니치보! 라고 소리쳤다. 사람
들이 손가락질하며 깔깔거렸다. 작업반장은 웃지 않고 까만 토끼
털 모자를 벗더니 손바닥으로 이마를 쓱쓱 문지르고 한숨을 쉬었
다. 아버지가 던져놓은 지팡이로 카마즈 꽁무니를 탁탁 두드렸다.
웃음이 그쳤다. 올라타라는 신호로 고갯짓을 했다. 아버지를 실
은 카마즈가 사라졌다.

빅토르는 커다란 통나무 하나를 끌어다 길에 가로질러 놓고
숲속으로 몸을 숨겼다. 원목을 실은 카마즈가 그 앞에 멈췄다. 운
전사가 욕을 하며 내려서는 통나무를 치우는 사이, 쏜살같이 카
마즈 짐칸에 올라 몸을 숨겼다. 띤다역에 도착했다. 운전사가 원
목 상차 확인서를 받기 위해 사무실로 들어가자 뛰어내렸다. 그
리고 무작정 철길을 따라 걸었다.

빅토르가 손바닥으로 눈가를 꾹 눌렀다가 뗐다. 커다란 청록
색 눈에 물기가 가득했다.

"틱, 즈나이쉬 리 그제 마야 로지나(형, 내 고향이 어딘지 알아)?"

대답을 듣고자 묻는 말이 아니었기에 준호는 빅토르 어깨에
팔을 둘렀다.

"지레브냐, 그줴 쥐부트 톨커 레소루븨, 카토릐 카크 비노브늬어 이즈가니츠이(죄를 지은 유형자들처럼, 벌목공들만 마을을 이루고 사는 곳). 띤다."

아버지의 고백

1

아무 기별도 없이 지석이 나타났다. 아버지는 어떤 문제가 발생했음을 직감했다. 하지만 어느 때보다 굳은 얼굴로 냉정하게 당장 러시아로 돌아가라며 사무실 문을 열고 어두컴컴한 복도를 이리저리 살폈다. 일주일 안으로 찾아가겠다며 지석의 등을 밀었다.

지석의 아버지는 일이 손에 잡히지 않았다. 이유라도 들어봤어야 하는 것이 아닐까, 뒤늦은 후회에 잠도 설쳤다. 그러나 이유를 듣게 되면 일주일이라는 시간을 벌 수는 없었다. 그는 서재에서 골똘히 생각에 잠겼다. 지난여름, 조선국제려행사를 통해 관광하러 온 아들의 일행을 떠올렸다. 평양을 비롯해 원산, 금강산을 다녀갔다. 티를 내지 않으려고 했지만 아들은 '아샤'라는 금발의 여학생에게 빠져 있었다. 기침과 사랑은 숨길 수 없는 법이었다. 여행 마지막 날 그들을 저녁 식사에 초대했다. 불고기를 집어 아샤의 앞접시에 놓아주려던 지석과 눈이 마주쳤다. 지석은 얼른

제 접시에 불고기를 놓으면서 얼굴을 붉혔다. 그 후 지석은 밥을
제대로 먹지 못했다. 아샤가 어떤 아이인지 알아볼 필요가 있었
다. 좋은 집안, 즉 블라디보스토크에서 어느 정도 영향력을 가지
고 있는 자녀라면, 의외로 이야기가 쉽게 풀릴 수 있었다. 러시아
와의 외교적 우호 관계 측면에서 당을 설득할 수 있었다.

아샤는 러시아가 1930년대 블라디보스토크의 고려인들을 하
바롭스크 지역으로 강제 이주시킬 때 이동해 정착한 고려인 4세
였다. 그의 할머니가 러시아인 노동자와 결혼한 가난한 고려인일
뿐이었다. 그녀의 부모도 노동자이기는 마찬가지였다. 몰랐던 사
실은 대학 때 지석이 게임 카페에서 아르바이트를 한 것이 아샤
때문이었다는 것이다. 그들은 일이 년 된 관계가 아니었다. 아샤
는 지석에게 어떤 영향을 준 것일까? 지구상 유일하게 폐쇄적 사
회주의로 남아 있는 체제에 대한 의문을 품게 했을까? 그건 이를
테면 사랑으로 인해 품게 된 체제에 대한 의문일 것이다. 인간이
란 금지된 것에 더욱 욕망하는 존재가 아닌가. 지석의 아버지는
한숨을 내쉬었다.

2

아버지와 이른 저녁을 먹은 지석은 술집에 가서 맥주라도 한잔하
는 것이 어떻겠냐고 물었다. 그러나 아버지는 오래 있을 수가 없
다며 지석의 집으로 곧장 가자고 했다. 지석은 정식으로 아샤를
소개할 생각이었다.

집에 들어오자마자 아버지가 식탁으로 가서 의자를 빼내어 앉았다. 다른 때 같으면 여기저기 둘러보며 잔소리를 했을 터였다. 그러나 아버지는 그저 맥주가 있느냐고 물었다. 지석은 냉장고를 열고 캔 맥주 두 개를 꺼내 탭을 따서 아버지 앞으로 조심히 밀어 놓았다. 아버지는 몹시 갈증이 난다는 듯 단번에 비웠다. 갈증의 근원이 자신인 듯해 지석은 아버지의 시선을 피했다.

아버지는 1989년 11월 10일, 베를린 장벽이 무너지는 그 역사의 시간에 동독의 남쪽 드레스덴에 있었다. 독일인들의 민주화 투쟁이 거세지자 당시 북한 유학생들에게 철수 명령이 떨어졌다. 동독이 전면 개방을 하게 된다면 당시 공화국의 입지는 좁아질 수밖에 없었다. 개방된 동독의 땅은 공화국의 입장에서 더는 안전지대가 아니었다. 암암리 유학생 중에 탈출의 기회로 생각하는 이들도 있었다. 실제로 공화국을 배신하고 남조선과 제3국으로 넘어간 이들이 상당했다. 아버지가 다시 그 이야기를 꺼내는 이유를 짐작하고도 남았다. 지석은 고개를 떨구었다.

"아바지는 공화국을 배신하지 않았어! 기란데, 사실은…… 가슴은 공화국을 배신했드랬지."

'정치와 사회' 시간이었다. 담당 교수가 오늘 토론 주제는 '위대한 지도자의 자질이란 무엇인가'라며 누가 발표하겠느냐고 물었다. 아버지는 손을 들고 김일성 주석을 예를 들어 설명하면서 위대한 지도자로서 모든 자질을 갖추고 있다고 했다. 그런데 말이 끝나기도 전에 한 학생이 손을 들었다. 그 학생은 김일성은 독재자일 뿐이지 위대한 지도자가 아니라고 했다. 아버지는 얼굴이 벌겋게 달아올랐다. 위대한 영도자 김일성에 대한 생애와 인민을 위한 모든 사상을 늘 그랬던 것처럼 줄줄이 외웠다. 학생은 고개를 저었다. 교수가 그 학생에게 왜 그렇게 생각하느냐고 물었다.

"독일인도 히틀러를 퓌러[5]라 부르며 충성을 다짐했습니다. 열광하듯 만세도 부르고 그를 따랐습니다. 그러나 그는 전쟁을 일으켜 수많은 사람을 죽였습니다. 그 전에 수많은 반대파를 죽였습니다. 그래서 오늘날 우리는 그를 독재자라 부릅니다. 맹목적으로 충성하는 눈먼 독일인들에게 히틀러는 퓌러겠지만 우리에게는 독재자일 뿐입니다."

교수는 아버지를 쳐다보았다가 시선을 외면하고 학생에게 물었다.

"구체적으로 히틀러와 북한의 김일성이 어떤 면에서 같다고 생각하는가?"

"히틀러 시대의 독일과 김일성 시대의 북한은 시대와 장소만 다를 뿐 본질은 같습니다. 왜냐하면 히틀러를 '하이 히틀러!'라고 부르며 따랐던 우리 할아버지와 아버지나, 지금 이 자리에서 김일성을 위대한 수령이라고 존칭하는 저 학생이 하나도 다르지 않기 때문입니다."

아버지가 자리에서 벌떡 일어나며 소리쳤다.

"우리는 진심으로 그분을 존경하여 그러는 것이다!"

---

5   총통Fuehrer, 아돌프 히틀러가 독일 제3제국(1933-45)의 절대적 권력자로서의 자신의 역할을 정의하기 위해 사용했던 칭호.

"그것은 눈먼 자의 맹목적인 충성일 뿐이야. 독일은 그런 눈먼 충성심이 큰 화를 불러왔어. 전쟁이 일어났고 인간에게 큰 재앙을 가져왔다고. 네가 말하는 위대한 너희 조국도 곧 재앙이 찾아오리라 생각해! 지식인의 무지가 더 심각한 상황으로 이끌 수 있기 때문에 너 같은 학생들만이라도 체제에 어떤 문제점이 있는지 고민을 해야 한다고 말하는 거야. 그렇지 않으면 그의 아들이, 손자가, 영구히 그 체제를 유지하기 위해 갖은 방법을 동원할 테니까. 그 체제에 희생양이 되는 건, 너 같은 고위급 간부가 아니라 힘없는 인민들이야."

교수가 수업을 중단했다. 아버지를 자신의 연구실로 데려가 물 한 컵을 건네주었다. 물을 마셔도 아버지는 흥분이 가라앉지 않았다. 교수는 물끄러미 쳐다보다가 낮은 목소리로 말했다.

"신이 아닌 살아 있는 사람을 우상화하고 있으므로 북한의 김일성은 위대한 지도자라고 말할 수 없다는…… 그 학생의 말에 나도 동의한다."

아버지는 눈을 크게 뜨고 교수를 쳐다보았다. 그는 동독 집권당의 당원이면서 동독에 주재하는 북한 대사관으로부터 정기간행물을 받아보는 사회주의자였기 때문이다. 그가 수업을 중단시키고 연구실까지 데려와 물을 건네주는 호의를 베푼 것은 위로해주기 위해서가 아니었던가? 그러나 교수는 아버지에게 시선을 고정하고 좌우로 고개를 흔들었다.

"살아 있는 사람의 동상을 만들어놓고 그 앞에 꽃을 바치고 고개를 숙이는 것, 그것이 우상숭배가 아니고 뭐겠니? 그 학생의 말처럼 김일성의 아들로 그의 손자로 체제가 이어지지 않기를 진심으로 바랄 뿐이다."

아버지의 흥분은 조금씩 가라앉고 있었다. 그런데 눈에서 눈물이 흘러내렸다. 거칠었던 호흡도 붉어졌던 얼굴도 진정되고 있었다. 그러나 눈물만은 멈추지 않았다. 손등으로 닦고 또 닦아도 소용없었다. 급기야 딸꾹질이 나왔다. 아까 수업 시간 때 그렇게 흥분했던 것은 어쩌면 그 학생의 말이 하나도 틀리지 않기 때문이었다. 지금껏 옳다고 믿었던 모든 것에 대한 부정을 받아들일 수가 없었지만, 받아들이지 않을 수가 없었다.

얼마 지나지 않아 베를린 장벽이 무너졌다. 그때 탈출을 시도하는 동무들을 보면서 갈등했다. 그러나 아버지는 공화국으로 들어오라는 명령을 거역하지 않았다. 그로 인하여 할아버지에 이어 당원으로서 최대 혜택을 여태껏 누리고 있었다.

말을 마친 아버지가 한 손으로 이마를 문지르더니 지석을 보았다. 다시 천천히 말을 이었다.

"사회주의가 결코 나쁜 거이 아니야. 자본주의가 좋다는 말도 아니야. 둘을 합치면 어드랬겠니? 네 생각으로 어드랬냔 말이야? 오랜 시간 경제학을 학습하지 않았니? 박사가 아니네?"

아버지가 지금까지 한 일 중에서 가장 보람 있었던 일은 2000년 6.15선언 이후 8월 9일에 남쪽의 현대 아산과 '개성공업지구건설 운영에 관한 합의서'를 체결하여 공단을 조성한 일이었다. 그때 아버지 나이 서른아홉이었다. 아버지는 그때야 비로소 독일 유학 당시 공화국을 배신한, 그 불편한 마음에서 벗어날 수 있었다.

　유학을 마치고 공화국으로 돌아온 지석은 군대에 가겠다는 말을 하지 않았다. 공화국도 속도는 느리지만 변화하고 있다고 여기던 아버지는 과감하게 박사과정도 러시아에서 밟고 오라고 했다. 지석이 돌아오면 체제 변화의 교두보 역할을 담당해주리라 여겼기 때문이다. 올 여름방학 때 지인들과 공화국 관광을 하고 돌아갈 때까지도 지석에게서는 어떠한 문제점도 발견하지 못했고, 아버지는 아들을 내심 자랑스러워하고 있었다.

　지석이 말할 차례였다. 두 손을 무릎 위에 가지런히 올리고 허리를 곱게 편 지석이 입을 열었다.

　"아바지, 제가 공화국을 배신하겠다는 거이 아닙네다. 사랑하는 아샤와 함께 있고 싶은 것 뿐입네다. 약속한 대로 김일성종합대학에서 학생들을 가르치게 해주시라요!"

　아버지가 지석의 손을 감싸 쥐더니 당신 심장에 갖다 댔다. 쿵쿵. 쿵쿵. 몹시 급하고 빠르게 뛰었다.

　"아바지도 기카지만 너도 공화국에 많은 빚을 진 기야. 당과 인민을 위해서 지금까지 네가 받은 혜택은 갚아야지 않간? 네가 온 힘을 다해보겠다고 약속을 하므는, 이 아바지도 최선을 다해 도울 방법을 찾을 기야. 공화국을 탓하믄 아니 돼!"

　지석이 아버지의 시선을 슬그머니 외면했다.

　"내 눈을 똑바로 쳐다보라. 공화국은 지금 외화가 절대적으로 부족하다는 거를 잘 알고 있지? 너를 왜 경제학박사를 시켰갔네? 왜 로씨야에 유학을 보냈갔어? 원수님을 도와 잘사는 공화국을 만들라는 취지에서 인재를 키운 거지. 기래서 너에게 투자한 거아니 갔어? 기란데 너는 자본주의에 오염되았어. 체제를 부정하는 너를 어캐 믿고 공화국의 젊은이를 맡기갔니? 공화국에 빚진거는 갚아놓고 너 하고 싶은 거 하라. 마음 굳건히 각오가 되므는피양으로 아바지를 만나러 오라. 기때 네가 할 일을 맡기갔어. 기거이 쉽지 않다는 거쯤은 짐작할 기야. 지식인이라면 체제에 문제 제기하는 거, 이 아바지는 의미 있는 일이라고 생각해. 남들은다 옳다고 해도 옳지 않은 거를 발견했다믄, 다시 들여다보는 눈과 마음을 지녀야 진짜 지식인이 같지. 너는 인민들의 발밑으로드리우는 그림자를 외면하지 말고 살피는 진실한 지식인이 돼라. 기카지만 애미나이한테 빠져서 조국과 가족을 배신하려는 행위만은 결코 용서할 수 없어! 알간?"

강남 김밥집

1

주위의 부산함에 준호는 잠이 깼다. 창문의 가림막을 올리고 밖을 보았다. 멀리 드넓은 녹색의 스텝이 펼쳐지고 있었다. 점을 찍어 놓은 듯 말 떼와 소 떼가 여기저기에 흩어져 있었다. 너무 멀어 움직임은 느낄 수 없었다. 그 너머로 황백색의 자작나무 숲이 보이기 시작했다. 푸른 바다의 물빛보다 흐리고 불투명하며 차가운 느낌이 드는 아무르의 강줄기가 실뱀처럼 좁아졌다가 점점 가늘어지면서 스텝과 자작나무 숲으로 이어졌다. 자연을 키우는 생명의 젖줄은 야박하지 않았다. 비행기의 목적지인 하바롭스크 공항에 도착한다는 안내방송이 나왔다. 승무원이 지나다니며 담요와 쓰레기 등을 거둬갔다. 길 위를 달리는 자동차의 움직임이 느껴졌다. 옆자리의 청년들이 창밖을 보기 위해 고개를 내밀었다. 준호는 등을 의자에 붙이고 작은 창을 양보했다.

"저 나무들이 자작인가 봐."

옆자리의 청년이 중얼거렸다. 통로 쪽 청년이 그런가 보네, 라고 대답하며 고개를 끄덕였다.

"저곳은 스텝이구나. 진짜 끝이 안 보이네."

준호도 처음 러시아에 왔을 때, 동행한 친구와 낯선 나라에 대한 감응을 조용조용 말했던 기억이 났다. 옆자리의 청년이 유럽 횡단 열차를 타러 간다고 했다. 준호는 고개를 끄덕이며 좋은 여행이 되길 바란다고 했다.

하바롭스크는 계류장이 없어 비행기에서 내려 경내버스를 탔다. 공항은 국내 시외버스 터미널만큼이나 작고 단조로웠다. 짐을 챙긴 승객들이 빠른 걸음으로 공항을 빠져나갔다. 여섯 시간 이후에 크라스노야르스크행 국내선을 한 번 더 타야 했기 때문에 국내선 탑승을 알리는 표지를 따라 걸었다. 짐을 맡길 수 있는지 알아보기 위해 항공사 안내소를 찾았다. 한 시간 전에나 가능하다고 했다. 휴대폰을 꺼내 검색했다. 중앙시장 맞은편 새로 들어선 백화점 식당 코너에 'kannam gimbap'이라는 교포가 운영하는 식당이 있었다. 분식을 파는 식당인데 여행객의 애로사항을 잘 들어준다는 글이 SNS에 올라와 있었다. 다른 블로그에는 짐을 보관해줘서 시내 관광을 편하게 했다며 여주인과 함께 찍은 사진도 업로드되어 있었다. 여주인의 서글서글한 눈매가 인심 좋아 보였다. 밖으로 나와 택시를 탔다.

강남 김밥집을 찾는 것은 어렵지 않았다. 식당에 들어갔더니 옆자리에 앉았던 청년들이 알은체했다. 젊은 친구들이라 역시 정보 검색이 빠른 모양이었다. 블로그에서 봤던 여주인이 주방 앞에 마련되어 있는 간이 조리대에서 부지런히 김밥을 말고 있었다. 준호는 김밥 한 줄과 라면을 주문하고 보관료를 따로 줄 테니 가방을 좀 맡아달라고 했다. 그녀가 가방 몇 시간 맡아주고 돈 받았다고 인터넷에 떠돌면 한국 관광객이 자신의 식당을 찾아오겠냐며 짐은 걱정하지 말고 음식이나 많이 시켜 먹으라고 했다. 음식을 가져다주던 여주인이 물었다.

"크라스에는 왜 가는 거예요? 한국 사람들이 주로 가는 곳은 아닌데."

"소나무를 좀 구하려고요. 군산에서 제재소를 합니다."

"그 먼 곳까지 혼자 가요? 러시아말을 할 줄 알아야 할 텐데."

"작년까지 이르쿠츠크에서 H기업의 주재원으로 근무했습니다."

청년들이 준호를 흘깃 쳐다보았다. 그녀가 다시 물었다.

"거기가 북한사람들이 벌목공으로 일한다는 곳이죠? 너무 힘들어서 도망치고 그런다던데. 지금은 어쩌려나? 전에는 여기 하바에도 있었어요. 겨울에는 벌목공으로 일하고 여름에는 건설노동자로 일하러 나왔거든요. 작년 이맘땐가? 간부 같더라고요. 그 사람이 돈가스를 시켜서 어찌나 맛있게 먹던지……."

"저는 러시아 친구를 만나러 갑니다. 그쪽 일을 하는 친구라서."

준호는 청년들과 함께 식당을 나왔다. 그들도 모스크바로 가는 유럽 횡단 열차를 타려면 세 시간은 기다려야 한다고 했다. 준호가 안내자 역할을 맡아 콤소몰 광장과 아무르강, 충혼탑을 돌아보기로 했다. 세 사람은 제일 가까운 거리인 콤소몰 광장에 먼저 가보기로 했다.

두 사람은 기능대학에서 만난 동기라고 했다. 준호 옆의 가운데 자리에 앉았던 민우는 지방대를 졸업하고 취업이 안 돼 기능대학을 다녔고, 통로 쪽에 앉았던 정민은 고등학교 때까지 축구선수였는데 발가락을 다쳐 그만둔 후, 해병대 단기 부사관으로 제대하고 기능대학에 들어갔다. 둘 다 서른을 넘긴 나이였다. 그런 이야기를 나누다 정민이 퉁명스럽게 말했다.

"성흥 사건 아시죠? 그때 우리도 잘렸어요."

그가 말하는 '성흥'은 우리나라 자동차 부품 생산업체 중 꽤 규모가 큰 성흥엔지니어링이라는 기업이었다. H기업 자동차부품 생산 협력사 중 한 곳이기도 했다. 노동자 사망사고가 자주 일어나면서 근무 환경과 조건에 의혹이 제기됐었다. 그러던 중에 또 사망사고가 났다. 소식을 듣고 달려온 유가족에게 관계자는 본공장에서 인명사고가 난 것은 유감이지만 법적 책임과 보상에 대한 것은 파견업체와 논의하라고 했다. 사망자 부모는 열악한 환경과 처우 때문에 아들이 평소 마음고생이 심했다며 사고에 대해 진상조사를 해달라는 탄원서를 노동청에 제출했다. 노동청 감사 결과에서 불법 하도급이 문제였다며 시정하라는 조처가 내려졌다. 이에 성흥엔지니어링은 파견 인력업체와의 계약을 해지해버렸다. 하루아침에 하도급 파견노동자들이 일자리를 잃었다. 지난 시절 내내 언론에서 떠들었지만 달라진 것은 없었다.

비정규직과 최저임금에 대해서 준호도 생각이 많았다. 준비도 안 된 상태에서 제재소 운영을 맡고 보니 가장 어려운 것이 사람 쓰는 일이었다. 최저임금 상승과 비정규직 철폐 정책은 제조업에 있어 목을 죄는 규제와도 같았다. 이번 러시아 방문은 대성제재소에서 십 년 이상 근무한 여덟 명의 생계 보장에 대한 짐까지 없고 온 셈이었다.

한 식물학자는 우리나라가 온난화 기후가 되어버린 탓에 얼마 가지 않아 소나무 구경이 어려울 거라며 '남산 위에 저 소나무 철갑을 두른 듯'이라는 애국가의 가사도 바뀌어야 한다고 했다. 남쪽 지방에서는 재선충병으로 소나무가 사라지고 섬 하나가 온통 활엽수로 변했다는 뉴스도 보도되었다. 이제 소나무를 사려면 목돈이 있어야 했다. 인생은 예상하지 못한 일들이 벌어져 낭패감에 빠트릴 때가 있었다. 무엇을 어떻게 해야 할까? 이번 일을 잘 해낼 수나 있을까? 이런 저런 생각에 빠져 혼자 앞서가는 준호의 팔을 그들이 붙잡았다.

"형, 같이 가요! 형이라고 불러도 되죠?"

2

준호는 붙임성 좋은 청년들과 콤소몰 광장 한가운데 우뚝 서 있는 오벨리스크 동상에서 기념 촬영했다. 1918년에서 1922년까지 러시아 내전에 참전했던 전쟁영웅을 기리기 위해 세워진 탑이며 소련에서 사회주의 정치교육을 위해 공산당이 조직한 청년 단체 이름이 콤소몰이었다고 준호가 설명했다.

"우리로 치면 유소년단체 같은 거였네."

"그래, 그렇게 볼 수도 있겠다."

준호가 대답했다. 그들은 동상을 살피며 농담을 주고받았다.

"이 어린 것들이 소련 사회주의에 엄청나게 영향을 끼쳤나 봐. 이렇게 큰 탑을 세워 기념하는 것을 보면…… 어떤 사상을 유지하려면 어릴 때부터 세뇌를 시켜야 해."

"그래야 그대로 유지할 거 아니냐. 야, 북한을 봐라! 어릴 때부터 그렇게 세뇌를 당하기 때문에 세습이 어떤 문제점을 가졌는지 모르는 거잖아. 어디 북한뿐이냐? 부의 세습, 우리나라도 마찬가지야."

"와우, 역시 군바리 출신이라 생각하는 게 남다르구만."

민우가 놀리자 정민이 큰 주먹으로 어깨를 툭 쳤다.

"결국은 자본주의에 무너지게 되어 있어. 엄청나게 큰 소련도 무너졌잖아. 북한도 시간문제야."

"나는 세상에서 제일 무서운 게 자본, 돈이라고 생각한다."

그들은 준호를 사이에 두고 말장난을 쳤다. 콤소몰 광장은 시간을 많이 할애해야 할 만큼 볼거리가 있는 것은 아니어서 세 사람은 아무르 선착장으로 가기 위해 2차선 도로를 건넜다. 높은 굴뚝으로 하얗게 연기가 피어오르고 있었다. 그들은 공장 굴뚝이냐고 물었다. 준호는 사회주의 국가의 흔적이라며 중앙난방을 가동하는 거라고 했다.

선착장은 한산했다. 준호는 아무르가 퉁구스어로 큰 강이라는 뜻을 가지는데, 강물에 부식질이 많아 검은색을 띠는 탓에 중국어로는 헤이룽장黑龍江이라고 부른다고 설명했다. 시베리아 동남부와 몽골 동북쪽에서 발원하여 만주와 그 주변 지역을 흐르는 강인데, 세계 여섯 번째로 긴 강이고 중국인들이 주로 이용한다고 덧붙였다. 그들은 강이 아니라 바다 같고 물이 어쩐지 흙탕물 같다는 감상을 주고받았다. 그때, 저 멀리 원목을 가득 실은 화물선이 아주 느리게 지나갔다.

"와, 저기 나무 싣고 간다. 엄청나다!"

"백 미터는 되겠네! 저거 중국으로 싣고 가는 건가?"

준호도 시선을 빼앗겼다. 민우가 말했다.

"왠지 아깝다! 중국으로 갔다가 다시 한국으로 오는 건가 보네. 왜 우리나라는 러시아에서 나무를 못 들여오는 거예요? 나라끼리 협약이 안 된 거예요?"

"아니, 시베리아 원목을 들여오기 위한 직거래를 뚫기가 어려운 거지."

준호가 대꾸하자, 정민이 말했다.

"러시아 말도 어렵고 마피아 조직이 있어서 그런가? 그들한테 허락받아야 하나? 마피아들은 마음에 안 들면 총 한 방이면 끝나잖아."

"에이 설마…… 너무 추워서 그러는 거 아니야. 영하 50도를 웃돈다는데. 소통이 쉬운 나라는 아닌 것 같아."

그들의 농담에 준호가 웃었고 그들도 따라 웃었다. 화물선 꽁무니가 시야에서 천천히 멀어져갔다. 그들은 유람선을 타보겠다고 했다. 매표소로 갔다. 아무르 대교까지 왕복하며 한 시간이 소요된다고 했다. 준호는 그들과 헤어져야겠다고 말하고 표는 두 장만 달라고 했다. 표를 건네자 민우가 말했다.

"형! 연락처 좀 주세요."

준호는 명함을 건네주고 악수를 한 후 선착장을 빠져나가기 위해 도로로 접어들었다. 그들은 유람선 계단을 올랐다. 선착장 끝으로 허름한 휴게실이 보였다. 커다란 보따리와 가방을 가진 중국 상인 여러 명이 모여 있었다. 준호는 자판기에서 생수를 하나 사서 비어 있는 의자에 앉아 마셨다. 휴대폰을 꺼내 아버지에게 전화했다. 하바롭스크에 도착했다고 알리고 한돌에서 연락이 왔느냐고 물었다. 아버지는 아직이라고 했다.

3

한돌은 규모가 크고 오래된 거래처로 4대에 이어 한옥만 전문으로 건설하는 업체였다. 한돌이 크게 성장할 수 있었던 것은 그 배경에 삼선의원인 숙부와 군 장성 출신인 외삼촌을 이사로 둔 덕분이었다. 준호는 한돌 사장에게 직접 연락하려고 번호를 눌렀지만 통화 중이었다.

아버지는 단 한 번도 할아버지 의자에 앉지 않았다. 아버지는 아직도 경리실이라는 푯말이 붙어 있는 할아버지 사무실의 오른편에만 머물렀다. 위에는 불투명한 유리가 끼워진 나무판자 미닫이가 구분해주는 공간이었다. 미닫이는 열 때마다 찌그덕 소리가 났다. 마치 흑백영화 속 학교 교실 문처럼 낡아 있었다. 아버지는 양팔에 토시를 끼고 장부 정리를 하다가 전화벨이 울리면 낮은 목소리로 대성제재소입니다, 라고 전화를 받았다. 까맣던 머리가 하얗게 세고 듬직한 어깨가 굽고 뿔테안경이 은테로 바뀐 모습으로, 당신의 자리는 그 자리라고 여기며 언제나 그 공간으로 스며들어 갔다. 돋보기를 코에 걸친 채 자판을 열심히 치던 아버지는 일반 문서는 그런대로 작성했지만, 엑셀은 아무리 설명해도 숙지하지 못했다. 그래서 계산기를 눌러가며 하나하나 수기로 입출금을 정리했다. 준호는 문득 아버지의 소임이 자신을 대성제재소 대표 자리에, 할아버지 자리에 앉히는 일이 아니었을까, 하고 생각했다. 노병老兵이 자신에게 주어진 소임을 완수하고 어떤 대가를 기대하지 않듯, 자신의 임무만 다하면 된다는 듯이…….

준호는 반 남은 물병을 들고 자리에서 일어나 휴게실을 나왔다. 청년들이 탄 유람선은 한참이나 멀어져 있었다. 레닌 동상이 있는 중앙광장까지 걸어가볼까 생각하던 참이었다. 휴대폰이 울렸다. 한돌의 사장이었다. 얼른 통화버튼을 눌렀다.

"네에, 사장님! 다음 비행기 타려고 기다리고 있습니다."

"막 발표 났다! 대성 사장, 잘해야 된대이. 꼭 원목 싣고 온나?"

"최선을 다하겠습니다."

"욕 보래이. 돈 많이 나온다. 그만 끊자!"

전화를 끊고 준호는 주먹을 불끈 쥐고 "나는 할 수 있다!"라고 크게 외쳤다. 운동선수가 경기에 앞서 주문을 외우듯이.

카라울니 언덕

1

인솔자가 이르쿠츠크역에 곧 도착한다며 정차 시간이 두 시간이니 이곳에서 점심을 해결하라고 했다. 역을 벗어날 수는 없고 플랫폼 상인에게 먹거리를 사거나 구내매점을 이용하라고 했다. 노동자들은 로씨야 말도 모르는데 어캐 흥정을 하느냐고 불퉁거리며 복도에 서서 열차가 정차하기를 기다렸다. 지석도 침대에서 내려와 복도에 늘어 선 노동자 뒤에 섰다.

지석이 상인에게 빵과 우유, 해바라기씨 등을 흥정하며 노동자들을 불러 모았다. 종훈이 다가와 인솔자의 눈치를 보며 말했다.

"소장 동지! 기캐도 로씨야하믄 보드카인데, 어캐 한 모금 맛볼 수 없갔시요? 좁은 곳에 갇혀서 창만 쳐다보고 있으니 하품만 쏟아지고 시원하게 방귀도 못 뀌니 배도 아프고 골치도 띵함메다. 고저 한잔하고 푸욱 자므는 살 것 같은데 한 병만 구해주시라요!

어데서 팝네까?"

그 소리를 들은 지석이 손나팔을 하고 노동자를 불러 모았다. 그러고는 한 객실 당, 보드카 한 병을 살 수 있도록 할 테니 필요하면 따라오라고 했다. 인솔자는 소시지를 질겅거리다 지석의 말을 듣고 손사래를 치며 왜 자꾸 곤란한 일을 하느냐며 쫓아왔다. 지석이 매점으로 들어가 진열대에서 보드카를 집어 들고 인솔자에게 에이, 우리도 한 모금만 하자요! 라고 어리광 부렸다. 인솔자가 난처하다고 중얼거렸지만 더는 말리지 않았다.

객석 안은 술판이 벌어질 준비가 되었다. 종훈이 제일 신나 제대로 된 보드카를 맛보자며 플라스틱 컵을 나누고 어서 잔을 받으라고 했다. 소시지가 안주로 준비되어 있었다. 뚱한 표정으로 앉아 있던 인솔자도 잔을 부딪치고 들이켰다. 지석은 불을 삼킨 것 같은 뜨거움에 기침이 터져 나왔다. 기홍도 목을 쥐고 캑캑거렸다. 종훈이 그 모습에 껄껄거리며 말했다.

"이 정도 술은 마실 줄 알아야 사내가 아니갔음메! 우리 할아바지는 중국까지 넘어 다니며 호랑이 사냥을 했수다. 겨울에 눈이 가슴까지 차고 몸이 꽁꽁 얼믄 품에서 50도짜리 빠이주를 꺼내 마시라고줬수다. 기거를 한 모금 마시믄 목구멍이 불타서리 눈밭을 굴렀음메."

종훈의 호들갑에 인솔자도 표정을 풀고 주거니 받거니 한 병을 금세 비웠다. 다른 객실도 왁자지껄 떠들며 보드카에 취하기 시작했다. 열차가 출발하겠다고 역무원이 깃발을 흔들자 벌게진 얼굴로 인솔자는 객실을 돌아다니며 인원 점검했다.

열차가 간이역에 들어서면 노동자들은 뛰어내려 러시아 상인에게 먹거리를 사서 끼니를 해결했다. 지석이 열차가 떠나기 직전이 되면 처음 부른 값의 반만 주면 살 수 있다며 값을 치르지 말라고 했다. 눈치챈 상인이 큰소리로 화를 내자 노동자들이 떼로 달려들었다. 그 모습을 보고 승무원이 뒤뚱거리며 다가와서 뭐라 지껄였다. 지석이 손사래를 치고 노동자들을 향해 말했다.

"동무들, 이 간나년이 벌금을 물린다고 합네다. 기만들 합세다."

돈이 떨어진 노동자는 인솔자를 찾아가 루블화를 얻어갔다. 끝없이 이어지는 풍경과 흔들리는 열차에서 맨정신으로 견디기는 쉽지 않았다. 지석과 인솔자도 마찬가지였다. 노동자들 사이에 끼여 러시아 상인과 흥정하고 정차 시간이 오래 걸리면 역 구내매점에서 술과 안줏거리를 사서 나눠 먹었다.

2

지석은 아버지의 말을 거스르지 못하고 평양으로 가기 위해 짐을 쌌다. 그러다가 아샤에게 여행을 가자고 말해보았다. 아샤는 어머니를 만나러 가자고 했다. 크라스노야르스크에서 음식점을 하는 아샤의 어머니를 만나기 위해 두 사람은 블라디보스토크에서 크라스노야르스크까지 유럽 횡단 열차를 탔다. 지석은 처음으로 함께 하는 여행이 마지막이 아니기를 바랐다. 울란우데를 지날 때부터 보이기 시작한 노랗게 물든 자작나무는 중앙 시베리아가 가까워질수록 황금 등을 밝혀놓은 것 같았다. 열차는 그 터널 속으로 사라졌다가 다시 나타났다. 이르쿠츠크를 지날 때는 바이칼을 찾는 여행객으로 객석이 혼잡했다. 지석과 아샤는 손을 꼬옥 붙잡고 커다란 배낭을 지고 역을 빠져나가는 여행자들을 부러운 눈으로 보았다. 이틀이 지나고 오후 늦게 예니세이강을 건너 크라스노야르스크역에 도착했다. 아샤의 어머니가 역으로 마중 나왔다. 아샤가 어머니를 빼닮았다는 걸 알 수 있었다. 역을 나오자 오른쪽 건물에 모자이크로 꾸며진 세 개의 대형 벽화가 있었다. 붉은 기를 들고 행진하는 군중과 트렌치코트를 입은 레닌과 그의 동지들이었다.

시베리아의 겨울을 나기 위해 거대한 목조주택들은 모두 덧창을 갖추고 있었다. 창문틀은 화려한 꽃무늬들로 장식되어 있었지만 대다수의 주택이 페인트칠이 벗겨졌고 낡아 있었다. 시내로 접어들자 블라디보스토크 못지않게 전통 건물 사이로 고층 아파트와 신축 건물이 뒤섞인 풍경이었다.

다음 날은 크라스노야르스크 시내가 한눈에 보이는 카라울니 언덕을 올랐다. 성 파라스케바 피아트니차 정교회 성당이 서 있는 언덕은 매우 아름다웠다. 1855년 코사크 기병대가 세운 경계탑 아래에서 웨딩드레스를 입은 신부와 정장 차림의 신랑, 그들의 친구들이 왁자지껄 떠들며 사진을 찍고 있었다. 그들은 성당 둘레를 감싼 철망에 빨간색 사랑의 자물쇠도 매달았다. 철망에는 이미 빨간색, 노란색, 파란색, 분홍색의 사랑의 자물쇠가 빼곡히 매달려 있었다.

아샤가 10루블을 꺼내 지폐 도안 속 성당 그림과 성 파라스케바 피아트니차 성당을 번갈아 가리켰다. 10루블 지폐 속 성당이 바로 성 파라스케바 피아트니차라고 했다. 지석은 거리를 두고 지폐 속 성당과 비교해보았다. 그들은 그 10루블로 사랑의 자물쇠를 사기로 했다. 아샤는 보편적인 사랑, 조용한 사랑을 의미하는 분홍색 자물쇠를 골랐다. 자신들의 사랑이 특별하지 않고 보편적인 사랑이기를 바라는 마음이었다. 두 사람은 철망에 자물쇠를 걸어놓고 카라울니 언덕을 내려왔다.

자작나무숲이 이어지는 사이 사이로 아주 오래된 목조건물이 불쑥 나타나 사라지더니 좁은 길이 이어지기를 반복했다. 커다란 목조건물은 서너 살림을 해도 무방해 보일 만큼 덩치가 컸다. 창틀과 문틀이 어긋나 있고, 앞에 잡초가 무성한 것으로 봐서 아무도 살지 않는 것 같았다. 그러나 햇볕이 드는 창틀에 내놓은 작은 밴자민 화분과 창으로 레이스 커튼이 비쳐 보이기도 했다. 지석은 걸음을 멈추고 가만히 바라보았다. 트램이 지나가는 철로와 정류장의 이정표에 체르니솁스키라고 쓰여 있었다. 아샤가 말했다.

"이곳이 니콜라이 체르니솁스키의 거리야."

아샤가 동아리에서 할 토론을 위해 내용 요약을 해달라고 준 책이 바로 니콜라이 체르니솁스키의 작품이 아니었던가. 지석이 러시아 문학을 처음 접한 것이 바로 그때였다. 그때까지 공화국에서 접했던 문학과 영화는 결말이 한결같아서 큰 흥미를 느끼지 못했다. 그런데 러시아 문학은 인간의 심리를 꿰뚫은 핍진함이 있어 읽다 보면 날을 새곤 했다. 아샤가 읽어보라고 권한 도스토옙스키의 작품은 눈 덮인 시베리아 벌판으로 먹이를 사냥하기 위

해 내려온 한 마리 늑대가 되기라도 한듯 신경이 곤두섰다. 장면
이 넘어갈 때마다 숨이 막혀왔다. 죄수가 족쇄를 찬 채로 꽁꽁 언
시베리아 벌판을 이동하는 장면에서는 책장을 넘기기도 힘들었
다. 그 순간 지석은 아샤가 아르바이트 중이라는 것을 알면서도
전화를 걸었다.

"아샤, 오늘 밤 너와 같이 있고 싶어!"

아샤는 말이 없었다. 주위의 부산한 소리만 수화기를 통해 들
려왔다. 한참 만에 말했다.

"너희 집으로 갈게."

그날 밤 두 사람은 처음으로 사랑을 나누었다. 아샤가 고려인
4세라는 것을 알게 된 것도 그날 밤이었다.

3

인솔자가 활짝 웃는 얼굴로 객실에 들어서면서 지석에게 오케이
사인을 보냈다. 지석이 웃으며 인솔자를 치하했다.

띤다역은 원래 화물역이라 열차가 정차하지 않았다. 인솔자가
승무원에게 뒷돈을 챙겨주어 정차할 수 있게 했다. 뇌물이 통하지
않는 승무원을 만나면 크라스노야르스크까지 가야 했다. 그곳에
서 우아직을 타고 사업소로 가야 했는데, 그 번거로움을 인솔자가
없애 준 것이다. 인솔자는 다음 역에서 대표부에 연락을 취하겠다
고 했다.

띤다가 가까워질수록 노랗게 물들어가는 자작나무 잎이 열차

가 지나면서 일으키는 바람에 후드득 떨어졌다. 겨울인 듯 차가운 공기가 엄습해서 기홍은 야전잠바를 꺼내 입었다. 웃옷을 걸치지 않고 바람을 쐬러 나갔던 종훈이 재채기를 하고 안으로 뛰어 들어왔다. 기홍은 나뭇잎만 떨어지면 겨울이라고 했던 사촌형 유철의 말이 생각났다. 유철은 러시아 외화벌이 벌목공으로 선발되어 갔다가 지금껏 돌아오지 못했다. 보위부에서는 그가 벌목장을 이탈했다면서 찾아와 형수와 조카를 연행해갔다. 그들은 기홍이 일하는 전력 보급소까지 찾아왔다.

일 년이 지난 후 기홍은 큰집 조카의 결혼식에서 형수를 다시 만났다. 생활이 어려워 고생이 많을 거라고 걱정했는데 형수가 넌지시 유철이 집으로 목돈을 보내오고 있다고 했다. 빈말이 아닌 듯 형수는 화장도 곱게 했고 한복은 공단으로 새로 맞춘 것이었다. 조카의 학생 인민복도 새것이었다. 형수는 기홍이 러시아 외화벌이 일꾼으로 떠난다는 소식을 듣고 찾아와 유철의 연락처를 건넸다. 어디에서 어떻게 살고 있는지 모른다며 꼭 만나달라고 부탁했다. 유철 형이 왜 사업장을 이탈했는지, 지금 어디에 있는지, 전혀 알 수 없는 기홍은 띤다가 가까워지자 공연히 가슴이 뛰었다. 심호흡을 해봐도 진정되지 않았다.

부스스한 모습을 한 승무원이 인솔자를 찾았다. 한 시간 후면 띤다역에 도착한다며 정차는 십 분을 넘길 수 없다고 서둘러야 한다고 거듭 말했다. 인솔자는 곧바로 객실을 돌며 소리쳤다.

"한 시간 후며는 띤다역에 도착하니 모다 서두르기요! 이곳은 화물역이라 일 분! 일 분밖에 정차하지 않소. 속히 서둘러야 하오!"

할아버지의 죽음

1

아버지가 중요한 거래처를 몇 군데 선정했다며 돌아보자고 했다.
공주의 한 거래처에서 준호의 길쭉하고 하얀 손을 보고 이 일을
해낼 수 있겠느냐고 물었다. 남원에서는 할아버지를 쏙 빼닮았
으니 잘할 거라고 인사치레로 말했다. 그들이 대성제재소를 더는
중히 여기지 않는다는 확인만 한 셈이었다. 아버지는 조수석에
앉아 다음 거래처 주소를 불러주고 그곳의 정보 제공도 소홀하지
않았다. 기분이 상한 준호는 불퉁스럽게 물었다.

"도대체 아버지 플랜은 뭡니까?"

"계획을 묻는 게냐? 가보면 안다."

함양 휴게소 10킬로미터가 남았다는 이정표에서 늦었지만 점
심을 먹자고 했다. 준호는 생각이 없다며 아버지나 드시라고 했
더니, 아버지는 그럼, 그냥 경주로 가자고 했다. 준호는 H기업을
사직한 게 섣부른 행동이었다고 소용없는 자책을 하며 가속페

달을 밟았다. 십 년 된 소나타가 부르르 진저리를 치자 속도계가 150킬로미터를 가리켰다.

한돌 주차장에 약속보다 한 시간이나 일찍 도착했다. 현관 입구에는 커다란 대리석이 버티고 있었고 한옥 분위기를 살려 사장실의 출입문은 한옥 대문이었다. 그들이 들어서자 단발머리에 남색 정장을 한 비서가 자리에서 일어나며 물었다.

"어데서 오셨어요?"

아버지가 양복 주머니에서 명함을 꺼내 내밀었다.

"군산 대성제재소입니다. 다섯 시에 사장님과 만나기로 약속되어 있습니다만 좀 빨리 왔습니다. 전에 근무하던 오 실장은 그만뒀습니까?"

"출산휴가 갔어요. 사장님 금방 나가셨는데 손님 오신다는 말씀도 없으셨고, 일정표에도 없고…… 저기 휴게실에 계시믄 연락 함 해보고 알려 드릴게요."

준호는 거래처 사람들이 손이 하얗다고 말할 때마다 부끄러운 것을 감추듯 주머니에 손을 넣었다. 그러나 긴톱, 둥근톱, 띠톱이 어떻게 돌아가면서 목재를 가르고 자르는지 직접 체험해보느라 지금은 엄지와 검지는 물론, 손등에도 생채기가 났다. 곱다던 손에는 일회용 밴드를 두 개나 붙이고 있었다. 톱질을 하던 준호는 제재할 목재가 들어오면 지게차로 날라 정리도 했다. 주문서에 따라 자른 목재를 한쪽에 정리해서 쌓고 잔 목재들은 합판 가공하는 곳에 팔았다. 직원들이 퇴근하면 작업장을 돌면서 안전에 이상이 없는지 점검하는 것도 이제는 준호의 몫이었다.

목재협회에서 만난 어느 이사의 조언처럼 투자자 모집을 위한 운영계획서를 만들고 그들에게 프레젠테이션을 해야 하는 게 아닐까? 그런 생각을 하며 아버지와 멀찍이 떨어져 한돌 사장을 기다리는데, 6시가 넘어가자 목덜미와 어깨에 석고를 부어놓은 듯 뻣뻣했다. 아버지는 허기진다며 자판기에서 율무차를 뽑아 마실 거냐고 물었다. 준호는 대꾸 없이 일어나 밖으로 나왔다. 주차장 흡연실에서 담배를 꺼내 불을 붙였다. 준호도 허기가 지기는 마찬가지였다. 아침에 누룽지 한 그릇 먹은 게 전부였다.

검은색 SUV 벤츠가 주차장으로 들어섰다. 새하얗고 뽀글뽀글한 파마머리의 한돌 사장이 차에서 내렸다. 백발에 비해 얼굴에는 주름살 하나 없어 팽팽했다. 준호는 얼른 담배를 재떨이에 눌러 끄고 인사했다.

"밥 묵으러 가자!"

"아버지가 휴게실에 계세요. 올라가서 모시고 오겠습니다."

"치아라. 전화하믄 되지 뭐 한다고 체력을 낭비하노."

그가 휴대폰을 꺼내 아버지에게 전화했다. 전화를 끊고 준호에게 말했다.

"아이구, 니 죽을상이네? 다 그렇게 크는 기야. 젊은 놈이 담배에 의존하믄 되나? 운동으로 풀어라. 니 운동 할 줄 아나? 복싱! 복싱할 줄 아나?"

말이 끝나기가 무섭게 상체를 낮추고 잽을 날렸다. 아버지가 내려오지 않았더라면 한 대 맞았을 것이다. 그는 무엇을 먹을 거냐고도 묻지 않았다. 한돌 건물을 끼고 뒤로 크게 한 바퀴 돌자 무한으로 참치를 제공한다는 현수막이 걸린 횟집이 나왔다. 두건을 두르고 기모노 차림으로 주방에서 칼질하던 주인이 인사하며 말했다.

"참말로 귀신입니더. 오늘 오도로가 죽인다 아닙니꺼."

"내가 촉 하나로 사는 거 모르나? '그만' 할 때까지 내놔봐라. 내 방 비었재?"

한돌 사장은 종업원의 안내도 무시하고 방을 찾아 들어갔다. 그러고는 자리에 앉아 물수건으로 손을 닦으며 말했다.

"이 집서 참치 맛을 보믄 딴 데서는 절대 못 묵는다."

준호는 컵에 물을 따라 나누며 호응하듯 고갯짓을 했다. 한돌 사장은 겉으로 보기에는 베토벤이 떠오르는 지적인 모습이었지만 말하는 모습과 행동은 소탈했다. 양복에도 구두가 아닌 운동화를 신었는데 현장 체질이라 그렇다고 했다.

준호는 오랜만에 맛보는 참치 회였고 배가 고팠기 때문에 젓가락질 횟수가 잦았다. 아버지도 마찬가지였다. 한돌 사장의 말처럼 쫄깃하면서도 담백했고 기름기도 적당해 고소했다. 아버지가 운전하겠다며 술을 거절했기에 준호가 맞상대했다. 그의 잔이 비는 대로 술을 채우고 잔을 받았다. 소주 세 병이 순식간에 비었다. 술기운이 올라 알딸딸했다. 한돌 사장도 이마가 붉었다.

"우리가 살아 남을라믄 시베리아에서 소나무를 들여오는 기다. 각오가 되믄 찾아오라고 캤는데 그리됐나?"

준호는 그러한 말은커녕 낌새도 느끼지 못했기 때문에 아버지를 쳐다봤다. 아버지가 잔기침하고 물을 마셨다.

"사장님도 아시다시피 아직 제 자식 놈이 나무에 대해 아는 게 없습니다."

"야가 나무에 대해 알아야 할 게 뭐가 있겠노? 벌씨로 시베리아산 소나무가 한국산 소나무와 종자가 같고 한국은 더는 질 좋은 소나무를 구할 수 없으니 시베리아에서 가지고 오자고 했던 거 아니가?"

준호는 얼른 상체를 곧추세우고 말했다.

"저도 그것은 알고 있습니다. 그런데 어떻게 어떤 방법으로……."

"방법이야 그짝에서 찾아야지. 우리가 밥숟가락까지 떠줘야 되나?"

2

건설협회 워크숍에 참석한 한돌 사장에게 '미래로'라고 적힌 명함을 내밀며 인사하는 이가 있었다. 중국에 본사가 있고 자기는 한국 지사장이라고 하던 그는 한옥 전문 건설업체로 명성이 높은 한돌의 사장을 직접 뵙고 조언을 구하고 싶다고 했다. 명함에 적힌 주소는 강남의 테헤란이었다. 그는 한옥을 중국 시장에 진출시켜보려고 한다며 한돌이 원한다면 협업도 할 수 있다고 했다. 한돌 사장이 한옥의 승패는 목재에 있다고 하자, 그도 그렇게 생각한다며 시베리아산 소나무를 대량 확보하고 있다고 했다. 자신의 회사에 원목을 대고 있는 조선족 원목상이 있다면서 직접 불러 소개했다. 조선족 원목상은 명함을 건네고 소나무가 필요하면 언제든 말하라고 했다.

한돌 사장은 곧바로 할아버지에게 연락해 함께 만났다. 할아버지는 일단 조선족 원목상의 물건을 한 컨테이너만 받아보기로 했다. 가격이 현 유통가보다 10퍼센트가 저렴한 만큼 시베리아산 소나무가 확실한지 확인해야 했기 때문이다. 첫 거래는 완벽했다. 기일도 잘 지켰고 원목도 최상품이었다. 두 번째 발주에서는 납품이 한 달이나 늦은 데다 5분의 1 정도가 전만 못했다. 그는 러시아가 반사회주의 국가라서 통관에 조금이라도 문제가 발생하면 다음 시기로 넘겨버리기 때문이라고 앞으로는 절대 실수하지 않겠다고 했다.

할아버지는 조선족 원목상을 신뢰하지는 않았지만 시베리아산 소나무가 필요했기 때문에 친절히 대했다. 그 또한 빈손으로 오지 않고 현지인에게 샀다며 질 좋은 차가버섯을 선물하기도 했다. 그와의 거래에서 가장 큰 단점은 시일이 너무 많이 걸린다는 것이었다. 러시아의 환경과 조건이 그럴 수밖에 없다고 백번 이해했지만 이 문제를 해결하지 않으면 거래를 지속하기 어려웠다. 중소 건설 업체는 큰 규모의 공사를 주로 하므로 발주에 여유가 있었지만 개인 주택이나 펜션의 공사는 주문과 동시에 나무를 공급해야 했다. 시일이 오래 걸리는 탓에 공급을 제때 맞추지 못했다. 그는 서너 컨테이너 이상의 물량을 미리 확보하는 수밖에 없다고 했다. 그 말은 즉 목돈을 그에게 보내야 한다는 뜻이다. 일 년이 지났을 때였다. 조선족 원목상은 할아버지에게 산판을 임대해볼 생각이 없느냐며 이곳은 인건비뿐만 아니라 효용 비용도 낮기 때문에 산판 하나만 임대하면 한국 시장을 장악할 수 있다고 했다. 할아버지는 그의 말이 틀린 말이 아니어서 고민했다. 문제는 여전히 그를 신뢰할 수 없다는 것과 목돈을 투자해야 한다는 것이었다. 할아버지는 대답을 미뤘다.

고민하던 할아버지에게 조선족 원목상이 현지인이 운영하던 제재소가 산판을 임대했는데 자금이 없어 급하게 처리하려 한다며, 원래 임대가보다 30퍼센트 싸게 내놓았다고 전화를 걸어왔다. 조선족 원목상은 게다가 제재소에 있는 원목도 함께 넘긴다고 했다며 이런 기회는 다시없을 거라고 사진까지 보냈다. 산처럼 쌓여 있는 원목 사진을 본 할아버지는 입을 다물지 못했다. 제재소의 원목만 들여와도 밑지는 장사가 아니었다. 필요 자금이 너무 큰 탓에 할아버지는 한돌 사장에게 연락했다. 그러나 한돌 사장은 원목까지는 관여하고 싶지 않다며 선을 그었다. 할아버지는 산판과 현지 제재소 사장을 만나보고 결정하겠다고 했다. 조선족 원목상은 당연히 그래야 한다며 비행기 표와 호텔 예약은 자신이 하겠다고 했다. 할아버지는 준호에게 전화해서 산판을 둘러보고 제재소 사장을 만나는 일에 동행해달라고 했다. 준호는 날짜가 언제냐고 물었다. 내일모레 토요일이라고 했다. 준호는 일단 알았다고 했다.

할아버지를 만나기로 한 날 준호는 바이칼의 호텔 바에서 라라를 만나기로 약속되어 있었다. 한 주 정도만 미리 연락했다면 시간을 미뤘을 것인데 이틀 전이라 약속을 미룰 수가 없었다. 준호가 할아버지를 만나고 있을 때, 빅토르는 차에서 대기하고 있었다. 식사를 마친 준호는 회사 일이 바빠서 그렇다며 밥값을 치르고 조선족 원목상에게 잘 부탁한다며 자리를 빠져나왔다. 지금껏 제재소에 관여한 적이 없었기 때문에 준호는 이 계약을 건성으로 생각했다.

한국으로 돌아온 할아버지는 제재소와 집을 담보로 마련한 돈을 조선족 원목상에게 보냈다. 그러면서 혹시나 하는 마음에 러시아어로 된 계약서를 준호에게 확인해 달라며 팩스로 보냈지만 준호는 그것도 건성으로 보았다. 계약서가 너무 희미했고 살펴본들 문제점을 찾기는 쉽지 않았다.

원목이 들어올 때가 됐는데 소식이 없었다. 한국 지사장도 연락이 되지 않았고 테헤란에 있다던 사무실도 텅 비어 있었다.

"사기를 치겠다고 작정하고 덤비는 놈한테는 어쩔 수가 없는 기라. 내라고 지사장 새끼랑 조선족 원목상을 잡을라고 안 알아봤겠나. 그란데 글렀다고 하드라. 다 가짜로 해서 어렵다 카드라."

준호는 머리를 한 대 크게 얻어맞은 느낌이었다. 한돌 사장이 몰랐냐는 표정으로 쳐다보다가 소주병을 들어 잔을 채우며 혼잣말처럼 말했다.

"하여간 손자 하나는 끔찍하게 생각하드만."

준호는 어금니를 꽉 물고 주먹을 쥐었다. 자신의 경솔과 어리석음을 되돌리기에는 너무 늦어버렸다. 아버지가 준호의 그런 마음을 헤아리고 네 탓 하지 말라는 듯 잔에 소주를 채워주었다.

할아버지가 제재소만으로는 대성이 살아남기 어렵다고 생각하고 원목 투자를 서둔 것은 군산의 경기가 급격히 나빠진 탓도 있었다. 중공업과 자동차의 생산라인이 멈추면서 오식도의 공단 지대 제재소가 전부 문을 닫고 공장을 헐값에 내놓았다. 경기란 상생이었다. 함께 맞물려 굴러가며 시너지 효과를 내는 것인데 군산을 지탱하던 중공업과 자동차의 생산라인이 멈추자 공동화空洞化되고 말았다. 정부는 군산의 경기회복을 위해 최선을 다하겠다고 했고 시장과 도지사도 대책을 마련하겠다고 했으나 피부로 느껴지는 정책은 나오지 않았다. 소상공인협의회에 나가봐도 그림만 그럴듯했다고 아버지가 말했다.

한돌은 '천년의 궁터'라는 오만 평 규모의 한옥 대단지 마을 조성사업의 입찰을 준비하고 있었다. 준호도 목재협회 홈페이지에서 조감도를 보았다. 사업자 모집 중이라고 알고 있었는데 암암리 내정된 상태였고 절차만 남아 있었다. 아버지가 소주병을 들었다. 한돌 사장에게 먼저 술을 따르고 준호의 잔에도 채웠다. 그러고는 헛기침을 하더니 무릎을 꿇었다. 준호도 얼결에 아버지를 따라 했다.

"아시다시피 우리 대성은 운영자금뿐만 아니라 집과 제재소도 저희 것이 아닙니다. 한돌에서 자금을 융통해주셔야 이 애를 시베리아로 보낼 수 있습니다."

"그짝에서 나무를 갖고 온다는 확신이 있어야지, 얼라마냥 떼쓰믄 되나?"

"이놈이 러시아에서 지낸 세월이 십 년이 넘는데, 그 길 하나 못 뚫겠습니까? 부족한 식견으로 대성제재소 대표 자리에 앉을 수 있는지 지켜보느라 한 해가 지났습니다. 사장님께서 대성을 동업자로 여기신다면, 이놈을 시베리아로 보낼 것이고 다른 생각을 하고 계신다면 정리할 생각으로 왔습니다."

준호는 곁눈질로 아버지를 보았다. 아버지에게서 이런 단호함을 느낀 것은 처음이었다. 한돌이 지원해주지 않으면 모든 일이 허사로 돌아갈 상황이었다. 대성의 위기와 할아버지의 죽음이 자신의 경솔함과 무관심 때문이었다는 죄책감으로 준호는 고개를 들 수가 없었다.

3

준호는 머리를 좀 식히기 위해 먼 길을 걸었다. 하바롭스크 공항에 내릴 때만 해도 쌀쌀했는데 지금은 청량하고 기분 좋은 가을날 같았다. 멀리 곰이 새겨진 청사 건물이 눈에 들어왔다. 길 건너 레닌 동상이 있는 쪽에서는 비둘기가 후드득 날아올랐다. 어린아이가 아빠의 손을 잡고 비둘기에게 모이를 던져주었다. 살찐 비둘기가 떼로 달려들자 아이는 먹이가 든 봉투를 던져버리고 아빠의 다리에 매달렸다. 아빠는 껄껄 웃으며 아이를 안아 올렸다. 레닌이 원하는 평화가 저런 모습이었을까? 청동 옷을 입은 그는 아무 말 없이 앞만 바라보고 있을 뿐이었다. 다시 비둘기가 하늘을 날아 반대쪽으로 내려앉았다. 연인 둘이 키득거리며 비둘기에게 먹이를 던져주었다.

명예 광장쪽으로 걸었다. 얼마 가지 않았는데 참전용사 기념탑이 보였다. 하얀 대리석에 1941-1945라는 숫자가 겹쳐 쓰기로 양각되어 있었다. 계단을 내려가자 열 개가 넘는 까만 대리석에 전사자의 이름이 작은 글씨로 빼곡히 쓰여 있었다. 위쪽에 적힌 이름은 제대로 읽기도 힘들었다. 제 2차 세계대전에서 러시아는 3천 명이 넘는 희생자를 냈다. 그 많은 희생에도 러시아는 여전히 건재하다는 것을 보여주고 싶었는지 기념탑 한가운데에는 '영혼의 불꽃'이 날름거렸다. 그 아래에는 '살아 있는 사람들의 이름으로 돌아가신 분들을 기억하는 불꽃'이라고 쓰여 있었다.

러시아 민요 〈백학(벨르이 쥬라블)〉이 〈모래시계〉라는 드라마 때문에 한때 유행한 적이 있었다. 대학에 들어가 노랫말을 알게 되었는데 드라마 내용과는 별개로, 동료 전우를 잃은 전사의 슬픔과 애수를 노래한 곡이었다. 준호는 한국과 러시아의 정서가 크게 다르지 않다고 생각했다. 한국도 전쟁의 아픔이 존재하고 지금도 여전히 해소되지 못한 상태였다. 주재원으로 근무하던 시절 동료들이 빅토르에게 이 노래를 청하면 그는 눈을 지그시 감고 우우우우우…… 우우우우우…… 하는 허밍으로 노래를 시작했다.

나는 가끔 이런 생각을 합니다.
피비린내 나는 전쟁터에서 돌아오지 못한 병사들은
이국땅에서 전사하여 백학으로 변했다고.
그렇게 오랜 시간 그리고 지금까지도
그들은 하늘을 날며 우리에게 애원합니다.
그러나 우리는 하늘을 쳐다보며 침묵합니다.

피곤함에 지친 깃털이 하늘을 날아다닙니다.

밤안개 속을 뚫고 날아갑니다.

날아가는 대열 속에 조그만 자리가 있습니다.

그 자리가 내 자리는 아닐는지.

그날이 오면 나는 그들과 함께 저 하늘을 날게 될 것입니다.

저 하늘의 천국에서 이 땅에 남아 있는

그대들을 새처럼 목 놓아 부를 것입니다.

　　평화를 위해 전쟁을 한다는 이율배반적인 말을 하는 러시아에서 과연 원하는 것을 얻어갈 수 있을까? 준호는 생각에 잠겼다.

2부

떤다 벌목장

제16임업사업소

1

지석은 아버지로부터 시베리아의 벌목장에 가라는 말을 들었을 때 각오하지 않은 것은 아니었다. 그러나 이곳은 난장판인 공간을 치울 때처럼 흐트러진 물건들, 눈에 보이는 물건들, 당장 손에 닿은 물건부터 하나씩 치우다보면 해결되는 곳이 아니었다. 사업소의 모든 상황과 환경이 당황스러웠다. 부소장의 날 선 신경질과 적대적인 행동도 충분히 이해했다. 그러나 머리로 이해한 것과 직접 부딪쳐야 하는 현실은 달랐다.

꽁꽁 언 강을 건널 때 분명 얼어 있다는 것을 알고 있으면서도 첫발은 조심스럽게 내딛게 된다. 그렇게 나아가 이미 되돌아갈 수 없는 거리에 와 있는 상태에서 얼음 갈라지는 소리가 들린다면 어떻게 해야 할까? 언 강을 건너기 위해서는 쨍하니 얼음 갈라지는 소리가 난다고 해서 금방 문제가 생기는 것은 아니며, 공기가 팽창과 수축을 하면서 생기는 자연스러운 소리라는 것을 기억하고 얼음이 쉽게 갈라지지 않을 거라 여기는 배짱, 걸음을 옮기는 당당함, 그리고 그것들을 파악하는 경험이 필요했다. 물론 무리라고 판단될 때는 되돌아가는 결단력도 필요할 것이다. 하지만 눈앞을 가리는 짙은 안개와 직선이 아닌 강의 흐름 때문에 되돌아가야 할 거리와 앞으로 나아가야 할 거리 모두를 짐작할 수 없다면 강 한가운데서 느끼는 막막함은 두 배가 될 것이다.

본격적인 벌목을 앞두고 대표부에서는 모든 사업소에 전년 대비 10퍼센트 상향을 목표로 보고서를 제출하라는 지시를 내렸다. 제16임업사업소는 신설이니 전 사업소 평균 대비 10퍼센트 상향 목표로 계획하라고 했다. 운영 계획을 작성하기 위해 보급 물품과 기계 등을 점검했다. 벌목공에게 지급되는 엔진 톱과 빠루, 도끼가 새것은 반도 되지 않았고 수리를 해도 사용할 수 없는 물품이 상당했다. 특히 방한용 솜옷과 장갑 등이 보온 효과가 턱없이 떨어졌다. 옷을 뒤집어 상표를 확인했다. '메이드 인 차이나'였다. 각 조장과 면담해야 할 것 같다고 했더니 부소장이 인상을 쓰고 관리위원에게 말했다.

"도대체 소장 동지를 어캐 보좌하는 기야? 왜, 쓸데없는 일정을 자꾸 잡는 기야? 동무도 여게 삼 년이나 있지 않았네. 일사천리로 진행하믄 되는 일을 자꾸 헛심 빼는 기야?"

관리위원을 향해 하는 말 같았지만, 사실은 경험도 없고 나이도 어리고 배경이 좋아 소장으로 온 지석에게 하는 말이었다. 무안해진 지석의 얼굴이 붉어졌다. 아무리 나이가 어리고 경험이 없다고 해도 이렇게 자신을 하대해서는 안 될 일이었다. 탁자에 놓인 담뱃갑을 집어 들다 헛손질 했다. 진정하고 라이터로 불을 붙인 후 한 모금 깊게 들이마셨다가 푸우 뱉었다. 지금은 겸손보다 거만이 필요하다는 생각이 든 지석은 등을 의자에 깊숙이 기대며 다리를 꼬았다.

"부소장 동지, 내래 각 조장과 면담하는데 무슨 문제라도 있습네까?"

관리위원이 눈을 똥그랗게 뜨고 등을 꼿꼿이 세웠다. 어느 누가 더 무례한가? 소장이 어떤 제안을 할 때마다 또박또박 말을 끊는 것으로도 모자라 아랫사람 대하듯, 못마땅한 표정을 짓는 부소장인가? 아니면 부소장의 자식뻘밖에 안 되면서 상관이랍시고 거만한 자세로 의자에 비스듬히 등을 기댄 채, 다리를 꼬고 담배를 피우며 위계로 억압하려는 지석인가? 관리위원은 둘의 눈치를 살피다가 대답했다.

"차질 없이 준비 하갔습네다!"

부소장은 미간이 좁아지면서 눈매가 일그러졌다. 약자라서, 약자인 것이 명백해서, 지석의 모든 것이 마뜩잖았다. 새삼스럽지만 화가 더 나는 쪽도 언제나 약자고 화를 낸 후에 더 많은 후회가 남는 쪽도 약자였다. 노동자 자식으로 태어난 이상 노동에서 벗어날 수 없었다. 토대가 다른 지석이 이곳을 선택한 행보가 진정, 당과 조국을 위한 충성심 때문일까? 부소장은 콧방귀를 뀌었다. 쌀밥에 쇠고깃국만 먹다 보면 강냉이밥과 강냉이죽의 맛이 궁금해지는 것이다. 결코 노동자를 위한 삶을 살지도 않을 거면서 그런 척하는, 그들의 이중성에 신물이 났다. 그들의 로력 봉사가 실상, 어떻게 이뤄지는지 너무 잘 알고 있었다. 보위부원에게 들은 정보에 의하면 지석은 군대도 다녀오지 않은 미제 승냥이였다.

2

부소장은 대표부장의 지시로 벌목공들이 띤다역에 도착할 때 관리위원과 마중 나갔다. 벌목공의 마중이 아니라 실상은 지석을 임업 대표부로 모시고 오라는 지시였다. 아니나 다를까 대표부장이 그 추운 날씨에도 입구에서 기다리고 있다가, 지석이 우아직에서 내리자 달려와 부둥켜안고 여까지 오느라 고생이 많았다며 등을 토닥였다. 대표부장을 따라 현관으로 들어서면서 지석은 장군님과 수령님, 위원장 동지의 사진을 보고도 예의를 갖추지 않았다. 그가 회의실에 들어서자 사업소의 간부들이 자리에서 일어나 손뼉을 치며 환대했다. 탁자에는 만찬이 차려져 있었고 대표부장은 지석을 옆에 앉히고 웃으며 소개했다.

"이번 신설 사업소인 제16임업사업소로 내정되어 온 강지석 소장은, 당 비서국 비서 강영남 동지의 외동아들로서 로씨야 극동국립대학교에서 경제학 박사 학위를 받았으며 김일성종합대학의 최연소 경제학 교수로 내정되었음에도, 당과 인민들을 위해 로력봉사와 실무 경력을 쌓고자 사업장 근무를 자청한 당원입네다. 이는 사상 교육이 매우 잘 무장되어 있다는 방증이며 젊고 활기 넘치는 신임 소장의 부임으로 인하여 우리 사업장이, 그 어떠한 외화벌이 사업장보다 월등한 사업장으로 성장할 수 있는 원동력이 됐으면 하는 것입네다. 자, 우리 모두! 앞에 놓인 잔을 들어 강지석 소장의 취임을 환영합세다!"

대표부장이 한입에 독한 보드카를 털어 넣자 모두 따라 했다. 지석도 마찬가지였다. 이어서 각 사업소장을 일일이 소개했다. 지석이 정중히 왼손을 받쳐 손을 내밀고 깍듯이 그들에게 고개 숙여 인사했다. 소개가 끝나자 차린 것은 없지만 시장할 테니 어서들 먹자고 했다. 다들 숟가락질과 젓가락질을 하느라 잠시 말이 끊겼다. 대표부장은 여전히 미소를 띤 채 지석에게 말했다.

"이야, 너 많이 컸구나야. 내래 기억 못 하지?"

"일없습네다. 우리 집에 오셔서 아바지와 바둑도 두고 환담도 나누고 그러지 않았습네까?"

"기래, 기때는 요만한 꼬맹이였는데…… 젊었을 때 비서 동지 하고 판박이구나야."

지석이 머리를 긁적이고는 잔을 받으라며 술병을 들었다. 대표부장은 아침이라며 더는 마시지 않겠다고 손바닥을 보였다. 그는 지석의 등을 다시 토닥이며 말했다.

"로씨야에서 박사까지 했는데 당과 인민을 위해 여까지 와서 로력봉사하려는 너를 보믄 부전자전이구나 하는 생각이 들어. 비서 동지가 자식 잘 키워서 뿌듯하갔구나. 내래 비서 동지가 부럽다야."

생각지도 않은 대표부장의 환대에 지석은 마음이 무거웠다. 얼굴이 자꾸만 굳어지려고 해서 억지로 입매를 끌어 올렸다. 대표부장은 이제야 생각났다는 듯 부소장을 찾았다.

다른 이와는 달리 굳은 얼굴로 탁자 끝에 앉아 보드카를 두 잔이나 비우고 젓가락으로 고기를 들었다 놓았다 하는 부소장의 옆구리를, 그 옆에 앉은 보위부원이 쿡 찌르며 고갯짓했다. 대표부장이 손을 까불러 그를 불렀다. 구부정한 모습으로 걸어가는 부소장의 모습을, 보위부원은 피식 웃으며 바라보다가 보드카를 비웠다.

"야, 지석아! 아이고, 내 습관이 대서 자꾸 이름을 부르는구나야. 너희 부소장은 여게서 사 년이나 관리위원으로 실무 경력을 쌓은 노동자 출신의 간부야. 이번에 소장으로 승급해야 하는데 사정이 여의찮았어. 기카니 애로사항이 있으믄 의논하여 잘 운영해 나가라. 내래 16사업소에 기대가 크다! 능력을 발휘해서 모범 사업장을 만들라. 경제학 박사이니 배운 이론을 실행하는 실습 현장이지 않간? 기카고 뭐든 내 도움이 필요하믄 제깍 말하라!"

굳은 얼굴로 엉거주춤 서 있는 부소장이 지석은 몹시 신경 쓰였다. 띤다역에서 이곳까지 오는 동안, 그는 말 한마디 하지 않았다.

"서른도 안 된 저래 소장으로 온 것만도 손가락총질 받을 일인데, 대표부장 동지의 힘을 빌리믄 되갔습네까? 우리 사업소에도 풍부한 경험과 인격을 갖춘 훌륭한 부소장 동지가 있으니 잘 협력하갔습네다. 잘 부탁합네다!"

부소장은 굳은 얼굴로 일없다고 말하고 제자리로 돌아갔다. 지석은 아무도 모르게 숨을 깊게 내쉬었다. 평양을 떠난 이후 제대로 된 식사를 하지 못했다. 기름진 음식을 보니 배에서 꼬르륵 소리가 났다. 대표부장이 그 소리를 듣고 말했다.

"어서 먹자구나. 너를 기다리느라 내도 여태 굶었다야. 지금 먹으믄 아침이갔구나."

지석이 임업 대표부를 나왔을 때는 동이 터오고 있었다. 담배를 꺼내 불을 붙이고 깊게 빨아들였다가 내뿜었다. 서서히 모습을 드러내는 대표부 건물을 바라보았다. 덩치만 커다란 회색 건물 위에 당 구호가 길게 쓰여 있었다.

3

사업소 운영에서 가장 문제가 되는 것은 벌목공이 머무는 빵통[6] 이었다. 전 사업소에서 사용하던 것들이라 성한 게 없었다. 창문이 깨져 나무로 덧댄 탓에 실내는 한낮인데 어두컴컴했다. 난로에 불을 피우니 연기가 밖으로 빠져나가지 않았다. 난방은커녕 식사 해결도 쉽지 않았다. 관리위원은 제대로 수리하려면 한 달은 걸릴 거라고 했다. 시멘트 벽돌로 지어진 사업소 사무실과 간부들의 숙소, 식당 조리실과 기대공실도 급하게 마무리되어 부실하기는 마찬가지였다. 식당 조리실 벽은 틈이 갈라져 밖이 보일 정도였다. 우선 빵통 수리와 사업소 건물을 보수하고 산판으로 투입하기 위한 교육으로 한 달 일정을 잡으라고 명령했다. 그러

---

6   벌목공들이 산판에서 사용하는 이동용 숙소.

나 경험도 없고 어린 소장이라 그리 말할 줄 알았다는 듯 피식 웃으며 부소장이 말했다.

"일을 기캐 처리하믄 곤란합네다. 한 달이라는 일정에 얽매이지 마시라요. 기카고 노동자란 하루믄 될 일도 한 달의 시간을 주믄 빈둥거리며 허비할 생각뿐이지, 생산적인 일을 찾아서 하는 존재들이 아니야요. 다시 말하믄 한 달이라는 물리적인 시간은 여게서 아무 의미가 없시요."

지석이 얼굴이 벌게졌다. 그렇다고 잠자코 있을 수 없었다.

"이해가 안 갑네. 부소장 동지야말로 노동자 출신이 아닙네까?"

"기카니 말하는 겁네. 내래 노동자 출신이라 누구보다도 그들의 습성을 잘 안단 말입네다."

지석이 웃으며 그럼 부소장의 계획은 무엇이냐고 물었다. 부소장이 느긋하게 의자에 등을 기대며 탁자에 놓인 담배를 집어 불을 붙이고 한 모금 깊게 빨았다가 뱉으며 말했다.

"각자가 다 알아서 고쳐 사용할 거야요. 엔진 톱을 사용하는 방법도 반나절이믄 충분합네다. 내일부터 당장 산판에 투입시켜 목표 달성을 하도록 지시해야 옳습네다."

지석은 혀로 입술을 적시다가 앞에 놓인 물을 들이켰다. 컵을 내려놓다가 관리위원과 시선이 마주쳤는데, 그가 빙그레 웃으며 부소장의 말이 맞는다는 듯 고개를 끄덕였다.

부소장 말대로 노동자들은 엔진 톱 사용에 대한 실습을 오전에 끝냈다. 오후에는 각자 빵통 수리를 맡더니 도저히 살 수 없을 것 같던 빵통에서의 생활이 가능해졌다. 노동자들은 연기가 빠지지도 않던 난로도 별문제 없이 사용할 수 있게 만들었다. 단지 유리가 깨져 어두컴컴한 실내와 고된 하루를 마감하고 돌아와 끼니 해결을 위한 식사 준비는 여의찮았다.

노동자들은 다음 날 오전부터 벌목장으로 투입되었다. 지석이 관리위원을 대동하고 산판에 들어가 벌목하는 그들의 모습을 지켜보았다. 아름드리 소나무가 그들의 톱날에 너무 쉽게 퍽퍽 쓰러졌다. 그 모습을 본 지석은 뒤통수를 세게 얻어맞은 느낌이었다. 공화국의 노동자들은 어떤 환경에도 살아남을 수 있는 초능력자들이었다. 경외감이 들었다가 공포감이 엄습했다. 나는 이곳에서 무엇을 해야 하는가? 할 수 있는 일이 있기나 한 것인가? 착잡한 마음에 걸음도 무거웠다. 사무소 현관으로 들어서는데 부소장이 뒷짐을 진채 빙그레 웃으며 바라보았다. 그 얼굴에는 현실을 직시했느냐고, 이곳에 필요한 사람이 누구인지 알겠느냐고, 군대를 대신해 로씨야 사업장에서 로력 봉사한 이력이 필요해 온 것이라면 조용히 자리만 지키다가 평양으로 돌아가라는 조소가 가득했다.

지석은 자리에 무겁게 엉덩이를 내려놓고 담배에 불을 붙였다. 뒤따라 들어온 관리위원이 제자리로 가지 않고 지석의 눈치를 살피며 말했다.

"소장 동지, 직접 산판을 둘러봐서 아시갔지만 우리 사업장은 처녀림입니다. 굳이 빵통을 끌고 숲속으로 들어가라고 노동자들을 내몰지 않아도 작업이 가능합네다. 숲속에 있으믄, 곰이나 늑대가 나타날 때가 있는데 운이 없으믄 습격을 당하기도 합네다. 소장 동지, 빵통이 안전한 곳이 절대 아닙네다."

지석이 관리위원의 말을 이해 못 해 쳐다보았다. 그가 성큼 다가오면서 문 쪽을 쳐다보고 목소리를 낮췄다.

"그러니끼니 제 말은, 사업소에서 산판까지 출퇴근시켜도 된단 말입네다. 전 사업소도 그리 운영했습네다. 기카믄 안전사고도 대비할 수가 있고…… 무엇보다 부식 공급과 해결이 용이하단 말입네다."

지석이 고개를 끄덕이며 담배를 재떨이에 비벼 껐다. 관리위원에게 사업소 자체 발전기가 어디에 있느냐고 물었다. 기대공실에 큼지막한 러시아제 발전기가 있다고 했다. 지석이 그곳에 가보자고 했다.

지입제

1

러시아제 발전기를 살펴본 지석은 내일부터 발전기의 전기를 끌어와 빵통으로 연결하라고 했다. 그리고 조리실로 향했다. 조리실을 둘러본 후 간부들의 식당이 아닌 노동자를 위한 것으로 개조하라고 지시했다. 조리장이 혼자서는 오십 명이나 되는 노동자들의 밥을 감당할 수 없다고 말했다. 조별로 당번을 정해 지원하면 되겠느냐고 물었더니 그러면 일없다는 대답이 돌아왔다.

그다음 해결해야 할 일은 원목 운반이었다. 사업소의 카마즈는 너무 낡고 새것을 구입하기에는 돈이 없었다. 벌목이 시작되면 원목 운반의 속도가 중요했다. 속도를 맞추지 못하면 쌓아놓을 수밖에 없었다. 날이 풀리면 쌓아놓은 원목은 썩게 되고, 썩은 나무는 제값을 받지 못하는 법이다. 산판에서 나무를 베는 벌목공은 공화국의 인력으로 충분했지만 벌목한 원목을 운반하는 크레인과 카마즈, 길을 내는 불도저, 특수 장비와 그것을 운전할 인원은 부족했다. 지석은 제16임업사업소의 산판에서 원목을 실어 나르는 카마즈 운영만이라도 지입제持入制로 해볼 생각이었다. 카마즈를 가지고 있는 러시아 운전사를 고용해서 운반량에 따라 노임을 지불하면 운반수송 건은 예산 안에서 해결할 수 있었고 제때 원목을 운반할 수 있으니 손실도 줄일 수 있었다.

러시아의 소나무는 여러 나라에서 선호하는 최상품의 원목이라서 수출할 곳은 널려 있는 데다 국제사회의 제재 때문에 공화국은 단돈 1달러도 급한 상황이었다. 벌목과 동시에 나무를 거두어 상차하고 수출해야 했는데, 여기는 또 아주 긴 겨울이 가는가 싶으면 봄도 아닌 여름이 찾아오는 곳이었다. 그때가 되면 개펄처럼 땅이 무르고 여기저기 웅덩이가 생겨나 카마즈가 원목을 실어 나르기가 어려웠다. 크레인을 도와 토장까지 원목을 끌어내려야 했는데 이 일도 쉽지 않았다. 산판에 있던 원목을 그대로 놓아두면 썩기 마련이라, 벌목을 마치고 상차하기까지 발생하는 손실은 막을 수가 없었다. 그래서 공화국은 임업사무소의 손실을 30퍼센트까지 인정해주었다.

러시아는 자유시장 경제를 도입한 이후 농촌을 떠나 대도시에서 일을 하고자 하는 청년들이 대거 모여들어서 이들의 채용을 돕는 인력소개소가 따로 있었다. 하바롭스크에는 역 근처와 중앙시장에 인력소개소가 있었는데, 이건 시청 사회경제과에 근무하는 아샤가 청년들의 일자리를 지원하기 위해 주도한 일이었다. 띤다에서 하바롭스크까지는 거리가 상당했지만 그곳에 가면 지입제를 위한 운전사를 고용할 수 있었다. 지석은 담배를 꺼내 불을 붙이고 힘껏 빨아 들었다가 뱉으며 아샤에 대한 그리움을 떨쳐냈다.

부소장이 보기에 소장은 어리고 경험도 없으면서 박사랍시고 적용할 수도 없고, 검증되지 않은 이론으로 순리와 관행을 자꾸 무시하려 들었다. 피가 뜨겁다는 증거였다. 뜨거운 피는 충동적으로 행동하는 경향이 있었다. 그는 검증받지 않은 자기 생각을 몰아붙이려는 조급함을 보였다. 문제는 그것을 알지 못한다는 것과 인정하려 들지 않는다는 것이다. 부소장은 딴생각에 빠진 소장을 흘깃 보고 헛기침했다.

"내래 이곳에 온 지가 오 년이 돼 갑네다. 공화국은 외화가 부족해서 자력갱생을 외쳤고 로씨야와는 계산이 끝났습네다. 원목 운반에 일을 크게 만들지 않아도 된단 말입네다."

부소장은 물을 한 모금 마시고 작정한 듯, 지석이 말한 지입제에 반대하는 이유를 설명하기 시작했다.

첫째, 그렇지 않아도 이탈자가 많은데 러시아인이 이곳에 드나들게 되면 이탈자가 더 늘어날 확률이 높다. 또한 러시아인이 드나들다 보면 이곳 사정이 외부에 알려지게 될 텐데, 그러면 인권을 내세우는 나라에서 공화국을 더 비난하게 될 것이다. 특히 남조선과 미국이 공화국 비난의 선전물로 사용할 것이다.

둘째, 러시아 젊은이들은 힘들고 어려운 일을 꺼린다. 여기는 오지다. 자신의 카마즈로 원목을 운반하겠다는 러시아의 젊은이가 과연 있기나 하겠는가? 하겠다는 사람은 분명 비싼 값을 요구할 것이기에 시간 낭비일 뿐이다.

셋째, 산판에서 벌목이 끝나면 손재주가 좋고 성실한 벌목공들을 선발해서 건설 현장으로 보내 외화벌이에 동원한다. 그 나머지는 산판의 원목을 토장으로 나르고 쌓는 노역을 한다. 그들에게 일을 시키지 않으면 빈둥거리다가 러시아 마을로 내려가 개를 훔쳐 와서 단고기를 끓여 먹는 등의 사고를 친다. 그런 일을 미연에 방지하기 위해서라도 산판에 원목을 놓아둬야 한다.

그때, 관리위원이 손을 번쩍 들고 발언 기회를 달라고 했다. 부소장은 예기치 않은 그의 행동에 말을 일단 멈췄다.

"부소장 동지, 내도 삼 년쨉네. 산판 로동이 끝나믄 빵통도 수리하고 사업소도 손봐야 합네다. 기란데 건설로동이다, 사상 총화다, 토장까지 원목을 운반한다, 지금까지 제대로 이뤄진 적이 없었시요. 비가 올 때는 억수로 내리는데 산판에서 섞은 원목을 골라내는 일도 공력이 많이 들어간단 말입네다. 기카니 겨울이 되믄 애로사항이 고쳐지지 않아서 반복된단 말입네다."

부소장이 책상을 꽝! 내려쳤다. 깜짝 놀라 지석이 손에 쥐고 있던 담배를 떨어트렸다.

"이 간나새끼야! 내래 아직 발언이 끝나지 않았어!"

살다 보면 예상하지 못했던 이가 발목을 거는 경우가 있었다. 자신의 수고로움을 누군가 아니라고 차단하고 막아서니 왈칵 감정이 올라왔다. 차단하고 나서는 이가 어이없게도 관리위원이라니. 부소장은 금방이라도 그를 요절낼 것처럼 쏘아보았다. 관리위원이 벌게진 얼굴로 고개를 푹 수그렸다.

지석도 당황하기는 마찬가지였다. 지금껏 자신에게 아니 자신

앞에서 이렇듯 소리를 지르며 무례하게 행동한 이가 있었던가? 이런 상황이 처음이라 가슴이 뛰었다. 그러나 부소장은 갑자기 싸해진 분위기가 자신이 바라던 것인 양 헛기침을 하고 말을 이었다.

마지막은 그동안 해온 방식대로 나무를 베는 일에 차질이 없도록 절차대로, 관행대로, 진행하는 게 순리일 터인데, 이곳 사정을 제대로 알지도 못하면서 일을 키웠다가 목표 달성을 하지 못한다면, 그 책임을 누가 질 거냐고 말하고는 관리위원을 쳐다보았다가 지석으로 시선을 옮겼다. 그러고는 시무룩한 얼굴로 앉아 있는 관리위원에게 다시 시선을 두고 말했다.

"만약 일이 잘못돼야서 당의 문책을 받게 되든 소장 동지야 별 문제가 되지 않갔지만, 그동안 당과 인민을 위해 이곳에서 무려 사 년을 죽으라고 개고생한 내는 모든 것이 도루묵이 된다 말입네다. 우리는 소장 동지의 말에 따른 것뿐이라고 한들 기거이 통하갔습네까? 기카고 관리위원 너도 징계받을 기야!"

관리위원이 울 것 같은 표정으로 손사래를 치며 말했다.

"어디까지나 의논을 해보자는 겁네다."

"원래 이론과 실기는 괴리가 있는 기야."

2

대화가 합의를 이루지 못하고 자꾸 겉도는 이유는 어느 한 사람이 보이지 않는 마음의 벽을 치고 있기 때문이다. 벽을 쌓은 당사

자가 부술 생각이 없다면 이쪽에서 부셔야 했다. 그런데 벽의 견고함을 알 수 없어 지석은 난감했다. 지금 와서 부소장을 교체해 달라고 대표부장에게 말할 수 없었다. 경험이 부족한 자신을 위해 다른 사업소에 없는 부소장직을 만들었고 경험이 많은 그를 임명했다고 했기 때문이다.

지석은 파일에서 '20**년 제16임업사업소 활성화 방안'이라는 제목의 서류를 꺼내서 부소장과 관리위원에게 한 부씩 건넸다. 타 사업소의 시기별 벌목량과 벌목한 원목을 상차 완료했을 때의 양, 그것을 외화로 환산한 액수, 시기별 사용 경비 등이 일목요연하게 정리되어 있었다. 다음 장에는 사업소별 진행 상황 및 문제점이라고 쓰여 있었다. 벌목량은 전 사업소가 목표를 달성했으나 상차 완료 때의 양에서 차이가 컸다. 지석은 그 원인으로 벌목한 원목을 제때 실어 나르지 못하고 관리가 제대로 되지 않아 버려지는 것이 많다는 점을 들었다. 제때 상차를 못하는 이유로는 장비 부족과 러시아의 날씨만 거론했다. 차마 고의적인 간부들의 비리 때문이라고 말할 수 없었기 때문이다.

간부들은 암암리 조선족 원목상에게 원목을 유통하여 뒷돈을 챙긴다. 러시아는 아직도 치안이 불안하다. 외국인이 시베리아 현지에 원목 유통 지사를 운영하는 일은 여러모로 쉽지 않다. 그래서 러시아어를 구사할 줄 아는 조선족 원목상들이 원주민들과 접촉해 원목을 싸게 사들여 제3국에 판다. 한옥 시장이 활성화되고 있는 한국이나 나무를 이용해 집을 짓는 일본이 주요 시장이다. 보따리상의 개념이었으나 한 컨테이너의 물량, 약 20톤만 확보해도 돈벌이가 짭짤하다. 조선족 원목상에게 북한 임업사업소는 곳간 한쪽에 숨겨놓은 곶감 상자다. 사업소 간부가 개인적으로 원목을 빼돌려 거래하는 것인 만큼 돈을 떼먹어도 별 탈이 없고 상황을 보면서 적당히 중국산 물건으로 대납해도 되었으며 러시아 원주민에게 주는 돈의 절반으로 원목을 살 수 있기 때문이다. 물론 보위부원에게 걸리면 목숨을 잃을 수도 있다. 하지만 사업소장이 뇌물로 보위부원을 입막음해놓는다. 그렇기 때문에 조선족 원목상은 별문제 없이 러시아 만물상으로 사업소에 들어와 원목을 사갈 수 있다.

공화국은 러시아에 울폐되어 있는 나무의 양을 짐작하지 못한다. 하루하루 벌목 목표량만 달성하면 간부는 문책당하지 않는다. 30퍼센트의 손실은 인정해주기 때문에 상차율은 벌목의 70퍼센트면 되었다. 지석의 말대로 벌목과 동시에 상차하여 원목 손실을 줄이면 조선족 원목상과 뒷거래할 수 없었고 그로 인하여 뒷돈도 챙길 수 없다. 이는 보위부원이 묵인해야 한다. 사업소장은 그의 몫을 챙기고 원목상은 좋은 물건을 부위부원에게 뇌물을 바치면서 공생관계를 유지한다.

지석은 당신의 곶감 상자는 관심이 없으니 과하게 거부감을 드러낼 필요가 없다고 말하기라도 하듯 부소장을 빤히 쳐다보았다. 하지만 부소장은 숨겨놓은 곶감 상자를 어린 주인에게 들켜버린 늙은 하인처럼 당혹스러워하며 눈을 내리깔았다.

떤다 벌목장

1

온몸에 시멘트를 발라놓고 딱딱하게 굳으면 쇠망치로 겉면을 탁 탁 깨트리는 것 같은 통증으로 하루가 시작되었다. 새벽 기운도 가시지 않았지만 식당으로 걸어가는 벌목공들의 발소리에 분조 장은 잠이 깼다. 분조가 채워야 할 할당량만 없다면 하루쯤 죽은 듯 누워 있고 싶었다. 자리에서 일어나 다섯 명이 사용하는 다섯 평 남짓한 빵통 안의 불을 켰다. 며칠이나 이어지는 잔기침 때문 에 목이 쉬었다.

"날래 일어나라. 어캐 늙은 내래 항상 깨워야 되간? 기카니 불 순한 잡지에 눈독 좀 그만 들이라."

분조장이 목소리를 키워도 분조원들은 모포를 끌어다 뒤집어 썼다. 옆에 누운 상운을 발로 툭 찼다. 상운이 손을 내젓고 일어나 며 말했다.

"동무들, 늦장을 부렸다가는 풀떼기도 못 먹고 산판으로 올라

가야 하오."

온도계에서 가장 가까운 영근이 주섬주섬 옷을 찾아 입으며
말했다.

"오늘도 빨간 막대기가 삼십사 도에 있시오. 단단히들 챙기시
라요."

"영근 동무, 어캐 로동할 수 있갔어?"

분조장의 질문에 영근은 일없다며 평소처럼 밝게 웃었다. 원
목을 건너다가 나뭇가지에 발이 끼는 바람에 접질렸다. 나뭇가지
라고 해도 어른 허벅지보다 굵었다. 이곳에 올 때 열차 안에서 다
치기도 많이 하느냐고 묻던 말이 헛소리가 아니었다. 관리위원에
게 진통제와 소염제, 붕대 한 통을 받아왔다. 삐었을 때는 쉬는 수
밖에 없었지만 할당량 때문에 그럴 수 없었다. 종훈도 몸을 일으
켰다. 잠이 덜 깨 더듬더듬 머리맡에 벗어놓은 작업복을 찾아 걸
치고 개털 모자까지 눌러썼다. 그리고는 잡지를 윗주머니에 찔러
넣었다.

"고거를 와 챙기네?"

"와 챙기갔습네까? 다른 동무한테 보여주고 보드카라도 한 잔
얻어 마시려고 기카지."

상운의 말에 모두 웃었다. 분조장이 어린 철우 앞에서 모범이
되어야지 사상이 불순하여 문제라고 했다. 막내 철우가 토끼털
모자와 장갑을 찾아 낀 후 양손을 번쩍 들고 말했다.

"내년이믄 내래 스물둘이야요. 알 건 다 압네다."

"아이구, 기카네? 기카지만 날래 서둘자. 털장갑을 너무 맹신

말고 속에다 얄포락한 실장갑을 하나 더 끼라우."

분조장은 간섭하며 일일이 복장까지 점검했다. 배급으로 나눠 준 물품은 늘 부족했다. 세 번째로 맞는 겨울이었다. 처음에는 하바롭스크(제1임업)에서 하루 열네 시간 일했다. 대표부가 띤다(제2임업)로 옮겨온 후에는 이곳에 제16임업사업소가 신설되었다. 그는 제3분조장에 임명되었다.

상운은 처음부터 띤다의 제2임업으로 배치되었다. 힘도 좋고 성실한 그는 여름에 건설노동자로 선발되었다. 건설노동도 힘에 부치고 고생스러웠지만 음산하고 어두운 산판에 갇혀서 짐승처럼 살다가 사람 붐비는 곳에 있으니 숨통이 트였다. 일이 끝나면 찬거리를 준비한다는 구실로 시장에 들러 이것저것 구경하고 음식을 만들어 먹는 재미도 쏠쏠했다. 공사가 끝날 때쯤에는 아침저녁으로 찬바람이 불었다. 이 즈음이 되면 공화국을 배신하고 이탈하는 노동자들이 늘었다. 보위부원이 이때만 파견 나오기도 했고 관리자도 긴장한 채 24시간 통제했다. 삼엄한 분위기 속에서도 이탈자가 존재했다.

사업소로 돌아오자 구슬땀을 흘렸던 보상이 이뤄졌다. 당과 조국에 충성자금과 운영비를 제했다며 러시아 주인이 지급한 돈의 10퍼센트를 받았다. 상운은 아내에게 보낼 돈이 있어 기뻤다.

문틈으로 들어오는 찬바람을 막기 위해 문 앞에 가져다 놓은 옷가지를 밀어내고 손잡이를 돌렸다. 단단히 얼어서 꼼짝하지 않았다. 상운이 망치로 손잡이를 콩콩콩 때렸다. 분조장이 간섭하고 나섰다.

"너무 힘쓰지 마라. 손잡이가 고장나믄 물건 싹 다 도둑맞는다."

"쇠붙이도 견뎌내지를 못하는데 털도 없는 인간이 어캐 견디갔시오?"

막내 철우가 나갈 채비를 마치고 상운이 문 열기만 기다리며 말했다.

"니 그런 소리 마라. 쇠붙이는 못 견디지마는 인간은 견딘다. 정신력이라는 거이 있지 않네. 고난의 행군 때도 용케 이겨내지 않았니. 철우는 어려서 잘 모르겠지마는 장군님의 령도력으로 우리가 똘똘 뭉쳐 극복하지 않았네."

"뭔 놈의 련설이 그리 긴메. 후딱 좀 나가자우. 오줌통이 터질라칸메."

종훈이 문 앞으로 나서며 분조장의 말을 잘랐다. 밖으로 나오자마자 그들은 숙소를 등지고 나란히 서서 오줌을 갈겼다. 바지춤을 내리면 허리 속으로 파고드는 추위 때문에 앞섶의 단추만 끄르고 최소한의 살덩이만 꺼내 볼일을 봤다. 무릎까지 쌓인 눈 위로 오줌이 떨어지자마자 고드름이 되었다. 손으로 살덩이를 흔들어 마지막 오줌을 털어내도 한두 방울은 꼭 바지 앞섶에 떨어졌다. 누런 얼음 알갱이가 박힌 것 같았다. 철우가 오줌 고드름을 발로 툭툭 쳐서 사방으로 날렸다. 감기 기운이 있는 분조장은 콧물이 고드름이 되어 매달리자 손등으로 비벼 털었다.

잔뜩 움츠린 모습으로 노동자들이 긴 줄로 서서 배식을 받았다. 커다란 알루미늄 국통에서 김이 솟아오르고 있었다. 종훈이 밥 때를 놓치면 속이 쓰리다고 하자, 분조장이 산판 작업이 끝나면 단고기를 먹게 해주겠다고 했다. 종훈은 단고기라는 말에 눈을 크게 뜨고 참말이냐고 물었다. 벌목이 끝나고 한가해지면 러시아 마을로 내려가 개를 훔쳐와 단고기를 끓여 먹기도 한다며 기대하라고 상운이 옆에서 거들었다. 종훈이 그때까지 언제 기다리느냐고 신경질을 부렸다. 분조장이 우선 달래기 위해 덧붙였다.

"조만간 로씨야 만물상이 나타나갔구만. 보드카하고 소시지를 구입하갔어. 내래 관리위원한테 배급표를 다섯 장 끊어놓을 테니 그리 알라우."

식당 안이 연기로 매캐했다. 낡을 대로 낡은 페치카 틈에서 연기가 새어 나왔다. 그것에 신경 쓰는 노동자는 없었다. 페치카 주위는 빈자리가 없었다. 배식 받은 종훈은 자리에 앉자마자 콩비지 찌개를 듬뿍 떠 입에 넣었다.

2

아침 식사를 마친 노동자들이 사업소 운동장으로 모였다. 소장이 운동복 차림으로 단상 위에서 제자리 뛰기를 하며 팔을 크게 돌리고 앉았다 일어났다를 반복했다. 숨을 내쉴 때마다 하얀 입김이 쏟아져 허공으로 사라졌다. 식사를 마친 노동자들은 곧바로 산판으로 올라가지 말고 운동장으로 모이라는 첫 방송을 했을 때만 해도, 생활 총화로 하루를 시작하려 한다며 인상을 찌푸리고 '젊은 소장'이라 참으로 피곤하게 군다며 툴툴댔다. 그래서 그들은 잔뜩 웅크리고 운동장으로 느릿느릿 걸었다. 어느 조직이든 새로운 조직이 형성되면 '장'이 존재감을 드러내기 위해 요란을 떠는 법이다. 그 존재감 드러내기가 길지 않기를 바랐다. 먼저 도착한 노동자들은 두꺼운 솜옷을 벗어 바닥에 내려놓고 소장처럼 몸을 풀면서 동료를 기다렸다.

영근은 다리에 무리가 가지 않도록 천천히 걸었다. 모두 두꺼운 솜옷에 개털 모자나 토끼털 모자를 쓰고 있어서 뒷모습만 봐서는 누가 누군지 알 수 없었다. 옷을 몇 겹으로 껴입어서 체격이 비대해 보였다. 분조 끝에 가서 섰다.

스피커에서 꿍꽝 꿍꽝 경쾌한 4박자 멜로디가 흘러나왔다. 그 멜로디를 뚫고 절도 있는 남성 방송원의 '인민 보건체조 시이이 자아악!' 하는 소리와 함께 체조가 시작됐다. 그들이 숨을 내쉴 때마다 허연 입김도 박자에 맞춰 사방으로 흩어졌다. 비록 십 분이었지만 밤새 굳은 몸이 이완되었고 기분도 상쾌했다. 체조가 끝나자 소장이 큰 목소리로 인민구호 준비! 라고 외치며 오른손을 머리 위로 번쩍 쳐들었다. 노동자들이 얍! 후창하며 똑같은 자세를 취했다.

"천만군민의 정신력으로오……."

소장이 팔을 굽혔다가 위로 쭉 뻗으며 선창하자 노동자들도 머리 위로 힘차게 손을 뻗으며 따라 외쳤다. 강성대국 건설하자아! 당의 의도 대로오…… 살며 일하자! 자기 땅에 발을 붙이고…… 눈은 세계를 보라! 구호를 마치자 소장이 단상에서 뛰어내려왔다. 분조장들과 일일이 악수하며 오늘도 애써주시라요! 동무들만 믿습네다! 아, 저번 주에도 목표 달성 일 위를 했드만 이번 주도 선두를 달리고 있습네다. 곤란한 일은 없습네까? 분조장의 지도력 덕분에 승승장구하고 있습네다…… 소장은 일일이 묻고 칭찬을 덧붙였다. 한 줄에 서 있는 조원을 훑으며 무슨 문제가 없는지 점검했다. 2분조에서 3분조로 건너왔다. 분조장이 허리를 꼿꼿이 세우고 3분조원 뒤로 번호! 하나, 둘, 셋, 넷, 다섯, 번호 끝! 3분조원 이상 무! 오늘도 목표를 달성하갔시오! 소장이 웃으며 분조장의 손을 꽉 쥐었다가 놓고 제일 뒤에 있는 영근에게 걸어갔다. 다리는 언제 까진 거냐고 물었다. 시선이 소장에게 집중되었다. 단상 아래 서 있는 간부를 손짓했다. 관리위원은 후다닥 뛰어왔지만 부소장은 어깨를 잔뜩 움츠리고 느릿느릿 걸었다.

"3분조, 목표달성이 어캐 됩네까?"

소장이 묻자 관리위원이 들고 있던 현황일지를 빠르게 넘기며 초과 달성은 못 했지만 목표 달성은 하고 있다고 했다. 소장이 고개를 끄덕이고 사업소의 총목표량은 어떠냐고 물었다. 관리위원이 현황일지를 살피느라 머뭇댔다. 뒤늦게 도착한 부소장이 인상을 찌푸린 채 헛기침했다.

"우리 사업소는 신입 로동자들이 다수 파견된 곳이라서 달성률이 현저히 떨어지고 있시오. 기카기 따믄에 이번 대표부 간부회의 때 까일 것 같습네다."

관리위원은 실적 저조가 자신의 책임인 듯 힘없는 목소리로 팔십 퍼센트밖에 미치지 못하고 있다고 말했다.

"동무, 무리할 필요 없소. 적응 기간에는 사고가 나지 않도록 하는 게 핵심이야요. 팔십 퍼센트까지 따라가고 있으믄 일없소.

내래 직접 산판에도 가보았고 벌목 로동도 해보았소. 성한 사람도 산판에 들어가믄 쓰러질 지경인데 다리가 온전치 않으믄 더 큰 사고로 이어질 수 있소. 동무들이 악화되믄 우리 사업소의 손실이야."

인상을 쓰고 있는 부소장을 향해 물었다.

"부소장 동지, 속히 부족한 물품이랑 약품을 보내 달라고 대표부에 전달했습네까?"

"소장 동지, 목표 달성을 팔십 퍼센트로 낮춰도 일없다는 승낙은 대표부에서 오지 않았시오."

"기칸다고 까진 동무를 어캐 로동시키단 말입네까? 온전해질 때까지 쉬기요! 이 조는 목표량을 하향 하시라요."

3

숲으로 이어지는 길목에서 불도저가 끼익 끼익하며 눈을 밀어붙이고 있었다. 분조원들은 벌목할 장소를 찾았다. 밤새 눈이 내려 어제의 흔적을 찾을 수 없었다. 그들은 15킬로그램의 엔진 톱을 어깨에 메거나 들고 있었고 물과 주먹밥, 기름통, 도끼, 일반 톱이 든 20킬로그램 정도의 배낭을 등에 지고 있었다. 상운이 앞장섰다. 조선의 눈은 입자가 탐스러워 하얀 솜이 떠올랐으나 이곳의 눈은 심술궂은 농부가 대지에 씨앗을 뿌릴 때처럼 휙휙 몰아치면서 흩날리는 모래 눈이었다. 얼굴에 맞으면 바늘 끝으로 쪼는 듯 따갑고 쓰라렸으며 땅에 닿으면 그대로 굳어버려 진흙땅을 밟는 것처럼 푹 빠졌다. 발자국은 일 초도 안 돼 얼음판으로 변해서 앞 사람의 발자국을 되도록 피해야 했다. 종훈이 엉덩방아를 찧었다.

"아이, 쌍! 이런 개 같은 눈이 다 있수까!"

종훈이 투덜거리며 얼굴을 가린 수건을 내렸다. 분조장이 그냥 넘어가지 않았다.

"기렇게 살갗을 노출시켰다가는 얼음이 박힌다고 이르지 않간. 나중에 살이 썩어 들어가믄 후회해도 소용이 읎어."

벌목할 때는 얼굴을 수건으로 가린 채 눈만 내놓고 엔진 톱을 나무에 박거나 잔가지를 쳐냈는데, 숨 막히는 답답증 때문에 십 분만 지나면 수건을 치우게 되었다. 그렇게 한 시간이 지나면 찬 바람에 노출된 볼이 얼었다. 보급되는 바셀린은 턱없이 부족했고 얼굴에 무엇을 바른다는 일이 귀찮기도 하여 내버려두었다. 대부분 실핏줄이 터져 뺨이 붉었다.

"처음에는 내도 무진장 굴렀드랬지. 상운이는 초년부터 적응을 아주 잘했다지?"

"내래 조선 최고 위, 나진 선봉 출신 아니갔소. 군 생활도 회령에서 했으니 이쯤은 일없소. 저기 보우. 철우도 잘 견디지 않소."

철우는 회령이 고향이었고 나진과는 옆이었다. 두만강을 지키는 보초병으로 군 생활을 하다가 외화벌이 벌목공에 자원했다.

"너 근무 때는 일없어갔지만 고난의 행군 때는 두만강을 넘다가 초소병한테 들켜서 우리 동네로 숨어드는 이가 참말로 많았음메."

종훈이 고등전문학교에 다닐 때의 일이었다. 도강하다가 들킨 이탈자가 보위부원을 피해 동네로 숨어들어 살려달라고 애원했다.

그 모습은 사냥꾼에게 쫓기는 짐승과 다르지 않았다. 사냥꾼에게 걸리면 끝장나는 짐승처럼 그 이탈자의 최후도 마찬가지였다.

"선임들한테 들어서 알고 있시오. 기때는 두만강을 건너는 인민들이 엄청 많았다고. 꽃제비들이 강을 건너다 얼어 죽어 며칠씩 시체가 강바닥에 방치되어 있었다는 말도 들었습네다. 내래 근무할 때도 짐을 메고 중국을 오가며 물건을 파는 장사치들이 많았시오. 엄하게 지키지는 않았지만 밤에는 철저하게 지켰드랬습네다. 뺑굽(마약)을 거래하는 사람들이 있었시오. 그나저나 우리 소장 동지, 처음에는 요란을 떤다고 생각했드만 솔선수범으로 저리 나와서 체조로 아침을 시작하잖소."

"다른 동무들도 소장 동지 칭송에 침이 마른다야."

"중요한 거는, 몸이 아프믄 아니 된다면서 로동에서 열외를 시켜줬지 않습네까? 우리 로동자가 아프믄 제일 걱정이라고 말하는 데서는 존경심이 솟아나드만요. 생긴 거는 놀새 같아도 역시 토대가 남달라서 생각하는 거이 깊지 않습네까?"

그들이 지체하는 사이 다른 분조는 엔진 톱 소리를 울리며 작업 중이었다. 곧이어 거대한 나무가 넘어가면서 우지직 소리가 산을 울렸다. 분조장은 날래 앞장서라고 재촉했다.

4

시간은 빨리 지나갔고 허기도 금방 찾아왔다. 분조장이 점심을 먹자고 그들을 불러 모았다. 철우는 자작나무 껍질을 벗겨왔고 종훈은 잔가지를 챙겨 왔다. 상운이 능숙하게 자작나무 껍질에 불을 붙였다. 화르르 불꽃이 살아났다. 잔가지를 그 위에 올리고 후후 불어 불꽃을 키웠다. 모닥불을 가운데 두고 각자 배낭에서 물과 주먹밥을 꺼내 요기했다. 식사를 마친 그들은 오전에 사용한 톱을 앞에 놓고 무뎌진 톱니를 끌로 갈무리했다. 모닥불에 젖은 장갑을 말리기 위해 나뭇가지를 양쪽에 세우고 그 위에 걸쳐 놓았다. 젖은 장갑이 마르면서 김이 피어올랐다. 종훈이 장갑을 뒤집으며 분조장에게 물었다.

"분조장 동지는 상차장에서 일했다지 않았슴메. 여기 보다믄 백배는 낫잖음메?"

산판에서 벌목공이 나무를 벤 후 잔가지를 쳐내고 30미터 크기로 잘라놓으면 집게차가 산판을 누비며 원목을 정리한다. 카마즈가 도착하여 원목을 한가득 싣고 띤다역으로 이동한다. 띤다역에서 최종적으로 크레인이 원목을 하나씩 집어 컨테이너에 옮겨 싣게 된다. 그 작업을 하기 위해서는 원목 양쪽에 쇠고리를 박아 넣어야 한다. 원목 양쪽에 쇠고리를 박는 일과 컨테이너 안에서 원목을 받아 쌓고 쇠고리를 제거하는 일은 사람이 해야 한다.

"정신을 바짝 차려야 한다. 가끔 쌓아놓은 꼭대기에서 떨어지는 경우가 있디. 콘테나에 나무를 가득 쌓으믄 오 미터가 넘는다. 떨어지믄 어데가 부러져도 크게 부러지지. 글긴 해도 나무 멱따는 일 보다야 일없갔지."

분조장은 담배에 불을 붙이고 한 모금 깊게 빨았다가 뱉었다. 잡목과 나무가 빽빽한 능선을 오르내리고 눈보라를 맞아가며 엔진 톱으로 끝이 보이지 않는 나무를 베고, 한순간만 방심했다가는 목숨을 잃을 수 있는 벌목과는 비교할 수야 없지만, 그 일이라고 목숨을 담보로 하지 않는 것은 아니었다.

분조장은 상차장에서 나무 양 끝에 갈고리를 부지런히 찍어 넣었다. 한가운데 옹이가 박혀 있어 갈고리 박는 일이 쉽지 않았다. 그렇다고 가운데를 비켜 박으면 중심을 흩트릴 수 있어, 거리를 너무 비켜 박을 수 없었다. 영하 40도의 날씨에도 작업복은 이미 땀으로 젖었다. 성질이 급한 크레인 기사가 일이 더디다고 재촉했다. 옹이를 비켜 갈고리를 박고 양손을 머리 위로 올려 오케이 사인을 보냈다. 크레인 기사가 쇠줄을 들어 올렸다. 쇠줄이 팽팽히 당겨지면서 원목이 하늘로 떠올랐다. 끼익하는 기계 소리에 맞춰 컨테이너로 이동했다. 컨테이너에서 노동자가 쇠줄을 쇠막대기로 걸어서 방향을 잡는 순간, 고리가 빠지면서 노동자의 머리를 후려쳤다.

분조장은 보위부에 끌려가 곤욕을 치르고 일주일 후 벌목장으로 발령받았다. 벌목이 불만스럽다고 말할 수 없었다. 자신 때문에 한 사람의 삶이 산산이 조각났다고 생각하면 지금도 괴로웠다. 배낭을 열고 플라스틱병에 담아 온 스피리트를 꺼냈다. 보드카를 만들 때 사용하는 주정酒精이라 많이 마셨을 때는 눈이 멀 수 있었지만 값이 싸기 때문에 노동자들이 애용하는 것이다. 병 주둥이에 입을 대고 꿀꺽 마셨다. 불을 삼킨 듯 목이 따가웠다. 종훈이 술을 보고 눈이 커졌다. 손을 내밀어 빼앗듯이 받아 꿀꺽꿀꺽 삼키더니 카하, 하고 목울음 소리를 냈다. 곧바로 봄볕을 쬐는 것처럼 몸이 나른했다. 정신은 사방으로 달아났다. 이런 느슨함이 좋았다.

시간이 지체되었다고 분조장이 일어나며 장작불을 밟아 껐다. 일행들은 서너 걸음 떨어져 등을 돌리고 바지 앞섶을 열고 오줌을 갈겼다. 톱을 어깨에 메고 벌목할 나무를 물색했다. 지나치게 껴입은 옷 때문에 움직임이 둔했다.

소나무는 햇빛이 들지 않는 밑 부분의 가지는 스스로 떨구고, 햇빛을 받기 위해 곧게 자라다가 끝에서 넓게 가지를 펼쳤다. 종훈이 엔진 톱을 켜고 톱날을 휘둘려 잡목부터 쓸었다. 수건으로 얼굴을 가렸어도 단단히 굳은 얼음 알갱이가 사납게 얼굴을 할퀴었다. 주저앉아 비탈 아래로 나무가 쓰러지도록 삼각형으로 본을 떴다. 톱질을 하고 삼각형 본을 발로 차면서 넘어간다아아! 라고 외쳤다. 50미터에 달하는 소나무가 살 찢어지는 소리를 크게 내며 눈밭 위로 쓰러졌다. 눈보라가 그칠 때까지 고개를 처박고 기다렸다.

철우는 분조원들이 베어놓은 나무의 가지를 쳐내고 30미터 크기로 자른 후 나무 밑동에서 세 뼘을 쟀다. 톱날로 三을 새기고 손도끼로 正正正正T을 새겼다. 집게차가 끽끽거리며 원목을 카마즈에 싣도록 정리했다. 분조장은 허리를 펴고 철우가 어디쯤 있는지 살폈다. 위쪽에 까만색 토끼털 모자가 나무에 가려졌다가 다시 보이자 어떻게 되어 가냐고 물었다. 철우가 큰소리로 대답했다.

"벌목은 완수했고 표시만 하믄 오늘 작업 완수입네다!"

분조장은 작업장을 돌아보고 하산하자고 소리 질렀다. 여기저기 널린 원목을 밀어 내리기 위해 산 아래 집하장에서 집게차, 트랙터, 불도저가 바삐 움직이고 있었다. 분조장은 작업일지를 쓰기 위해 사업소 사무실로 방향을 틀었고 분조원들은 영근이 기다리는 빵통으로 걸었다. 다른 벌목공들도 지친 모습으로 각자 빵통을 찾아갔다.

5

"전기공이라고 전기만 볼 수 없소. 오늘은 카마즈를 정비 하라요!"

기대공실 조장이 조회를 마치자 기홍에게 말했다. 기홍은 사업소 외벽에 잔뜩 거치되어 있는 구호를 쳐다봤다. 이곳은 러시아가 분명한데 사무소 현관에도 수령님과 장군님, 위원장의 초상화가 붙어 있었다. 그래서 이국이라는 느낌은 들지 않았다. 사업소에 도착했을 때 벌목공들은 각자 분조장을 따라 사라졌고 기홍도 기대공실 조장을 따라왔다. 기대공실로 데려가더니 여태 촛불을 켜고 살았다며 당장 전기 가설부터 하라는 명령이 떨어졌다.

널찍한 기대공실 한쪽 구석에 커다란 러시아제 발전기가 자리하고 있었다. 꽤 낡아 보였으나 사용에는 문제가 없었다. 키릴 문자라서 알아볼 수 없었지만 회로를 이해하는 데는 어렵지 않았다. 사업소 설계도가 있느냐고 묻자 그런 게 어디 있겠느냐며 노트를 펴고 대충 시설물을 그려주었다. 기홍은 시설물 내부를 살피면서 첫날부터 도면 작업을 했다. 작업장에 불이 켜지자 살 것 같다고 동료들이 말했다.

일주일이 지났을 때 소장이 기대공실에 찾아와 발전기를 살폈다. 그리고는 빵통에도 전기 가설을 하라고 했다. 빵통이 열 개라서 시간이 오래 걸릴 거라 생각했는데, 전기선만 연결해주면 벌목공들이 알아서 스위치와 전구를 빵통 내부에 설치했다. 사흘 만에 전구 설치를 마쳤다.

기대공실 동료인 정비공은 날이 상당히 추워졌다며 단단히 채비하고 토장으로 따라오라고 말했다. 카마즈는 배터리와 전선 교체를 해도 다른 문제를 일으켰기 때문에 자동차 정비가 가장 손이 달렸다. 정비공은 녹물이 흘러내리고 유리창도 깨졌으며 바퀴도 없는 석 대의 카마즈에서 부속품을 빼내어 한 대에 생명을 살리고 있었는데 진전이 없었다. 그는 그럴 때마다 카마즈를 발로 차며 신경질을 부렸다.

"여러 번 교체해서 더 할 것도 없소. 여게 보시라요. 땜질 흔적이 많디요. 폐차해야 할 긴데 맨날 고치라고만 합네다."

"새로 살라믄 외화가 많이 들어 그러갔지요?"

"기카니 소장이 카마즈를 가진 로씨야 운전사에게 맡긴다 않습네까? 기칸데 간단치 않은 일이라고 부소장은 반대한답네다. 어떤 일이 현명한 일인지 내는 모르갔소."

"아니, 로씨야 운전사가 제 카마즈로 원목을 운반하믄 우리 인민폐도 아니 들 것인데, 와 간단치 않습네까?"

정비공이 주위를 살핀 후 목소리를 낮추고 말했다.

"왜냐하믄 리탈자가 늘어나게 될까 봐 보위부에서 반대한답네다."

　그때 토장으로 소장의 우아직이 들어왔다. 지석이 우아직에
서 내리며 장거리를 가야 할 것 같으니 정비를 해달라고 했다. 정
비공은 언제까지 해야 하느냐고 물었다. 소장은 빠를수록 좋다며
기홍에게 정비 일을 돕느냐고 알은척했다. 기홍이 사정대로 해야
지 않겠느냐며 웃었다. 로씨야어 학습은 어떻게 잘 되어 가느냐
고 물었다. 머리를 긁적이며 소장 동지 공연히 돈만 날렸다고 했
다. 지석은 자신이 학습해주고 싶지만 다른 이들이 어떻게 생각
할까 싶어 나서지 못하고 있다고 했다. 지석이 자리를 뜨자 정비
공이 기홍에게 바짝 다가와서 말했다.

　"동무, 간부들 앞에서는 고저 입 조심하라. 부소장은 신설되
는 16사업소로 발령이 나서 본인이 소장 자리에 앉는 줄 알았다
드만. 긴데 젊고 토대가 빵빵한 새 소장이 온 기야. 내래 부소장이
보위부원을 붙잡고 하소연하는 소리를 들었어. 고저 당의 결정이
라 따라야 하지마는 기분이 바닥이라는 기야. 보위부원과 동맹을
가졌다는 소문도 있어. 로동자 출신인 부소장을 따라야 한다는
의견도 만만치 않아. 기카고 젊은 소장은 군대도 안 갔다 온 미제
승냥이야. 너무 격 없이 지내지 말라. 어떤 일이 벌어질지 알 수
없는 기야."

하바롭스크

1

지석은 레닌광장에 우아직를 세웠다. 햇볕이 드는 레닌 동상 부근에서 비둘기에게 먹이를 주며 웃고 있는 젊은 남녀가 있었다. 비둘기들은 그들 주변을 맴돌며 먹이를 쪼고 있었다.

그들을 지나쳐 동상 앞으로 걸었다. 러시아 공산당을 창설하여 혁명을 지도하고 소련 최초의 국가 원수가 된 레닌. 마르크스 이후 위대한 혁명사상가인 동시에 역사상 가장 뛰어난 혁명지도자로 인정받고 있는 레닌. 그의 동상은 지역 곳곳에 있었다. 그런 면은 공화국과 별반 다르지 않았다. 하지만 웅장하고 거대한 수령님과 장군님의 동상과는 다르게 레닌의 동상은 작고 아담했으며 재질도 청동이었다. 러시아인들은 더는 레닌의 동상 앞에서 눈물을 흘리거나 고개를 숙이지 않았다. 베레모를 쓰고 바지 주머니에 손을 넣은 채 앞을 보고 있는 그는 위대한 레닌이 아니라 동상일 뿐이었다. 그때 젊은 남녀에게서 과자를 받아 먹은 비둘기 한 마리가 크게 선회하다가 레닌 머리 위에 앉았다. 부산스럽게 머리를 움직이며 사방을 살피다가 어딘가로 날아갔다.

띤다 벌목장에서 하바롭스크까지는 2,100킬로미터, 꼬박 사흘을 달렸다. 아직 땅이 얼지 않아 운전은 어렵지 않았다. 비포장도로가 많아 속력은 내지 못했다. 한 번씩 총 맞은 짐승처럼 고개가 푹 꺾였다. 화들짝 놀라 차를 세우고 밖으로 나와 찬 공기를 들이마시거나 담배를 피우며 졸음을 몰아냈다. 일직선으로 끝없이 이어지는 황금색 자작나무 숲길은 몸이 빨려 들어가는 듯했고 속력을 내면 붕 떠올라 하늘을 나는 한 마리 새가 된 듯했다. 차를 세우고 쉬고 있으면 빵 하고 경적을 울리며 지나치는 트럭들이 있었다. 그런 차들에 지석이 손을 흔들었다.

지석이 빠른 걸음으로 명예광장으로 걸었다. 제2차 세계대전 때 사망한 군인들의 희생을 기리는 충혼탑이 기둥처럼 높게 솟아 있었다. 1941-1945라는 숫자가 겹쳐 쓰기로 흰 대리석에 양각되어 있었다. 타박타박 계단을 내려갔다. 모퉁이를 돌았을 때, 매끈한 검은 대리석 여러 개와 마주했다. 전사자들 이름이 작은 글씨로 빼곡히 새겨져 있었다. 위에서 아래로 주욱 이름을 훑었다. 김씨 성을 가진 이가 엄청났다. KAH을 찾았다. 강으로 시작되는 이름도 상당했다. 공화국이 유엔 안보리에서, 아니 미국의 제재에서 벗어날 수 있다면 인민들의 삶이 나아질까? 인간이란 원래 되묻는 습관이 있었다. 그것이 다음 절차이기 때문이다. 명백한 사실일지라도 자꾸 되묻다보면 보이지 않던 허점을 마주하게 되었다.

"이봐요, 고귀한 희생을 기리는 곳에 오려면 꽃 한 송이쯤은 준비했어야지. 당신, 참 야박하네!"

그 소리에 고개를 돌리자 회색 모직 코트에 베레모를 쓰고 검은색 롱부츠를 신은 아샤가 서 있었다. 그녀와 헤어졌을 때는 귀밑에서 찰랑거리던 금발이 이제는 베레모 아래로 부드럽게 흘러내려 어깨를 덮고 있었다. 아샤는 맨 끝, 충혼탑에 몸을 기댄 채 붉은 장미를 흔들고 있었다. 지석이 빠르게 걸어가 아샤를 안고 키스했다. 아샤가 지석의 손을 끌며 말했다.

"이 아름다운 꽃을 바칠 곳은 여기가 아니야. 자 이리 와 봐."

아샤가 대리석 기둥 한가운데에서 날름날름 혀를 내밀어 허공을 핥고 있는 '영혼의 불꽃' 앞으로 지석을 데리고 갔다. 지석이 아샤의 어깨에 팔을 두르며 해석했다.

"살아 있는 사람들의 이름으로 돌아가신 분들을 기억하는 불꽃."

아샤가 상체를 지석에게 기대고 팔로 허리를 감싸 안으며 말했다.

"러시아의 젊은이들은 이곳에서 사랑을 맹세해. 영혼의 불꽃은 꺼지지 않기 때문이야."

아샤가 들고 있던 장미를 앞으로 내밀었다. 지석이 아샤의 손 위에 포개고 영혼의 불꽃 앞에 붉은 장미를 놓았다.

"이제 가봐야 해. 이따가 집에서 만나."

지석이 고개를 끄덕이며 아샤의 얼굴을 감싼 채 길게 입을 맞추었다. 아샤는 오후 근무를 위해 시청사 쪽으로, 지석은 광장을 가로질러 우아직이 있는 곳으로 걸었다.

2

도시 한가운데 높게 솟은 굴뚝에서 연기가 피어오르고 있었다. 아무르강이 얼려면 한 달은 있어야 했지만, 벌써부터 중앙난방이 가동되고 있었다. 멀리 하바롭스크 교각이 보였다. 지석은 중앙 시장에 있는 인력소개소로 핸들을 틀었다. 이쪽에 우수한 인력이 많이 모인다고 아샤가 말했다. 중앙시장이라고 쓰인 아치형 간판을 끼고 왼쪽으로 돌았다. 새로 지은 3층 건물이라 눈에 금방 띄었다. 희망 인력소개소라고 쓰인 간판도 발견했지만 2차선 도로가 인접해 있어 차를 세울 수 없었다. 주차할 곳을 찾아보니 재래시장으로 들어가는 옆, 입구에 공터가 마련되어 있었다.

차를 세운 지석은 허기진 배부터 달래고 일을 보면 되겠다 싶어 시장 안으로 들어섰다. 겨우살이에 필요한 물품들이 상가 입구마다 가득 쌓여 있었다. 지나치려다가 두꺼운 솜옷에 모자, 털이 달린 외투가 걸려 있는 가게 앞에서 멈췄다. 노동자들에게 배급된 작업복과 비슷했다. 소매 부분과 목 부위의 바느질 상태를 보았다. 보급품보다 나쁘지 않았다. 상표가 메이드 인 차이나였다. 가격표와 물건 상태를 살피고 있자, 주인이 걸어 나왔다.

"에터 구르트카 치플러(이 옷 따뜻하겠네)."

지석의 말에 주인이 고개를 끄덕이며 "카레시노(당연하지)"라고 대꾸했다. 지석이 더 싸게 안 되냐고 물었다. 주인은 고개를 저으며 이미 할인된 가격이라고 했다. 외투 말고도 장갑과 양말, 방한용 모자의 가격도 물었다. 모두 산다면 좀 더 싸게 해주겠다고 했다. 벌목공에게 지급되는 상품보다 품질은 좋은데 저렴했다. 대표부에서 뒷돈을 챙겼다는 뜻이었다.

지석은 한 보따리 물건을 들고 중앙시장을 지나 백화점으로 들어섰다. 새로운 시장이 형성되어도 재래시장을 없애지 않는 경제 논리는 러시아라 가능했다. 오랜만에 포크커틀릿이 먹고 싶었다. 식당 건물로 들어서자 구수하고 달콤한 음식 냄새가 진동했다. 발걸음이 빨라졌다. 대부분 샤슬릭, 보르시 등 러시아 음식을 파는 곳이었다. 안쪽에 홍등을 단 중국식당이 있었고 그 옆으로 피자, 햄버거, 치킨을 파는 곳이었으며 맞은편에 kannam gimbap이라고 쓰인 식당이 있었다. 강남? 남조선의 강남? 지석은 극동국립대학교에서 공부할 때 유튜브 동영상으로 싸이라는 남조선 가수의 〈강남 스타일〉이라는 뮤직비디오를 본 적 있었다. 아샤는 물론 많은 학생이 그 가수의 이상한 춤을 흉내 내며 깔깔거렸다. 커트 머리에 앞치마를 두른 동양의 중년 여성이 바쁘게 움직였다. 남조선 사람이 운영하는 식당이 확실했다. 입구에서 머뭇대는 지석을 주인이 발견했다.

"도브로 빠좔로바치(어서 오세요)!"

지석이 느리게 안으로 들어가 의자에 앉았다. 그녀가 쟁반에 물과 컵을 들고 와서 식탁에 내려놓으며 무엇을 먹을 거냐고 물었다. 지석이 메뉴판을 훑었다. pork cutlet이라고 쓰여 있었다.

"다이치, 포크커틀릿(포크커틀릿, 주세요)."

그녀는 주방을 향해 돈가스 일 인분요! 라고 말했다. 블라디보
스토크도 마찬가지이지만 하바롭스크에도 남조선 사람들이 많이
진출해 있었다. 그녀는 간이 조리대에서 김밥을 말면서 지석을
쳐다보았다. 지석은 물을 마시며 그녀의 시선을 외면했다.

"에토 트레이부잇 브레미니 가토비치 스비니유 카들레투(돈가
스가 나오려면 시간이 좀 걸려요). 파잘루이스터 파프라비치 김밥(김밥
맛 좀 보세요). 에토 세르비스(서비스예요)."

지석은 어떤 표정도 짓지 않고 고개만 한번 까닥였다. 젓가락
으로 가지런히 잘린 김밥 하나를 집어 입에 넣었다. 어떤 맛이라
고 정확하게 표현할 수 없었다. 몇 번 씹지 않았는데 꿀꺽 목으로
넘어갔다. 순식간에 접시를 비웠다. 김밥을 시켜볼까 망설이는데
포크커틀릿을 담은 커다란 접시를 주인이 식탁에 내려놓았다. 그
녀는 다시 간이 조리대로 걸어가 능숙하게 김밥을 말았다.

포크커틀릿은 학교 구내식당보다는 맛이 좋았고 평양 류경호
텔보다는 못했다. 냅킨으로 입을 닦는데 그녀가 빙긋이 웃으면서
밥알이 동동 떠 있고 살얼음이 살짝 얼어 있는 식혜를 식탁에 내
려놓았다. 지석이 눈을 동그랗게 뜨고 쳐다보았다.

"젓가락질하는 것만 보면 우리 사람이라는 거 알지…… 요새
그쪽 사람들 통 안 보이던데, 산판을 옮겼어요?"

지석이 자리에서 일어나 주머니를 뒤적여 돈을 꺼내 탁자 위
에 올려놓았다. 허둥거리며 짐 보따리를 들고 가게를 나오려는데
주인이 팔을 붙잡았다.

"잠깐만요! 잔돈은 받아 가야지요."

그녀가 계산대에서 잔돈을 챙겨 오면서 종이컵에 식혜를 부었다. 뚜껑을 덮어 잔돈과 함께 내밀었다. 지석이 잔돈과 컵을 받으며 말했다.

"아주 잘 먹었습네다. 기카고 김밥 두 줄만 싸주시라요."

"그래요. 잠깐만요."

그녀가 부리나케 간이 조리대로 가서 말아놓은 김밥을 썰었다. 손놀림이 아주 빨랐다. 은박지에 돌돌 말아 비닐봉지에 나무젓가락 두 개도 함께 넣어 건넸다.

"한국 젊은이들은 유럽 횡단 열차를 타러 하바에 많이 오는데, 우리 집에서 이렇게 김밥을 포장해가요. 또 오세요."

아주 오랜만에 입에 맞는 음식을 먹었다. 포만감에 기분이 좋았다. 백화점 식당을 완전히 빠져나와서 종이컵의 뚜껑을 열었다. 식혜를 들이켰다. 달콤했고 시원했다. 마지막으로 식혜를 먹어 본 지가 언제인지 기억나지 않았다.

희망 인력소개소

빅토르는 잘할 수 있는 외국어란에 한국어라고 쓰고는 상중하 어
휘 능력 체크란에서 상에 동그라미를 쳤다. 다 쓴 이력서를 소장
에게 건네기 전에 다시 살피고 있는데 가죽재킷을 입은 한 남자
가 문을 열고 들어왔다. 빅토르는 하마터면 오우, 틔! 라고 부르며
자리에서 벌떡 일어날 뻔했다. 남자는 준호와 전혀 닮지 않았지
만 훤칠한 키에 잘생긴 외모가 착각을 일으켰다. 빅토르는 가죽
재킷을 입은 남자에게 다가갔다.

"안녕하세요? 한국에서 오셨어요?"

어눌했지만 조선말이었다. 서너 명이 소파에 앉아 이력서를
쓰고 있다가 한 사람이, 지석이 들어올 때 화들짝 놀라더니 알은
체했다.

"아닙네다, 북조선에서 왔습네다."

빅토르의 얼굴에서 웃음기가 사라졌다. 하지만 곧바로 말을
이었다.

"아, 북조선! 거기 나 알아요. 준호 형한테 얘기 쪼끔 들었어요."

지석은 빅토르의 말을 크게 신경 쓰지 않고 물었다.

"어떤 일자리를 찾습네까?"

빅토르가 핸들 돌리는 시늉을 하면서 여전히 조선말로 말했다.

"운전하는 일을 찾아요. 준호 형과 오래 일해서 운전 잘해요."

남조선의 준호라는 사람 밑에서 자가용 운전을 한 것 같았다. 지석은 카마즈 운전사를 찾는다고 했다. 빅토르가 반색하며 그것도 할 줄 안다고 했다. 일자리가 필요해 무조건 다 할 줄 안다고 말하는 것은 아닐까? 지석이 물었다.

"기란데 와 그만뒀습네까?"

빅토르가 어깨를 한번 들썩이더니 시무룩한 표정으로 말했다.

"준호 형, 한국으로 떠나버렸어."

"조선 기업이?"

"아니, 준호 형만. 그 회사는 아직도 이르쿠츠크에 있어. 나는 준호 형 아닌 다른 사람의 운전기사는 싫어서 그만둔 거야. 여동생이 이곳에서 일해. 같이 지내면 방값도 절약할 수 있어. 새로운 일자리를 찾고 있어. 나 운전 잘해. 우리 아버지가 벌목공이었어. 어릴 때 카마즈 타고 도망쳤어."

빅토르가 하는 말을 지석이 모두 이해할 수는 없지만 카마즈 운전을 할 줄 알고 남조선 기업의 준호라는 사람의 운전기사 노릇을 했다는 것은 알아들었다. 조선말로 소통이 된다는 것에 일단 결정을 내렸다. 그때 소장이 소리쳤다.

"이지 앗수다(저리 비켜)!"

손을 내저으며 너희들끼리만 계속 얘기를 할 거면 저쪽으로

가라고 했다. 하지만 둘이 계약되면 이곳에서 소개가 이뤄진 것
이니 둘 다 소개비를 내야 한다고 소장은 지석과 빅토르에게 번
갈아 손가락질했다. 지석이 피식 웃었고 빅토르는 아직 채용도
되지 않았다고 불퉁거렸다. 소장은 소파에 있는 사람들을 향해
큰 소리로 이력서를 썼으면 가지고 오라고 손짓했다.

지석은 빅토르에게 카마즈를 가지고 있느냐고 물었다. 빅토르
는 지금은 없는데 중고를 한 대 살 돈은 있다며 준호 형이랑 일할
때 돈을 조금 모았다고 말했다. 조금만 더 벌어 고향으로 돌아갈
거라고 아버지가 다리가 불편해 더는 산판에서 일할 수 없다고
했다. 지석이 말을 끊고 물었다.

"산판? 거가 어딥네까?"

빅토르의 얼굴이 갑자기 일그러졌다.

"지레브냐, 그쾌 쥐부트 톨커 레소루브, 카토릐 카크 비노브늬
어 이즈가니츠이(죄를 지은 유형자들처럼, 벌목공들만 마을을 이루고 사는
곳). 띤다."

"띤다?"

빅토르가 무슨 문제가 있느냐고 어깨를 올렸다 내리며 큰 눈
으로 쳐다보았다. 지석이 대답하지 않고 시선을 피하면서 눈을
감았다가 떴다. 빅토르가 일할 산판이 어디냐고 물었을 때, 지석
이 혼잣말처럼 작게 말했다.

"띤다."

이번에는 빅토르가 한숨을 푹 쉬면서 벌목이 자신의 운명일지
도 모른다고 생각했다. 천장을 몇 초간 쳐다보았다가 당신이 그

곳 관리인이냐고 물었다. 지석이 고개를 끄덕이며 빠르게 러시아
말로 덧붙였다.

"당신 고향이니까 잘된 일이잖아. 일한 만큼 돈을 벌게 해줄게."

빅토르가 어깨를 으쓱하고 손을 내밀었다. 지석이 꽉 잡았다.

엔젤 쉐어

1

한 무리의 노동자들이 벌목을 마치고 돌아왔다. 느릿한 걸음과 축 처진 어깨, 거북이 등을 연상시키는 두꺼운 솜옷은 무덤에서 나온 시체처럼 섬뜩했다. 회색 솜옷은 때에 절어 원래의 색을 알수 없었고 뭉텅이로 삐져나와 있었다. 그들은 벌목을 위한 엔진톱, 도끼, 각종 연장을 어깨에 걸치거나 들고 자석에 끌리는 쇠붙이처럼 빵통으로 들어가고 있었다. 검게 그은 얼굴에 휑한 눈동자, 덥수룩한 머리칼과 수염, 지친 눈빛과 야윈 뺨이 무서워 지석은 얼른 나무 뒤로 숨었다.

꿈이었다. 이마와 목은 물론 등까지 땀으로 젖었다. 막 해가 지는 듯한 아니 동이 터오는 순간처럼 주위가 희뿌유스름했다. 이곳이 어딘지 헷갈렸다. 고개를 돌려 주위를 살폈다. 아샤의 방이었다. 희망 인력사무소에서 일을 마치고 이곳으로 온 것이다. 띤다에서 이곳까지 운전해 오느라 잠을 제대로 못 잔 탓에 침대에

눕자마자 곯아떨어졌다. 담배와 라이터를 들고 베란다로 나갔다. 아무르강이 저녁노을에 반사되어 붉게 타고 있었다.

목표 달성을 위해 영하 40도를 넘나드는 산판에서 해도 뜨지 않은 새벽부터 아무것도 보이지 않는 깜깜한 밤까지 열네 시간이나 하는 노동이 과연 효율적인 것일까? 시간을 단축하고 효율적으로 노동하는 방법은 없을까? 짐승도 오랜 시간 추위에 노출되어 있으면 얼어 죽거나 병들 수밖에 없었다. 면담을 위해 만난 조장들 대부분이 얼굴에 시커먼 얼룩이 반점처럼 번져 있었고 귀가 문드러져 있기도 했으며 손가락이 퉁퉁 부어 사람의 손이라고 말할 수 없었다. 이가 빠진 이도 있었고 시커멓게 썩은 사람도 있었다. 지석이 얼굴과 손을 만지며 아프지 않으냐고 물었다. 광대뼈가 유독 튀어나온 3조장이 부소장의 눈치를 보며 날이 풀리는 이른 봄이 되면 벌목공 대부분이 동상으로 몸이 상해, 이 몰골이 된다고 했다. 가려움에 피부가 찢어지도록 긁게 되고 염증으로 벽돌처럼 빨개진 피부에 하얀 얼룩이 생기다가 짙은 갈색으로 변하기도 한다며, 지금은 아무렇지 않다고 싱겁게 웃었다. 관리위원도 부소장을 건너다본 후, 심하면 결핵 환자가 속출한다고 했다. 지석이 제때 약은 지급되고 치료가 가능하지 않으냐고 물었다. 부소장이 헛기침했다. 더는 못 봐주겠다는 듯, 인상을 찌푸리더니 담배와 라이터를 챙겨 들고 밖으로 나가버렸다. 관리위원이 시무룩한 표정으로 부소장의 뒷모습에서 시선을 거두고 말했다.

"조장들이야 몇 년씩 여게 있다 보니 기캅네다만…… 우리 사업소는 강지석 동지가 소장 아닙네까."

지석은 자신을 쳐다보는 그들의 눈동자가 부담스러워 부소장처럼 자리를 피하고 싶었다.

지석의 착잡한 마음과는 달리 아무르강에 비치는 저녁놀은 아름다웠다. 길 건너 정거장으로 트램이 들어와 멈췄다. 아샤가 시장바구니를 들고 내리더니 빠르게 집을 향해 걸었다.

2

일 년 만에 아샤와 함께 보내는 저녁이었다. 아샤는 돼지고기를 계란물에 담근 후 빵가루를 묻혀 기름에 튀겼다. 고소한 기름내가 좁은 공간에 가득 찼다. 냄새를 맡으니 허기가 졌다. 냅킨을 깔고 포크와 나이프를 놓던 지석은 메뉴가 포크커틀릿이냐고 물었다. 아샤가 처음 해보는 거라 잘 될지 모르겠지만 기대하라고 말했다. 시장바구니에서 소스를 꺼내 냄비에 부어 데웠다. 지석은 아샤가 만들어놓은 샐러드를 큰 접시에 놓으면서 김밥을 꺼냈다. 아샤가 웬 김밥이냐며 그거 혹시 강남 김밥집에서 산 거냐고 물었다. 지석이 그렇다고 대답하자 까르륵 웃었다.

"세상에…… 돈가스 재료도 거기서 사 온 거야."

강남 김밥집은 아샤가 자주 이용하는 곳이었다. 지석이 온다는 말에 포크커틀릿을 해주고 싶어 주인에게 부탁하여 재료와 소스를 얻어 왔다. 친절하게 주인은 만드는 방법까지 설명해주었다. 시장바구니에서 검정 비닐에 쌓인 기다란 물건을 꺼내며 아샤가 뭔지 맞춰보라고 했다.

"김밥?"

지석의 대답에 아샤가 다시 깔깔거리며 고개를 끄덕였다. 서로를 위하는 마음은 다르지 않았다. 김밥이 접시에 푸짐하게 쌓였다. 막 튀겨낸 포크커틀릿에 소스를 뿌리고 토마토와 양상추를 버무린 샐러드를 놓고 와인도 한 병 놓으니 훌륭한 만찬이었다.

지석이 돈가스 한 조각을 입에 넣고 씹었다. 아샤가 어떠냐고 눈으로 물었다. 엄지를 추켜세웠다. 아샤도 고기 한 조각을 입에 넣고 고개를 끄덕였다. 두 사람은 와인 잔을 들어 건배했다.

"평양 류경호텔보다는 못하지만 학교 식당보다는 낫네."

지석이 웃으며 말했다. 먹는 속도가 조금 느려지자 아샤가 냅킨에 입을 닦으며 물었다.

"거기, 벌목장은 어때?"

지석이 아주 좋다고 고개를 끄덕이며 지낼 만하고 원하는 대로 모든 게 잘 되고 있다고 말했다. 원목 운반에 필요한 운전기사도 희망 인력소개소에서 구했다고 했다. 아샤가 허리를 의자에 기대며 고개를 저었다. 북한 벌목장이 어떻다는 것을 익히 들어 알고 있었다. 지석이 아샤의 눈을 피하며 오랜만에 포크커틀릿을 먹으니 최고라고 다시 엄지를 추켜세웠다. 와인도 단번에 들이켜고 빈 잔을 내밀었다. 아샤가 와인을 따랐다. 지석이 와인을 다시 비우고 음식을 입에 몰아넣었다. 배가 고파서가 아니라 대답을 피하고 싶어서였다. 아샤가 지석의 손을 잡았다. 물끄러미 아샤의 손을 쳐다보던 지석이 쥐고 있던 포크와 나이프를 내려놓았다. 등을 의자에 기대며 와인 한 모금과 함께 입에 남은 음식물을 꿀꺽 삼켰다. 아샤에게 괜한 걱정을 끼치고 싶지 않았다. 부소장과 관리위원뿐만 아니라 노동자들 모두 잘 따라준다며 걱정할 게 없다고 했다. 자신만 믿으라고 했다. 아샤가 고개를 저었다. 깎지 않은 수염과 덥수룩한 머리, 허세를 부리는 듯한 행동과 말투가 전혀 지석답지 않았다. 지석은 거만이나 허세를 떠는 사람이 아니었다. 상황이 좋지 않다는 뜻이었다. 그러나 지석은 핑곗거리를 찾은 듯 창문 아래의 비디오플레이어가 내장된 텔레비전을 발견하고 말했다.

"벌목공들이 산판으로 올라가면 지루할 것 같아. 아샤, 저 텔레비전을 내가 가져가도 될까?"

아샤는 그렇게 하라며 보고 싶은 영화가 있으면 얼마든지 구해주겠다고 했다. 자리에서 일어나 지석이 아침에 가져가기 편하도록 텔레비전을 신발장 위에 놓았다.

지석이 더는 할 말이 없었다. 아샤가 쳐다보자 이마를 문질렀다. 아샤가 고개를 살래살래 저었다. 지석이 한숨을 쉬더니 말했다.

"부소장이 너무 적대적이야."

"왜? 이유가 뭐야?"

"이유야 아주 많지. 나 때문에 소장직을 빼앗겼고, 토대가 다르고, 아들뻘밖에 되지 않은 나이고, 군대에도 갔다 오지 않은 미제 승냥이고……."

"질투하는 거네?"

"글쎄…… 가장 중요한 것은 나 때문에 뒷돈을 못 챙긴다는 거야."

아샤가 이해를 못 해 쳐다보았다. 지석이 조선족 원목상에게 간부들이 원목을 빼돌려 뒷돈을 챙기는 행위에 대해 말했다. 아샤는 불법이 좋은 일은 아니지만 그 일이 그들에게 어떤 의미인지 파악하는 게 우선이라고 했다. 아무리 당의 명령으로 노력봉사하는 것이지만 그들에게 그 일은 숨구멍 같은 게 아니겠느냐는 것이다. 아샤는 그 숨구멍을 막을 생각이냐고 물었다. 지석이 고개를 저었다. 자신이야말로 당의 명령을 따르겠다는 순수한 마음으로 온 것이 아니다. 문제는 그들의 불법이 애먼 노동자의 목숨과 관련이 있으므로 방관할 수만은 없었다.

"그렇다면 소장이 방관해서는 안 되지."

아샤는 소장이란 바로 권력 그 자체라고 말했다. 권력이란 또한 의무와 책임이기도 하다며 노동자를 돌봐야 할 소장으로서 의무가 있고 그 권력을 그러한 용도로 사용할 때 가장 선한 행동이라고 아샤가 덧붙이며 해결 방법이 없는 거냐고 물었다.

"노동시간을 줄이면 되겠지."

"노동시간을 줄일 수 없는 건, 할당량 때문인 거네?"

그에 따른 해법이 아주 없는 것도 아니라고 지석이 말했다. 노동시간을 줄이는 대신 일의 효율성을 극대화하기 위해 노동자들이 선호하는 용품을 인센티브로 주면 되고, 공화국은 30퍼센트까지 원목 손실을 인정해주고 있으니 목표율을 70퍼센트로 낮추면 된다고 말했다.

"그런데 목표 달성을 낮추면 간부가 빼돌릴 원목이 없겠구나."

"그렇지. 그리고 현재 사업소 사정으로는 인센티브를 운영할
자금이 없어."

아샤가 이해한다는 뜻으로 고개를 끄덕이고 차나 한잔하자며
전기포트를 켰다. 지석이 처음으로 등을 의자 깊숙이 기댔다. 아
샤도 제 잔을 챙겨 맞은편 의자에 앉았다.

"부소장은 관행이고 순리라는 말로 내가 하는 일에 사사건건
반대해. 확실한 대안이 없으면 시도조차 할 수 없어. 타협조차 할
수 없는, 이것이…… 부소장 개인의 성향인지 공화국이 지닌 체
제의 모순인지 모르겠어. 내가 노동자들을 위해 할 수 있는 일이
있을까? 자신이 없어! 네 말대로 당 비서의 자식이라서, 출신 성
분 때문에 혜택을 누리고 살았던 거야."

아샤가 지석을 안고 머리에 입을 맞추었다. 포트에서 물이 끓
자 팔을 풀고 홍차 티백을 꺼내 컵 속에 넣고 물을 부어 지석에게
건넸다.

"보드카를 만들 때 오크통에 넣고 발효를 시키는데 막상 따보
면 보드카가 팔부쯤 줄어 있대. 농부들은 오크통 속에 술 좋아하
는 천사가 살고 있다고 여긴대. 증발되어 사라지는 알코올에는
미련을 버리는 거지. 천사의 몫이라고 생각하는 그들이 굉장히
현명하지 않아?"

지석이 피식 웃으며 컵을 감싸고 천천히 홍차를 마시고는 내
려놓았다. 아버지도 언젠가 말했다. 쥐를 쫓을 때는 구멍을 막
아서는 안 되고 너무 맑은 물에는 물고기가 살 수 없는 법이라
고…… 노동시간을 줄이는 방법은 이미 알고 있었다. 단지 적대

적인 부소장과 타협이 싫어서 회피하고 있는 것이다. 아샤가 지석의 손을 꼬옥 쥐었다.

"부소장에게 원하는 것을 내어주겠다고 해. 그 대신 몫을 조금만 돌려달라고 해. 노동자를 위해서."

지석이 고개를 끄덕였다. 아샤가 지석의 손을 잡아끌었다. 그리고 그들은 방으로 들어갔다.

문 닫히는 소리에 아샤는 잠이 깼다. 옆을 더듬었지만 지석이 없었다. 새벽 4시를 지나고 있었다. 침대에서 일어나 베란다로 나갔다. 아래를 내려다보자 지석이 텔레비전을 들고 길을 건너고 있었다. 가죽재킷에 돌멩이를 가득 넣고 걷는 듯 발걸음이 무거워 보였다.

"서두르지 마. 그깟 사 년 금방이야."

지석이 그 말을 듣기라도 한 듯, 이쪽을 보았다. 아샤가 손을 흔드는데, 막 도착한 트램이 그 모습을 가려버렸다. 트램이 다시 출발했을 때는 이미 지석의 모습이 보이지 않았다.

부소장의 선택

1

부소장은 생각할수록 억울했다. 노동자 출신이었기 때문에 바람을 거슬러 나는 새와 물살을 거슬러 헤엄치는 물고기와 같은 삶을 살아야 했다. 남보다 더 많은 날갯짓을 해야 목표에 다다를 수 있었고 물살을 거슬러 헤엄치느라 지느러미는 해졌다. 자신의 처지를 알아주고 이해해주는 것은 보위부원뿐이었다. 그는 대표부에서 얻은 거라며 텔레비전을 들고 와서 직접 설치까지 해주었다. 부소장이 그런 그에게 하소연하자, 보위부원은 지석이 단시간에 성과를 내고 평양으로 가려고 저렇게 요란을 떠는 게 아니겠느냐고 했다. 그러면서 조선족 원목상을 출입하게 하는 것이 우리에게는 중요한 일이라고 했다. 보위부원이 이렇듯 생색을 내는 이유는 이곳이 신설인 데다 지석은 뒷거래를 하지도 않을 것이고, 한참 어린 그를 상대하는 것보다야 자기를 상대하는 것이 나을 것이라 생각했기 때문이다.

기온이 며칠 사이에 영하 30, 40도를 웃돌기 시작했다. 본격적인 벌목이 시작될 것이고 지금쯤 크라스노야르스크에 와 있을 조선족 원목상은 자기 연락만 눈이 빠지게 기다리고 있을 터였다. 부소장은 초조했다. 지석이 조리실을 넓혀서 노동자들의 식당으로 만들었고 원목 운반도 지입제로 한다면서 러시아 운전사를 데리고 왔다. 만일 다른 사업소가 이처럼 전례 없는 방식으로 운영한다면 분명 대표부의 제재가 있었을 터였다. 그런데 대표부는 아무런 제재 없이 그저 방관하고 있었다. 그런데다 지석은 일주일 전에 대표부에 제출한 사업계획서를 변경 신청하려고 한다며 노동 시간을 하루 여덟 시간으로 줄이려고 한다고 했다. 부소장은 하마터면 들고 있던 컵을 떨어트릴 뻔했다.

"공화국에서 원목 손실을 30퍼센트까지 인정해주니 가능하지 않갔습네까?"

"기카믄 본전에서 빼먹자는 의견인데, 고거이 로씨야에서 학습한 경제이론입네까?"

아무리 어리고 경험이 없다고 해도 보태는 방식이 아닌 빼는 방식으로 사업소를 운영하겠다는 말에 부소장은 할 말을 잃었다. 실무 경험이 없는 대부분의 고위급 간부들이 머리로 생각해낸 방안을 강요하는 경향이 있었다. 이런 윗사람과 일할 때 가장 곤혹스러웠는데 지석이 바로 그런 상관이었다. 그런데 자신이 그런 반응을 보일 거라고 짐작하고 있었다는 듯 지석은 태연하게 덧붙였다.

"부소장 동지, 기카믄 좀 어렵갔지요? ……이카믄 어떻갔습네까?"

목표율을 70퍼센트로 줄이는 대신 인센티브로 노동자의 작업을 독려하면 초과 달성은 못 해도 목표 달성은 가능하지 않겠느냐고 했다. 부소장은 들고 있는 게 냉수가 아닌 뜨거운 커피라는 게 짜증났다. 컵을 내려놓고 소장 책상 위, 물병을 발견하고 자리에서 일어났다. 통째로 들고 벌컥 들이켰다. 입으로 다 들어가지 못한 물이 입가로 흘러내렸지만 닦지도 않고 물었다.

"소장 동지, 지금 인센티브라고 했습네까?"

지석이 그렇다고 말하고 자신도 목이 탄다는 듯 자리에서 일어나 부소장의 손에서 물병을 낚아채 들이켰다.

지석은 여우의 눈처럼 양옆으로 올라붙은, 모래색 눈빛을 지닌 부소장이 군홧발로 자신의 가슴을 짓누르는 듯한 압박감 때문에 여러 날 잠들지 못했다. 선잠이 들었다가도 새벽이면 깼다. 체한 것처럼 가슴이 답답했다. 길을 건너야 하는데 다리 위에 사나운 개가 있는 것 같았다. 목에 줄이 매여 있지만 줄의 길이를 모른다. 가장 좋은 방법은 먹이를 던져주어 자신의 편이 되게 하고 줄의 길이와 견고성을 알기 위해 개를 자극해보는 것이다. 이 방법이 너무 위험하다면 개가 잠들기를 기다렸다가 살금살금 건너는 수밖에 없었다. 그런데 지석은 그 개에게 먹이를 던져주고 싶지도 않았고 잠들기를 기다렸다가 마음을 졸이며 건너는 방법도 쓰고 싶지 않았다. 청각이 뛰어난 개이기 때문에 성공할 확률도 낮았고 만약 들킨다면 요란하게 짖어댈 것이다. 그렇다면 단 하나, 두 주먹을 불끈 쥐고 심호흡을 하면서 각오를 다지는 것이다. 너는 목이 줄에 묶인 개다. 비록 내가 줄의 길이와 견고성은 모르

지만 네가 아무리 사납게 날뛰며 짖어대도 나는 내 길을 지나가
리라.

"어차피 로동자들은 방한용품과 먹거리가 필요해서 로씨야
만물상에게 물품을 따로 사잖습네까? 그 물품을 사업소에서 인
센티브로 걸자는 겁네다. 하루 여덟 시간만 일하도록 목표율을
70퍼센트로 줄이는 대신, 작업 독려를 위해 보드카와 소시지를
얻고 싶으믄, 조금만 더 작업해서 얻으라는 겁네다. 그렇게 되믄
하루 열네 시간 산판에서 시간을 보내지 않아도 되갔고 짧은 시
간 효율적으로 일하고 돌아와서 빵통에서 편하게 쉬믄 아프거나
다치는 일도 없잖습네까? 아픈 로동자가 발생하믄 그만큼 사업
소로서는 손실이야요. 부소장 동지, 기캐 생각하지 않습네까?"

부소장이 이해가 가지 않아 고개를 외로 틀고 한숨을 쉬었다.
절대 어물쩍 넘어갈 수 없었다.

"키카믄 그 물품을 사업소에서 갖고 있어야지 않잖습네까? 아
시다시피 사업소는 자금이 없어서 기것을 줄 수 없잖습네까?"

지석이 부소장의 옆구리를 팔꿈치로 장난스럽게 살짝 찔렀다.
부소장은 화들짝, 몸에 불이라도 닿은 듯 뒤로 껑충 물러났다.

"여게서 사 년을 지냈으니 방법을 잘 알지 않습네까? 대표부에
서도 경험이 풍부한 부소장 동지라고, 뭐든 어려운 일은 의논하
믄 된다고 했습네다."

부소장은 그 일을 생각하자 속이 탔다. 혀로 입술을 적셨다. 하
룻강아지라고 생각했던 지석은 여우보다 꾀가 많았다. 모든 것
을 놓아버릴까? 그러면 되는 것이다. 그런데…… 부소장은 한숨

을 내쉬고 담배를 힘껏 빨아 들었다가 뱉었다. 놓아버린다는 것
은…… 결코, 쉽지 않았다.

2

보위부원은 텔레비전 설치를 끝내고 이리저리 채널을 돌리며 전
파를 맞추었다. 여기는 대표부가 있는 곳보다 오지라서 채널이
잡히지 않았다. 안테나를 연결해야 할 것 같다고 기대공실에 부
탁하라며 손을 털었다. 커피나 한잔 마셔야겠다고 부소장을 곁눈
질하며 커피 통을 열었다. 컵에 커피 가루를 한 스푼 넣고 설탕은
세 스푼을 넣었다. 페치카에서 끓고 있는 주전자의 물을 부어 휘
휘 저었다. 한 모금 마시고 커피는 러시아 것이 별로라고 인상을
찌푸렸다. 부소장은 또 골똘히 생각에 빠져 있었다.

"의자 뺏기 놀이가 아닌데 와 기캅네까? 이번에 앉지 못하든
다음에 앉으면 되잖습네까? 그가 여그에 오 년을 있갔습네까, 십
년을 있갔습네까. 또 어찌 알갔습네까? 이런 오지에는 못 있갔다
고 당장 피양으로 돌아갈지. 너무 힘들이지 마시라요."

보위부원이 보기에 서른도 안 된 지석은 토대가 좋아 남부러
울 것이 없는 사람이었다. 그런 사람이 무언가를 얻으려는 야망
을 가지고 이곳에 왔다 한들 자기들 일에 관여하지 않으면 배척
할 하등의 이유가 없었다. 자기 같은 사람들은, 특히 부소장은 지
석을 감히 쉽게 볼 수 없는 신분이었다. 그것을 모르지도 않을 텐
데 지석에게 덤비는 부소장의 무모함이 보위부원은 흥미로웠다.

보위부원은 커피를 홀짝거리며 조선족 원목상이 언제 오느냐고 물었다. 그가 오면 즉석커피(한국의 커피믹스) 좀 한 박스 놓고 가라고, 말하라고 했다. 부소장이 담배를 재떨이에 비비며 말했다.

"동무, 꾀발이 아니네? 실력 발휘 좀 해보시라."

부소장은 지석이 목표 달성을 70퍼센트로 줄이라는 황당한 주문을 하면서 노동시간도 여덟 시간으로 줄이고 목표 미달성 방지를 위해 인센티브로 효율을 극대화하자고 했다면서 그의 의도가 무엇인지 알 수 없다고 했다. 이뿐 아니라 인센티브 물품을 자신에게 책임지라고 했다며, 고자질하는 아이처럼 불퉁거렸다. 보위부원이 빙긋이 웃고는 남은 커피를 들이켜고 잔을 내려놓았다.

보위부원은 특수부대 중에서 가장 뛰어나다는 인민 무력부 정찰국 소속 124군 소좌 출신이었다. 그가 소좌로 있을 때 초급 병사 하나가 중급 병사한테 시달리다가 총기를 난사하는 사건이 발생했다. 중급 병사는 전우들과 모여 있다가 죽임을 당했다. 초급 병사도 그 자리에서 자살했다. 그 사고만 없었어도 소장까지 진급하는 데 문제가 없었다. 그의 허물을 덮어주기에 사고가 너무 커서 인민 무력부 부부장인 작은아버지도 감싸줄 수 없었다. 그는 보위부원으로 러시아 사업장에 가서 몇 년만 조용히 지내다 오라고 했다.

지석이 쥐고 있는 칼은 새것이었고 장도였다. 장도가 마냥 유리한 것은 아니었다. 너무 긴 칼을 지닌 무사는 허둥대기 마련이었다. 신출내기는 실무경험이 없으므로 이론에 의존할 수밖에 없었다. 그렇다고 자신들이 지닌 단도가 잘 벼려져 있다고는 말할 수 없었다. 한 자루는 녹이 슬어 제 기능을 상실했는데 그 사실도 모르고 있었다. 두 자루라는 게 그나마 의미가 있었다. 지석이 한 곳을 상대하면서 다른 곳을 방어해야 했는데, 그는 승률이 좋은 무사는 아닌 듯했고 싸움도 좋아하지 않는 듯했으며 욕심도 없어 보였다. 문제는 부소장이 싸움을 안 좋아하는 무사를 골라내는 눈이 없다는 것과 그것을 어떻게 다뤄야 하는지 방법을 모르고 있다는 점이었다. 너무 화가 나 있기 때문이었다. 분노가, 자격지심이, 평상심을 잃게 했다. 보위부원은 처음 부소장의 말을 들었을 때 열 가진 놈이 하나 가진 것을 뺏으려고 한다고 여겼다. 그런데 그와 등을 질 필요가 있을까? 그래서 자기가 얻는 게 무엇일까? 자기는 소장이 누구든 크게 상관이 없었다. 구관이 명관이라고 부소장이 부탁하는 러시아 만물상인, 다시 말해 조선족 원목상의 출입만 눈감아주면 뒷돈을 챙겨주므로 다리를 걸칠 뿐이었다. 보위부원은 다 마신 커피 잔을 뜨거운 물에 헹궈 제자리에 놓으며 말했다.

"부소장 동지, 성과 분석이나 결산의 최종 책임은 어차피 소장 몫이야요. 기것에 따른 처벌이 주어진다면 기것도 소장이 감당해야 할 일이 아니갔시오. 우리는 곶감만 챙기면 되는 거야요."

"키카믄 젊은 소장도 곶감을 좋아할 테니 몇 개는 나눠줄 수 있다고 운을 띄워보라는 말이네?"

"기카믄 머저리지요. 소장이 곶감 몇 개를 받갔다고 그 어려운 숙제를 냈갔시오? 자신은 필요 없으니 로동자들이랑 나눠 먹으라는 거 아니갔시오. 다시 말해 인센티브 물품을 원목상한테 얼

으라는 뜻 아니갔시오. 소장도 원목상이 만물상 흉내를 내고 사
업소를 들락거린다는 것쯤은 꾀고 있시요."

"기카네?"

부소장이 되묻자 보위부원이 고개를 크게 끄덕이며 덧붙였다.

"어카갔시요? 목마른 놈이 샘 파는 거지."

시나브로

1

꽁꽁 얼었던 대지가 시나브로 녹고 있었다. 생명 유지에 필요한 최소한의 수분만 허락받았던 나무들은 서둘러 미네랄이 담뿍 담긴 보드라운 봄물을 빨아들이고 있었다. 가만히 소나무에 귀를 대면 쿨렁쿨렁, 인간이 갈증 해소를 위해 물을 마시는 듯한 소리를 들을 수 있었다. 산판에서 벌목을 끝마치고 노동자들은 복귀 명령만 기다리고 있었다. 땅이 하루가 다르게 물러져 더는 카마즈가 산판까지 올라갈 수 없었다. 노동자들은 제때 상차를 못한 원목들을 카마즈가 싣기 편하도록 트랙터와 불도저를 이용해서 토장으로 옮기는 작업을 돕고 있었다. 토장에는 한 해의 결실인 원목이 가득 쌓였다. 토장에서 원목을 실어도 안전한 도로까지 내려오려면 3킬로미터는 곡예 운전을 해야 했다.

봄의 여신이 깨어나 기지개를 켜고 하품하는 계절답게 어제만 해도 바퀴 자국이었던 길이 웅덩이로 변해버렸다. 빅토르는 풍랑

속을 지나는 돛단배의 선장처럼 바짝 긴장하고 카마즈와 한 몸이 되어 물결 타듯 했다. 그런데도 기우뚱, 요동쳤다. 얼른 가속페달에서 발을 떼고 브레이크를 밟았다. 흥분한 카마즈를 달래기 위해 잠시 쉬었다가 발을 얹고 살며시 눌렀다.

빅토르는 사업소에 들러 하루를 마감하는 원목 상차 확인서에 사인하고 카마즈에 올라 시동을 걸었다. 지석이 급하게 뛰어나오며 담배나 한 대 피우고 가라고 붙잡았다. 빅토르는 손목의 시계를 가리키며 고개를 저었다. 띤다역까지 가려면 시간이 없었다. 그럼, 저녁에 보드카나 한잔하자고 했다. 빅토르는 웃으며 좋다고 상차를 마치고 돌아올 때 장을 봐오겠다고 했다. 빅토르가 가속페달을 밟자 육중한 카마즈가 부드럽게 앞으로 나아갔다.

빅토르는 마트에 들러 샤슬릭을 위한 돼지고기, 양고기, 소고기, 소시지를 소량 포장해놓은 봉투와 토마토와 오이를 시장바구니에 담았다. 지석이 술도 좋아하지 않으면서 한잔하자고 청한 것을 보면 할 말이 있음이 분명했다. 자신도 마찬가지였다. 올 가을 산판 때부터 카마즈를 한 대 더 구입해서 지석의 방식대로 원목을 상차하는 양에 따라 운전사에게 인건비를 지급하는 방식으로 직접 운영해볼까 생각하고 있었다. 그러면 어엿한 사장이었다. 자동차 중개인에게 쓸 만한 카마즈가 나오면 말해달라고 했다. 중개인은 엄지를 들어 보이며 운전사도 알아봐주겠다고 했다. 빅토르는 성실해야 한다고 고개를 빳빳이 들고 꾀를 부리는 놈은 목을 자르겠다는 시늉으로 손목 칼날을 제 목에 대고 그었다. 중개인은 마치 제 목이 잘린 듯 부여잡고 캑캑거렸다. 그는 우즈베

키스탄에서 온 놈이 하나 있는데 운전도 잘하고 성실하다며 연락을 해보겠다고 했다. 러시아 젊은이 중에서 운전사를 구하기는 쉽지 않았다. 빅토르에게 남동생이 셋이었지만 형의 잔소리가 통하지 않았다. 북한 사업소는 주말에도 쉬지 못한다며 금요일까지, 그것도 다섯 시까지만 일한다면 하겠다고 했다.

보드카는 한 병만 집었다. 맥주가 진열된 냉장고로 갔다. 카스를 두 병 꺼냈다. 카스는 준호가 좋아하던 맥주였다. 일 년 전만 해도 주말이면 준호와 함께 술을 마시기 위한 장을 봤었다. 잊고 있던 기억이 불쑥 되살아났다. 맥주를 든 채 멍하니 서 있는 빅토르에게 직원이 다가와 냉장고 문을 빨리 닫으라고 했다.

2

니체는 망각을 신이 인간에게 준 축복이라고 했다. 지난 칠 개월의 기억이 생생한 것은 그리 오래되지 않은 시간이기 때문일까. 아니면 절대 잊히지 않을 기억이기 때문일까. 지금 잘 견디고 있는가? 아니 잘 버티고 있는가? 지석은 감기와 신경성 위염을 앓고 있었다. 띤다는 블라디보스토크보다 위도가 북극에 있어 태양이 온 힘을 다해 빛을 짜내는 오후가 되어도 얼음을 접착제로 붙이기라도 한듯 추위가 떨어져 나가지 않았다. 러시아의 얼음 공기를 들이마신 지 어느덧 십 년이 되었지만 이곳의 찬 공기에는 적응이 되지 않았다. 노동자들은 완연히 날이 풀렸다고 외투와 장갑을 벗었지만 지석은 외투는 물론 페치카도 곁에 두고 있었다.

주전자에서 뜨거운 물을 따라 약을 먹고 불꽃을 확인했다. 장작 하나를 더 집어 페치카 속으로 던져놓고 의자를 끌어다 앉았다.

관리위원이 대표부에서 공문이 왔다며 내밀었다. 올해 벌목 완료에 따른 성과 보고 및 하계 건설노동 운영 지침서였다. 벌목이 종료된 하계에 우수 노동자를 선발하여 관리자 한 명과 러시아 시내 건설노동에 참여하게 하고, 참여 노동자에게는 충성자금과 운영자금을 제하고 노임을 지급하니 독려하라는 내용이었다. 또한 건설노동에 참여하지 않는 나머지 인원은 생활 총화 하루 1시간 이상, 빵통 수리와 장비 점검을 비롯한 사업소의 건물 보수 등을 시행하라는 것과 소장의 재량으로 운영하되, 다음 산판 운영에 차질이 없도록 사전에 준비하라고 했다. 지석이 공문을 훑고 책상 위에 내려놓자 관리위원이 말했다.

"그동안 여게 계시느라 애 많이 썼습네다. 로씨야 시내에서 바람이라도 쐬시라요."

"아, 내보고 관리자로 동행하란 말입네까?"

관리위원이 고개를 끄덕이며 다들 이때다, 하고 사업소장이 관리자로 나선다고 덧붙였다. 지석이 그래도 되느냐고 웃으며 물었다. 관리위원이 당연하다고 했다. 지석은 생각만 해도 기분이 좋았다. 어쩌면 며칠 밤은 아샤와 함께 보낼 수도 있으리라. 그렇게 생각하니 소풍 가기 전날의 소년처럼 설레기까지 했다. 우수 노동자를 선발하여 명단 제출을 해달라고 관리위원에게 말했다.

그때, 기홍이 사무실로 쭈뼛거리며 들어왔다. 관리위원이 무슨 일이냐고 묻자 소장 동지를 잠깐 만나러 왔다고 했다. 지석이 자리에서 일어나 들어오라고 했지만 잠깐만 밖에서 보자고 했다.

기대공실과 이어지는 산 초입에서 고개를 빼고 이리저리 주위를 살폈다. 기홍은 지석의 손을 덥석 쥐고는 숲속으로 부리나케 숨어 들어갔다. 지석이 무슨 일이냐고 물어도 가보면 안다며 걸음만 재촉했다. 얼마쯤 들어가자 노린내가 코끝에 묻어났다. 몇 걸음 더 들어갔을 때, 미각이 먼저 반응을 보였다. 입에 침이 고여 꿀꺽 삼켰다.

노동자들이 만찬을 차려놓고 지석을 기다리고 있었다. 다들 불콰한 얼굴로 나란히 서서 손뼉을 치며 환영했다. 바닥에는 보드카와 그릇이 놓여 있었고 커다란 알루미늄 솥에서는 러시아 마을에서 훔쳐 온 개가 된장과 함께 삶아지고 있었다.

"어서 오시라요! 소장 동지 덕분에 우리 사업소는 사망사고 없이 산판에서 내려올 수 있었시오."

"우리 사업소만 사망자가 없었다고 들었시오."

"긴데 와 자꾸 살이 깎입네까? 드시는 거이 형편없어서 그렇지요. 보양에는 단고기가 최고 아니갔시오? 날래 맛 좀 보시라요."

"앞으로 우리가 두어 마리 더 준비하갔시오."

지석은 화를 내고 당장 그 자리를 떠야 했지만 단고기가 어떤 맛인지 너무 잘 알고 있었기에 침이 고였다. 고인 침을 꿀꺽 삼킨 지석은 활짝 웃으며 어서 자리에 앉자고 먼저 엉덩이를 내려놓았다. 별다른 양념이나 조리법이 동원되지 않았어도 살코기는 한 점 입에 넣자마자 살살 녹았다. 지석은 자기와 거리를 두지 않고 만찬에 초대해준 이들이 진정한 동지라는 생각이 들었다. 조선의

똥개보다 못하지만 먹을 만하다며 권하는 그들의 말에 거절 않고 살코기를 정신없이 주워 먹고 보드카도 석 잔이나 얻어 마셨다. 보드카도 다디달았다. 더는 러시아 마을에서 개를 훔쳐 오지 말라고 단고기는 그만 끓여 먹으라고 말해야 했지만 그 말은 차마 나오지 않았다.

해가 넘어갈 무렵 러시아 경찰을 대동하고 마을 주민 여럿이 사업소를 방문했다. 하루가 멀다고 개가 없어진다며 노동자들이 자신의 마을에 나타나면 가만두지 않겠다고 했다. 부소장과 관리위원은 그들에게 무슨 말인지 못 알아듣겠다며 손사래를 쳤다. 러시아인들도 이들이 답답하기는 마찬가지였다. 부소장이 관리위원에게 지석을 데리고 오라고 했다. 지석은 모포를 뒤집어쓰고 몸이 안 좋다며 숙소에서 꼼짝하지 않았다.

오락 회관

1

부소장은 며칠 전부터 몸이 으슬으슬하고 머리가 지끈거리는 것이 견디기가 힘들었다. 더는 참지 못하고 진통제를 삼켰다. 날이 풀리는 이 무렵이면 가끔 몸살을 앓긴 했지만, 이번에는 유난히 혹독했다. 생활 총화를 한 시간에서 두 시간으로 늘리는 사소한 일에까지 발목을 거는 소장 때문이었다. 그동안 산판 작업으로 생활 총화를 못 했기 때문에 노동자들의 정신 상태가 해이해졌을 게 뻔한데도 지석은 아랑곳하지 않았다. 특히 건설노동으로 선발된 자들은 오전 내내 교육을 하는 것이 마땅한 일인데도 시간이 너무 과하다며 그들은 휴식이 필요하다는 어이없는 말을 했다. 에이, 모르겠다! 손을 놓으면 되는데 그리되지 않았다. 보위부원에게 우리 사업소는 생활 총화를 강화해야겠다고 만약 이탈자가 발생하면 당신도 책임에서 안전할 수 없다고 열을 냈더니 그제야 알겠다고 시간을 정하여 연락해 달라고 했다.

쉬운 일이 하나도 없었다. 미제 승냥이에다 놀새 같은 지석은 늘 예상하지 못한 말과 행동으로 당황케 했다. 함께한 시간이 일 년도 채 되지 않았는데 이삼 년을 보낸 듯 피로했다. 그런 지석이 건설노동 관리자로 갈 것을 생각하니 체한 것처럼 가슴까지 답답했다. 부소장은 담배를 꺼내 불을 붙였다. 만약 이탈자라도 발생한다면 자신도 책임을 벗어날 수 없었다. 그렇다고 자신이 나설 수도 없었다. 대표부에 이러한 사정을 말하고 도움을 받고 싶지만 그의 편이 없었다. 자신의 처지가 답답해 담배를 힘껏 빨았다가 한숨과 함께 뱉었다. 답답한 속은 풀리지 않았고 머리만 더 지끈거렸다. 담배를 검지와 중지에 끼운 채 양손 엄지로 관자놀이를 힘껏 눌렀다 떼기를 반복했다.

부소장은 피우던 담배를 재떨이에 비벼 껐다. 관리위원을 흘 낏 보았다. 그는 일정표를 작성하느라 책상 위에 코를 박고 있었다. 부소장은 조용히 열쇠로 잠가놓은 제일 위 칸의 책상 서랍을 열었다. 그러고는 서류 더미 밑에서 자그마한 노트를 꺼냈다. 날 짜별로 정리해놓은 원목 입출금 기록이었다. 계산기로 합산해보았다. 수입이 형편없었다. 전 사업소에서 관리위원으로 있을 때 챙긴 뒷돈 정도도 되지 않았다. 노동자들의 인센티브 물품을 충 당하다 보니 지출이 과했고 지석을 견제하려다 보니 보위부원 몫이 턱없이 나갔다. 산판이 끝난 만큼 대표부에도 뇌물을 챙겨줘야 했다. 그것이 관례였다. 하지만 지석에게 말해봤자 문제 제기나 하지 않으면 다행이었다. 오히려 자신을 탓할 게 빨했다. 관리위원에게도 술값과 담뱃값은 줘야 하는데…… 지석에게 가까이 붙어서 얄미웠던 적이 한두 번이 아니었다. 그렇다고 모르쇠 할 수는 없었다. 이래저래 올해 농사는 본전치기도 되지 않았다. 건설노동에 자신이 갈 수 있다면 주머니도 좀 채울 수 있고 휴식도 할 수 있으련만…… 다시 담배를 꺼내 불을 붙였다.

밖이 시끌벅적했다. 관리위원이 자리에서 일어나 창밖을 보았다. 노동자끼리 또 싸움이 벌어졌다.

"아이, 저 쌍 간나 새끼들, 와 또 난리를 치는 기야?"

관리위원이 후다닥 뛰어나갔다. 부소장은 그들 모습을 관람하기 위해 창 아래로 의자를 끌어다 앉았다. 세상에서 가장 재미있는 구경이 싸움 구경과 불구경이었다. 마침 지루했던 터라 이들 싸움은 놓칠 수 없었다.

두 명이 장기를 두었고 한 명이 앞에 앉아 구경했다. 눈에 훤히 보이는 데도 수를 자꾸 놓치는 선수가 안타까웠던 구경꾼이 훈수를 두었다. 내기 장기였기 때문에 상대가 이기면 술 한잔도 얻어먹을 수 없지만 내 편이 이기면 인심 좋은 선수라서 훈제 닭까지 내놓을 터였다. 어디 그뿐인가? 상대는 담배 한 개비 나눠주지 않는 곱세크(구두쇠)였지만 내 편은 한 개비밖에 없어도 양보할 줄 아는 동지였다. 지나가는 말로 슬쩍 말馬이 뛰고 싶어 다리 하나를 들었구나야, 라고 했다. 눈치를 챈 내 편 선수가 말을 움직여 상대의 차車를 걷어차고 장군! 이라고 외쳤다. 저 편 선수는 장기판을 엎고 훈수 둔 자의 멱살을 쥐었다. 그도 맞쥐고 힘을 주었다.

관리위원이 당장 그만두지 않으면 보위부에 연락할 거라고 했다. 그제야 상대에게서 떨어졌다.

부소장은 오랜만에 지루함을 달랠 수 있으려나 했는데 시시하게 끝나버려 아쉬웠다. 잠시 잊었던 두통이 다시 일었다. 관자놀이를 엄지로 꾹꾹 눌렀다.

2

지석도 숙소에서 노동자들의 싸움을 보았다. 부소장의 말대로 생활 총화를 하루 두 시간으로 늘려도 사고는 끊이지 않았다. 사소하게 시작된 싸움 때문에 보위부에 끌려가 눈에 멍을 달고 나오거나 심할 때는 다리가 상해서 저는 사람들도 속출했다. 이들의 폭력이 일상처럼 이어지는 것이 두려웠다.

비가 내렸다가 그치기를 반복했다. 햇볕 구경을 못한 지 일주일이 넘었다. 노동자들은 지루한 날을 견디는 데에 힘들어했다. 낮잠을 자고 나면 무기력해졌다. 금주를 명령해도 보드카에 취했고 도박을 금해도 무슨 일이든 담배 한 개비라도 걸고 하려고 했다. 법과 규제보다 참기 힘든 것은 무력감이었다. 사소한 일에도 주먹이 먼저 나갔고 코피가 터지고 눈에 멍이 드는 것은 일상적인 일이 되었다. 오히려 두들겨 패거나 맞고 나면 상쾌해지는 느낌이었다. 처음에는 '보위부'라는 약발이 들었지만 몇이 곤욕을 치르고 나오자 별일이 아닌 게 되었다. 노동자들 사이에서 보위부라는 이름은 약효가 떨어졌다. 지석도 무기력해졌다. 하도 돌려봐서 대사를 외워버린 비디오테이프의 영화와 러시아 소설도 지겨웠다.

오랜만에 볕이 따사로운 날이었다. 지석이 숙소를 나와 태양을 향해 눈을 지그시 감고 가슴을 편 채 해바라기처럼 서 있었다. 러시아인이었다면 옷을 벗고 일광욕을 했을 터였다. 피부에 진득하니 달라붙는 축축한 공기가 햇빛에 증발했다. 눈을 감고 숨을 크게 들이마셨다가 내쉬기를 반복했다.

"오랜만에 햇빛을 구경하니 참으로 좋디요?"

관리위원이 알은척했다. 지석이 웃으며 당신도 따라 하라는 몸짓을 했다. 관리위원은 들고 있던 서류철을 바닥에 내려놓고 아직 공기가 차가운데도 가슴까지 옷을 풀어헤쳤다. 햇볕을 받지 못한 누리끼리한 살결 위로 갈비뼈가 드러났다. 햇빛을 받아 마시듯 입을 크게 벌렸다가 꿀꺽 삼키자 침 삼키는 소리가 크게 들렸다. 지석이 쳐다보자 관리위원이 뒷머리를 긁적이며 말했다.

"고저, 땅덩이도 크고 사람도 크고 자원도 겁나게 풍부한데 햇빛만은 야박합네다. 기카고 보믄 우리 공화국이 사람 살기는 최고야요. 지금쯤 고국산천에는 개나리와 진달래가 한창이갔디요? 우리 오마니 다리는 괜찮은지…… 우리 오마니가 진달래 화전을 참말로 잘 만들었는데……."

지석은 빙긋이 웃으며 혼잣말하는 그를 쳐다보았다. 그가 코를 훌쩍이며 옷깃을 여몄다. 그러고는 언제 그랬느냐는 듯 관리위원으로 돌아가, 오늘은 비가 안 오니 오전의 생활 총화를 건너뛰고 숙소의 담요 세탁과 빨래 등의 노역을 했으면 싶다고 했다. 겨우내 사용했던 담요와 방한복이 때에 절어 빵통 근처만 가도 퀴퀴한 냄새가 진동했다. 지석은 부소장과 상의해서 조별 대청소를 지시하고 목욕과 이발도 하는 일정으로 잡으라고 했다.

지석이 천천히 걸어 식당으로 갔다. 배식을 받아 아침을 먹는데 지지직거리는 불협화음의 스피커 소리가 들리고 관리위원이 일정을 알리는 방송이 시작되었다.

"조식을 마치는 대로 생활 총화를 시작할 테니 노동자들은 한 명도 빠짐없이 속히 운동장으로 모이라요. 다시 전달합네다……."

지석은 밥 한 숟가락을 뜨다가 그대로 멈췄다. 부소장이 받아 들이지 않은 것이다. 아니 자신의 지시를 또 묵살했다.

부소장이 흥분한 목소리로 보위부원과 이야기를 나누며 식당으로 들어섰다. 지석과 눈이 마주쳤지만 헛기침을 하고 건너편 식탁에 앉았다. 보위부원은 교육하러 왔다며 오랜만에 본다고 인사했다.

3

점심이 지나서야 담요를 모두 걷어 세탁에 들어갔다. 분주하게 빵통은 물론 사무소도 먼지를 털고 쓸고 닦았다. 그런데 먹구름이 삽시간에 뜬다 벌목장을 덮치더니 곧바로 장대비가 쏟아졌다. 마르지 않은 세탁물을 걷어 들이고 열어 놓은 창문을 닫느라 소동이 벌어졌다. 관리위원은 물벼락을 치듯 쏟아지는 비를 바라보며 생활 총화 좀 하루 건너뛰면 세상이 뒤집어지기라도 하느냐고 언제 봄맞이 대청소를 마치고 거짓꼴인 노동자들의 몰골이 사람 꼴을 갖출지 모르겠다고 툴툴거렸다. 지석도 목욕한 지, 한 달이 넘었다. 봄맞이 대청소도 중요하고 건물 보수와 장비 점검 등의 노역도 중요하지만 노동자들이 지루한 날을 보낼 유흥거리가 절실하다고 느꼈다.

부소장은 말끝마다 노동자들은 스스로가 어떠한 일을 찾아서 하려고 하지 않았다며 목표를 정해주고 독려해야 한다고 했지만, 지석의 생각은 달랐다. 노동자들에게 주어진 일이 능동적으로 참여하고 성취감을 느낄 수 있는 일인가를 우선 따져봐야 했다. 그러기 위해서는 일에 대한 보상이 필요했다. 고되고 힘든 일을 하는데 정당한 대가도 없이 의무와 책무만 강요한다면 성취감이 생길 리가 없었다. 지석의 계획대로 목표율을 낮추고 노동자들에게 필요한 물품을 인센티브로 지급하는 방식으로 운영했더니 초과 달성은 못 했지만 목표 달성은 이루었다. 관행과 관례라는 말로 새로운 시도를 하지 않으려는 것과 제안해도 받아들이지 않으려는 관리자들 때문에 공화국이 변화되지 못하는 것이다. 공화국의 체재가 스스로 생각하고 행하도록, 능동적으로 이끌지 못하는 것이라는 생각이 강해졌다. 통제와 규제의 삶에 길들여져서 방어적이고 공격적으로 되는 것이다. 인간은 어떤 이념이나 이상을 위해서가 아니라 본능과 탐욕의 명령에 따라 행동하는 존재일지도 몰랐다. 노동자들은 순박했으며 천진난만했다. 두뇌도 뛰어났고 생존에 대한 욕구도 강했다. 부소장도 애초에는 그런 사람이었을 것이다. 오랜 시간 환경에 의해 방어적이고 타인에게 적대적인 인간이 된 것이다. 그렇다면 자신도 머지않아 그렇게 될 것이다. 부소장과 무엇을 상의하고자 해도 말투에 찰기가 없어서 방어적

어투로 묻게 되었다. 아버지는 모르는 것이 부끄러운 것은 아니라고 가르쳤는데 부소장은 그것을 죄라고 느끼게 했다. 그는 항상 목소리를 높였고 단어 선택도 거칠었다. 자신의 실수를 인정하지 않았다. 핑계와 변명이 먼저였고 관리위원에게 책임을 전가했다. 과정보다 성과와 책임만 운운하니 한발 물러설 수밖에 없었다.

무엇 때문에 이렇듯 자기가 애를 쓰는가? 문득 지석은 아버지가 원망스러웠다. 후드득 몰아치는 빗물처럼 자기도 땅속으로 스며들어 어딘가로 사라지고 싶었다. 모든 것을 팽개치고 당장 평양으로 돌아가고 싶었다. 오래 기다리게 하지 않겠다고 아샤에게 큰소리쳤는데 약속을 지킬 수나 있을까? 아샤와 함께 제3국으로 도망쳐버릴까? 왈칵, 감정이 올라와 눈시울이 붉어졌다. 관리위원이 옆에 있어 헛기침하고 손바닥으로 눈을 꾹 눌렀다 뗐다.

생산에 따른 이윤은 반드시 생산 증대에 재투자해야 한다. 이것이 경제 논리의 첫 번째 교리였다. 그리고 생산 증대를 위해 꼭 필요한 것은 오락이다. 지석은 이곳에 노래방과 탁구장, 영화를 감상할 수 있는 오락 회관을 만들어야겠다고 결심했다. 여름에 잘 쉬어야 기나긴 겨울, 산판에서 견딜 수 있었다. 지석은 부소장과는 관련 없는 곶감 상자를 만들 것이라 다짐했다. 다음 주면 선발된 노동자들과 건설노동을 떠나야 하지만 지석은 자기 대신 부소장을 보내리라 마음먹었다. 그가 없는 사이, 곶감 상자를 채워줄 조선족 원목상을 알아볼 것이다.

빅토르의 제안

1

빅토르가 예약한 호텔은 350주년 광장과 예니세이강이 한눈에 들어오는 곳이었다. 자정이 넘었는데 광장과 강변은 불야성이었다. 러시아는 하루가 다르게 유흥과 소비의 나라로 변하고 있었다. 빅토르가 내일 퇴근 후 오겠으니 저녁은 자신이 예약해놓은 곳에서 먹자면서 푹 쉬라는 말을 하고 가려고 했다. 준호는 마음이 급해 빅토르를 붙잡았다. 여행 온 게 아니라 일 때문에 온 거라며 너에게 할 이야기가 있다고 했다. 빅토르가 어깨를 올리고 양손을 활짝 펴보이며 아침 일찍 출근해야 한다고 퇴근해서 오겠다고 했다. 출근한다는 말에 빅토르를 더는 붙잡지 못했다. 준호는 캐리어를 끌고 룸으로 가기 위해 엘리베이터를 탔다.

빅토르는 약속대로 일찍 찾아왔다. 그를 따라 예약해놓은 샤슬릭 전문점으로 갔다. 널따란 타원형 은접시에 샤슬릭과 샐러드가 곁들여 나왔다. 준호는 잠도 설치고 심적인 부담감도 있어 맛을 느낄 수가 없었다. 양고기 한 점을 오래도록 씹고 있었다.

준호가 보드카의 뚜껑을 따려고 술병을 들었더니 빅토르가 달라고 손짓했다. 잔을 채우고 건배를 한 후 단숨에 비웠다. 불덩이가 목을 훑고 지나가는 것 같았다. 곧바로 반야[7]에 앉아 있는 듯 얼굴이 화끈 달아오르면서 몸이 나른해졌다. 등을 의자 깊숙이 묻었다. 빅토르가 다시 잔을 채우자 건배하고 비웠다. 뜨뜻한 젤리를 삼킨 것처럼 입 안이 후끈했다. 빅토르는 연신 고기를 씹으며 커다란 양고기 한 조각을 준호 접시에 올려주고 어서 먹어보라고, 이곳이 크라스노야르스크에서 제일 유명한 레스토랑이라고 거듭 자랑했다. 적당히 잘 익은 고기의 육즙이 입 안 가득 퍼졌다. 접시가 바닥을 보였다. 빅토르가 나이프와 포크를 내려놓고 배를 두드리며 잘 먹었다고 말했다. 냅킨으로 입을 닦더니 물었다.

"진짜 나와 사업 이야기를 하려고 온 거야?"

물로 목을 축이고 냅킨으로 입을 닦은 준호가 지난 일 년간의 일을 말하기 시작했다. 굳은 표정으로 이야기를 듣던 빅토르가 어느 순간부터 배시시 웃으며 제 이마를 문지르다가 눈이 마주치면 고개를 끄덕이고 어깨를 으쓱했다. 준호의 말이 끝나기도 전에 잔을 높이 들고 혼자 우라를 외치더니 단숨에 비웠다.

"니치보(걱정 마)! 니 아브라샤이 브니마이니어(그까짓 거 아무것도 아니야). 니치보 니 스토이트(별거 아니야)!"

---

7   러시아식 사우나

준호는 빅토르의 과장된 몸짓과 허세 가득한 말투가 거슬렸지만 그의 말을 믿고 싶었다. 보드카 한 병을 다 비웠다. 피로감 때문에 몸이 무너질 것 같았지만 빅토르는 생기가 돌았다. 준호는 보드카를 한 병 더 주문했다. 빅토르의 이야기를 아직 듣지 않았기 때문이다. 테이블이 정리되고 보드카와 육포를 들고 지배인이 들어왔다. 안주는 서비스라며 준호와 빅토르 잔에 술을 한 잔씩 따라주고 나갔다. 빅토르가 입을 열었다.

"이제 내가 이야기할 차례네."

2

준호가 사직했다는 소식과 함께 자기 짐을 정리해서 한국으로 보내달라고 했다는 직원의 말을 듣고 빅토르도 사직서를 냈다. 그러고는 라라를 데리고 이르쿠츠크에서 제일 고급스러운 레스토랑으로 갔다. 그러고 보니 동생에게 한 번도 맛있는 음식을 사준 적이 없었다. 준호가 떠난 후 빅토르도 그랬지만 라라도 제대로 잠을 못 잤다. 다른 때 같으면 음식이 나오자마자 허겁지겁 먹었을 것인데 쳐다만 보고 있었다. 라라는 뜬금없는 외식이 준호도 없는 지금 이 상황에서 무엇을 의미하는지 짐작하고도 남았다. 주인이 다가와 음식에 무슨 문제가 있느냐고 물었다. 빅토르는 웃으며 물었다.

"아, 니엘(아, 아니요)! 모즈너 우파코바치(혹시 포장되나요)?"

비싼 음식을 그대로 놓고 갈 수는 없었다. 주인이 어깨를 으쓱하더니 포장해주겠다고 했다.

　그들은 포장한 음식을 들고 키로프 광장으로 갔다. 하늘은 맑았고 햇볕도 좋았다. 자전거를 타는 사람, 커피 한 잔을 들고 천천히 걷는 연인, 롤러스케이트를 타며 까르륵 웃는 가족, 잔디밭에 돗자리나 의자에 누워 일광욕을 하는 노인들까지도 모두 즐거워 보였다. 멀리서 팝 음악이 들려왔다. 길거리 공연 중이었다. 저녁을 일찍 먹거나 무료할 때마다 준호와 함께 왔던 곳이었다.

　뮤지션은 앳된 청년이었다. 몇몇 사람이 그가 부르는 음악에 몸을 흔들기도 하고 머리 위로 팔을 돌리며 소리를 질렀다. 그들도 자리를 잡았다. 빅토르가 간이 휴게소에서 맥주를 사 왔다. 둘은 병째 건배하고 싸 온 음식을 펼쳐놓고 게걸스럽게 먹기 시작했다. 적당히 취기가 올랐다. 어떤 음악인지 알 수 없었지만 신나게 몸을 흔들다가 지쳐 자리에 주저앉았다. 라라도 마찬가지였다. 긴 머리카락이 땀에 젖어 얼굴에 달라붙었다. 빅토르가 말했다.

　"쟈부지 준호(준호는 잊어). 니 바즈브라샤유샤(돌아오지 않을 거야)."

　라라의 얼굴이 일그러졌다. 커다란 눈망울에서 눈물이 떨어졌다. 무릎을 세우고 머리를 묻었다. 한참 만에 고개를 들고 손바닥으로 눈물을 닦으며 라라는 하바롭스크로 갈 거라고 했다. 호텔에서 일하는 친구가 이번 달까지만 일하고 그만둘 거라면서 그 자리에 자신을 추천해주기로 했다고 했다.

　"하바로프스크 달리코 알수다(하바는 여기서 너무 멀어)!"

　"니치보(상관없어). 야 부두 우에하치 달리코(멀리 떠날 거야)."

　라라는 다음 날 하바롭스크로 떠났다. 빅토르는 아파트를 비워줘야 했다. 자신도 이르쿠츠크에 있고 싶지 않았다. 가는 곳마다 준호와 함께했던 추억이 소환되어 우울했고 라라를 그렇게 만든 죄책감 때문에라도 곁에 있어야 했다.

빅토르가 이야기를 멈추고는 컵에 물을 따라 마셨다. 준호를 쳐다보고 미간을 찌푸렸다.

"형, 많이 변했어. 어쩜, 라라의 안부는 묻지도 않아?"

준호도 컵에 물을 따라 들이켰다. 컵을 내려놓고 빅토르를 보았다. 준호는 아무 말 없이 어깨를 들었다 내리며 손바닥을 보이고 고개를 느리게 저었다.

"그래, 라라가 형을 유혹했을 뿐이지……."

"빅토르, 우리 지난 이야기는 하지 말자."

빅토르가 고개를 끄덕이고 등을 의자에 기댔다. 혼자 피식 웃으며 손바닥을 펼쳤다. 준호는 그런 빅토르의 시선을 외면했다. 빅토르가 다시 이야기를 시작했다.

희망 인력소개소에서 지석을 처음 본 순간, 빅토르는 그가 준호와 너무 닮았다는 느낌을 받고 자기도 모르게 다가갔다. 같은 동양인에 외모가 훤칠해서 그런 느낌을 받았는지 모른다. 아니 준호는 훤칠하고 깔끔했으며 아주 멋쟁이인데 지석은 훤칠한 외모에 미남자인 것은 확실했으나 커다란 비닐봉지를 들고 덥수룩한 머리에 깎지 않은 수염 때문에 지저분했고 피로해 보였다. 한국은 아주 작은 나라지만 남과 북으로 갈라져 반세기가 넘게 적대적인 상태라고 전에 준호가 말한 적 있었다. 세계 유일의 분단국가로 남쪽은 자본주의 국가고 북쪽은 사회주의 국가. 자본주의를 받아들인 남쪽은 경제 대국을 이루었지만 북쪽은 3대 부자세습으로 식량 부족, 에너지 부족, 외화 부족으로 가난한 나라. 빅토르는 그때 고개를 갸웃하며 물었다.

"그래서 같은 나라라는 거야, 아니라는 거야?"

"같은 나라이기도 하고, 아니기도 해."

빅토르는 잘 모르겠다는 표정으로 러시아도 푸틴 혼자 수십 년간 통치하고 있다고 말했다. 빅토르는 언젠가 꼭 한국에 가보겠다는 생각을 했다. 아니, 준호가 자신을 초대해주리라 생각했다. 다른 주재원들은 준호처럼 친절하지 않았다. 그래서 준호가 고마운 사람이었고 미안한 사람이었으며 기대고 싶은 사람이었다. 라라를 끌어들인 것은 의도된 것이었다. 그래서 준호가 한국으로 떠났을 때, 그 어떠한 원망도 할 수 없었다. 라라와 준호가 잘될 거라고는 생각하지 않았다. 라라도 준호의 덕을 좀 봤으면 했을 뿐이다. 준호가 떠나자 잠이 오지 않았다. 빅토르는 라라에게 들킬까 봐 소리도 못 내고 보드카를 홀짝이며 훌쩍였다.

북한에서 온 지석은 젊고 영특하고 출신 성분도 남다른데, 돈 한 푼 받지 못하고 유형지나 다름없는 벌목장에서 사 년을 지내야 했다. 한국의 준호는 H기업 직원으로 많은 연봉과 보너스, 여러 혜택을 받으며 일했다. 물론 나라가 어려우면 백성이 고생하고 명분도 없는 전쟁에서 총알받이가 되었다. 일 년 만에 만난 준호에게 엄지를 치켜세우며 말라지에치(멋있어졌어)! 라고 말했지만 준호도 지쳐 보이기는 마찬가지였다.

3

준호는 제16임업사업소가 어디 있고 어떤 곳인지 궁금했다. 빅토르는 그곳에서 원목 운반을 하는데 돈을 벌었다고 했다. 그런데 말이 좀 두서없었다. 술에 취해서, 한국말이 서툴러서, 그런 것이 아니었다. 뭔가 숨기려 했기 때문이었다.

"벌목공의 처우가 엄청나게 개선되었어. 빵통과 식료품의 질도 좋아졌고. 벌목공들은 소장을 좋아하지만 다른 사람은 아주 싫어해."

"어떤, 다른 사람?"

빅토르가 갑자기 말을 멈췄다. 어깨를 으쓱하고 고개를 끄덕이며 양손을 펼치고 잠시 뜸을 들이다가 말했다.

"부소장과 보위부원."

"뭐, 보위부원?"

빅토르가 숨김없이 다 말하겠다는 듯 자신 앞에 놓인 보드카를 들이켜고 잔을 내려놓았다. 그리고는 천천히 말했다.

"이 사업소의 정확한 이름은…… 조선 민주주의 인민 공화국 제2임업 대표부 산하 제16임업사업소야."

"조선 민주주의 인민 공화국? 북한? 북조선을 말하는 거야?"

준호가 발끈해서 물었다.

"너는 그 소장, 북한 소장에게 나를 소개할 생각인 거야? 나는 한국인인데?"

빅토르가 북한과 한국이라는 나라의 특성을 이해 못 하는 것은 당연했다. 한국과 북한이 어떤 관계인지 국가보안법이 얼마나 무서운지 알 리 없었다. 우리는 그렇다 쳐도 북한은? 준호는 냉수를 마셨다.

"빅토르, 우리는 그쪽과 거래할 수 없어. 그쪽도 내가 한국인이라는 것을 알면 단번에 거절할 거야!"

빅토르가 미간을 찌푸리고 아직 자신의 이야기가 끝나지 않았다며 흥분하지 말라고 했다. 준호는 양손을 펼쳐 보이며 어서 얘기하라고 고개를 끄덕였다. 사실은 강지석 소장이 누구인지 궁금했다.

"소장은 이곳이 지루해서 못 견디겠나 봐. 블라디에서 유학 생활을 할 때 꽤 논 것 같아. 러시아 여자를 애인으로 두고 있어. 사업소에 놀 수 있는 공간을 만들고 싶어 해. 그래서 자본이 필요하대. 형이 조선족 원목상이 되는 거야. 우리 마을에서 활동하는 조선족 원목상이라고 소장한테 소개할게."

준호는 대답을 못 하고 의자 등받이에 몸을 기댔다. 빅토르는 지석을 아주 똑똑한 사람을 뜻하는 '움늬'라고 했다가 고개를 젓고 영특하다는 '스미쉴욘늬'로 수정했다. 잊어버렸던 단어가 막 떠오른 듯 집게를 펴고 '노바토르스키 칠라백(혁신하려는 사람이야)!'이라고 다시 말했다.

조선족 원목상은 항상 마무리가 깔끔하지 않다며 처음에는 제때 돈을 지급하지만 나중에는 차일피일 미루다가 떼어먹기도 하고 중국산 공산품을 강제로 들이민다고 했다. 그렇게 해도 문제를 키울 수 없다는 북한 사업소의 특징을 나쁘게 이용하고 있다고 했다. 준호도 한돌 사장에게 익히 들어 알고 있었다. 할아버지의 일이 생각났다. 이곳을 드나드는 조선족 원목상에 대해 아느냐고 물었다. 빅토르는 고개를 저었다. 그들은 '히뜨릐(약삭빠르다)'라고 했다.

"여기서 원목 유통을 하려면 현지 지사를 만들어야지. 그런데 우리 고향에서 지금 당장은 원목 공급이 안 돼. 산판은 이미 거래가 끝났기 때문이야. 제재소에서 원목을 사야 하는데 북한 사업소의 두 배야. 형은 하루가 급하고 돈도 없잖아!"

준호는 모호하고 위험한 상황이라 결정을 내리지 못했다. 그러나 마음은 이미 젊은 소장을 만나고 싶었다. 다음 달까지 25톤 분량의 원목을 어떻게 해서든 확보해 들여와야 했기 때문이다. '천년의 궁터'는 이 년 동안 이뤄지는 아주 크고 중요한 공사였다. 공사에 차질 없이 원목을 공급해야 대성도 위기에서 벗어날 수 있었다. 결정을 못 하는 준호의 어깨를 툭 치며 말했다.

"투 비 오어 낫 투비(To be or not to be)?"

갑작스러운 영어에 준호가 빅토르를 쳐다보았다. 빅토르는 히죽 웃더니 지석에 대한 이야기를 덧붙였다.

지석은 책과 영화를 보면서 지루한 시간을 견디었다. 아샤는 책과 비디오테이프의 공급 요원이었고 빅토르가 두 사람 사이에서 전달을 도맡았다. 어느 날 아샤가 보낸 비디오테이프를 들고 지석의 숙소를 찾았다. 영화는 〈햄릿〉이었다. 영화 속에서 주인공이 '투 비 오어 낫 투 비'라고 반복하는 것을 듣고 빅토르는 지석에게 그 뜻을 물었다.

"죽느냐 사느냐, 이것이 문제다! 이거냐 저거냐, 선택의 갈림길에 있을 때, 그 어떠한 것도 선택하지 못할 때 쓰는 말입네다."

지석은 신경성 위염으로 식사를 제대로 못해 볼이 홀쭉해졌지만, 대신 눈빛은 더욱 매서워졌다. 부소장을 건설 현장으로 보낸 이유가 이곳에 오락 회관을 만들기 위해서라는 말을 듣고 빅토르는 적잖이 놀랐다. 부소장이 돌아왔을 때 잠자코 있겠느냐며 보위부원과 함께 어떤 꼬투리를 잡을지 걱정이라고 말했을 때, 지석이 고개를 가로저으며 자신은 이미 선택했다고 했다. 저런 말은 우유부단한 사람이나 하는 말이라며 좋은, 아니 양심적인 원목상이나 소개해 달라고 했다.

빅토르가 준호에게 말했다.

"형도 우유부단한 사람이 아니잖아!"

준호에게 상체를 바짝 기울이더니 덧붙였다.

"그리고, 좋은 사람이잖아."

4

지석은 약을 먹어야 해서 억지로 죽 한 그릇을 비웠다. 숙소에서 좀 더 쉴까 하다가 기대공실로 갔다. 조장은 동그랗게 깎인 조각에 포包를 새기고 있었고 기홍은 장기판에 선을 긋고 있었으며 정비공은 동그란 조각을 끌로 다듬고 있었다. 조장은 내일이면 사무실에서 사용할 장기가 완성될 거라며 손이 많이 가는 일이라 더디다고, 들어서는 지석에게 변명처럼 말했다. 그는 노동자들이 사용할 수 있는 장기를 만들어 보급하라고 지시받았기 때문에 지석이 그 일로 기대공실을 찾았다고 짐작했다.

지석이 그들이 만들어놓은 장기판과 알을 자세히 살폈다. 조금 투박하긴 해도 사용하는 데는 전혀 문제가 없었다.

"기대공실에서는 누가 제일 장기 대장입네까?"

조장이 기홍이라고 엄지를 세우며 말했다. 지석이 그럼 학습 좀 해달라고 말했다. 기홍은 당장이라도 가르쳐주겠다는 듯 통에 담긴 장기 알을 판에 주르륵 부었다. 그런데 지석이 갑자기 주머니를 뒤졌다. 무언가를 찾는 시늉을 했다. 정비공에게 말했다.

"동무, 내 깜박하고 약을 놓고 왔구만. 의사가 제시간에 약을 먹으라고 캤는데…… 미안한데 좀 가져다줄 수 있갔소? 내 사무실 책상 위에 있을 긴데."

정비공이 알았다며 기대공실을 나갔다. 지석이 장기판을 손으로 쓸어 통에 도로 담았다. 안주머니에서 '오락 회관'이라고 쓰인 설계도를 꺼내 그 위에 펼쳤다. 그러니까 조리실 옆으로 건물 한 채가 있었고 그 안으로 네 칸이 나누어져 있었다. 탁구장, 노래방, 영화 상영방, 소매점이라고 적혀 있었다. 탁구장이 가장 넓었으며 노래방은 두 칸이었고 영화방에는 창문이 없었으며 소매점은 벽 한 칸이 책장처럼 작게 나누어져 있었다. 기홍이 설계도에서 눈을 떼고 지석을 쳐다보았다. 지석이 고개를 끄덕였다. 기홍이 조장을 불렀다.

"조장 동지, 날래 이리 좀 와보시라요."

조장이 장기판 위에 펼쳐놓은 오락 회관 설계도를 한참이나 쳐다보았다. 지석이 이렇게 만들려면 시일이 얼마나 걸리겠느냐고 물었다. 조장은 침을 삼켰다.

"이 설계도처럼 건물만 지으라는 겁네까? ……기카믄이야 뭐을메나 걸리갔시오? ……소매점이라 하믄 상품을 파는 곳을 말하는 긴데…… 이거이 물건 넣는 칸 맞갔지요?"

지석이 그렇다고 대답했다. 대답을 못 기다리고 두 달 정도면 되겠느냐고 지석이 물었다. 조장이 노동자 다섯 명이면 가능하다고 했다. 지석은 다음 주부터 할 수 있겠느냐고 물었다. 조장은 소장 동지 명령인데 당연하지 않겠느냐고 말했다. 기홍이 부소장이 없을 때 건설해야지 않겠느냐고 넌지시 물었다. 지석이 그렇다고 대답했다. 조장은 부소장이 건설노동을 떠나면 곧바로 공사에 들어가도록 준비하겠다고 말했다. 지석이 기대공실을 나갈 때 기홍이 말했다.

"소장 동지, 오락 회관이 완성 되믄 우리 노동자들이 아주 신나하갔시오."

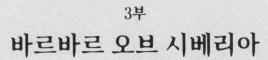

3부

바르바르 오브 시베리아

현지 지사를 만들다

1

사업소에서 지석을 만나고 호텔로 돌아온 준호는 냉장고를 열고 캔 맥주를 꺼내 단숨에 비웠다. 준호는 지금껏 남의 물건 하나 훔쳐본 적 없었고 해서는 안 되는 금기의 경계를 넘은 적 없었다. 그런데 지금은 마치 은행을 턴 강도처럼 아니 첩보원이라도 된 것처럼 고양됐던 긴장감이 풀리면서 묘한 희열감에 휩싸였다. 밤새 취하고 싶었고 해냈다고 소리치고 싶었다. 그런 마음을 억누르고 침대에 벌러덩 드러누웠다.

카마즈를 호텔 주차장에 세울 수 없어 한참 헤맸다며 늦게 방으로 들어온 빅토르는 한 손에 찌그러트린 맥주 캔을 쥔 채 벌러덩 침대에 누워 있는 준호 위로 달려들었다. 하지만 기분에 도취하여 축배를 들기에는 아직 일렀다. 준호는 빅토르를 밀치고 일어났다. 불편한 양복부터 벗어던지고 트레이닝복으로 갈아입었다.

두 사람은 현지 지사 설립에 관한 논의를 시작했다. 회사명은 '크라스코리아'로 정했다. 크라스노야르스크의 도시 이름과 두 한국, 남한과 북한을 포괄하는 코리아를 의미하는 이름이었다. 그 다음은 사업소에서 원목을 빼와 적재할 공간에 대해 의논했다. 빅토르는 원목 적재뿐 아니라 일차적 가공이 가능한 제재소가 좋겠다고 했다. 왜냐하면 산판에서 들여온 원목은 간혹 썩은 것이나 형태가 휜 것도 있기 때문에 1차 선별과 가공을 해야 하기 때문이었다. 준호는 당연하다고 고개를 끄덕였다. 빅토르가 띤다 옆 동네, 호무트에 그런 공간이 있다며 아버지를 통하면 저렴한 가격에 제재소를 임대할 수 있다고 했다.

"호무트?"

준호가 되물었다. 호무트의 뜻이 '족쇄', '굴레'라는 의미였기 때문이다. 빅토르는 그 지역이 원래 죄를 지은 범죄자들의 유형지였다가 큰 벌목장이 됐다고 했다. 준호가 혼잣말처럼 호무트라고 다시 발음하며 미간을 찌푸렸다. 빅토르가 니치보, 니치보를 외치며 준호의 어깨를 툭 치며 덧붙였다.

"형, 다 옛날이야기야!"

준호는 불길한 예감을 털어내 듯 냉장고에서 생수를 꺼내 들이켰다. 빅토르는 그런 준호가 너무 예민하게 군다고 투덜댔다. 준호가 사업소에 문제가 생겨 원목을 공급받지 못하는 상황도 고려해야 한다고 하자 빅토르는 띤다는 북한에서 산판을 임대했기 때문에 원목을 공급받을 곳은 호무트밖에 없다고 했다. 빅토르가 북한 사업소의 산판에서 원목을 빼와 호무트로 옮기고, 거기서 선별과 가공을 거친 후 한국으로 보내자는 계획을 세웠다. 마지막으로 원목 수출에 필요한 통관서류와 세금 관련 행정 처리만 남았는데 빅토르가 어깨를 올리고 양손을 펼치며 고개를 저었다. 당연한 일인데 외부인을 끌어들일 수 없어 난감했다. 걱정하는 준호와 달리 빅토르는 하품을 하더니 내일 지석을 만나 해결하겠다고 니치보! 니치보!를 외쳤다. 침대로 쓰러진 그는 금세 코를 곯았다.

<h1 style="text-align:center">2</h1>

지석은 캐비닛을 열고 준호가 선물한 인스턴트커피를 꺼내 한 잔 탔다. 커피 박스는 캐비닛 속에 넣고 문을 잠갔다. 준호를 만난 후 흥분이 가시지 않아 잠이 오지 않았다. 스트레스 때문에 잠을 설치던 것과는 달랐다. 제 몫의 밥도 깨끗하게 비웠다. 지금껏 한 일 중에 가장 보람 있었던 일을 남조선과의 합의를 통한 개성 공단 조성이라고 말했던 아버지가 떠올랐다. 아샤와 축배도 들고 싶었다. 아쉬움을 커피로 달래다가 하도 돌려 봐서 내용과 대사를 꿰고 있는 십여 편의 외국영화 중 〈닥터 지바고〉를 비디오 재생기에 삽입했다. 일상에서 커피 한 잔이 있고 없고의 차이가 컸다. 해가 넘어가는 을씨년스러운 날에도 커피를 마시고 있을 때와 그러지 않을 때가 달랐다. 술은 사색을 방해하고 지나치게 마신 날에는 컨디션에도 방해가 되었지만 커피는 몽롱하고 아리송한 생각을 정리할 수 있도록 도왔다.

러시아 혁명기를 살았던 의사 유리 지바고, 혁명가 남편을 두었던 그의 연인 라라, 그들의 불안전한 사랑이 다른 때보다 몰입되었다. 노크 소리가 났다. 지석은 카누 포장지를 페치카 속으로 던져 넣으며 누구냐고 물었다.

"지석, 나야!"

지석이 문을 열었다. 빅토르가 들어오면서 텔레비전 화면을 보았다. 해가 넘어가자 늑대들이 산에서 내려와 얼음 궁전을 어슬렁거렸다. 빅토르가 인상을 쓰며 탄식을 뱉고 고개를 저었다. 지석이 커피를 마시겠느냐고 물었다. 빅토르는 다아라고 대답하고는 설탕 두 스푼을 첨가해달라고 얼른 말했다. 의자에 앉으면서도 빅토르의 눈은 화면에 고정되었다.

화면에는 라라가 눈썰매를 타고 떠나는 장면이 나오기 시작했다. 유리가 떠나는 라라를 마지막으로 보기 위해 이층 계단을 부리나케 올랐다. 창문이 꽁꽁 얼어서 열리지 않았다. 창문을 깨고 설원 속으로 멀어지는 라라의 썰매를 바라보며 유리가 눈물을 흘렸다. 러시아 전통 현악기인 발라라이카로 연주되는 〈라라의 테마〉가 배경으로 흘러나왔다. 준호와 함께 있을 때는 주말 저녁이면 맥주를 마시며 영화를 보는 즐거움이 있었다. 빅토르는 준호 덕분에 세계적인 대문호가 러시아 사람이라는 것도 알았다. 그때의 준호는 로맨티시스트였는데 지금은 비즈니스맨이었다.

"내 동생 이름도 라라야."

지석은 이미 알고 있었다. 라라가 준호를 좋아했다고 빅토르가 말한 적이 있었기 때문이다.

"지바고의 뜻은 살아 있다, 생생하다는 뜻이래."

빅토르가 커피를 한 모금 들이켜고 아는 척을 했다. 지석이 고개를 끄덕이며 대꾸했다.

"러시아 혁명 이전의 사회체제가 당시 생생하게 살아 있다는 의미 아니갔시요."

영화가 아니어도 개인의 혁명이 국가의 혁명으로 이어지기는 쉽지 않다는 것을 너무 잘 알고 있었다. 지석은 혁명 따위는 관심 없었다. 단지 제16임업사업소장으로서 노동자들에게 일하고 난 후 편히 쉴 수 있는 공간을 만들어주고 싶을 뿐이었다. 그러나 그것을 남조선과의 무역으로 추진하는 지금, 떳떳한 기분은 들지 않았다. 자칫하면 자신의 목숨뿐만 아니라 아버지까지 위험할 수 있었다. 지석이 답답해서 한숨을 쉬었다.

빅토르가 의자를 당겨 지석 옆으로 바짝 다가갔다. 지석이 미간을 찌푸리고 빅토르가 다가온 만큼 뒤로 물러났다. 빅토르가 고개를 젓고 지석의 옷소매를 잡아당겼다. 그제야 빅토르가 할 말이 있음을 알았다.

"아샤를 이곳으로 데리고 와야 할 것 같아."

지석이 두 손으로 빅토르의 가슴을 확 밀쳤다. 힘없이 의자와 함께 빅토르가 발랑 뒤로 넘어졌다. 빅토르가 뒤통수를 문지르며 일어났다. 지석이 이렇게까지 과한 반응을 보일 거라고 생각 못했다. 빅토르는 아샤를 데리고 와야 하는 이유는 다름 아니라, 준호에게 원목을 보내기 위해서는 현지 지사를 만들고 원목 유통에 필요한 통관과 세금 관련 행정 처리를 해야 하는데, 알다시피 자신은 그 일을 할 수 없기 때문이라고 말했다.

"아샤는 안 돼! 다른 사람을 구해보기요."

"어떤, 다른 사람? 이 일을 알아도 되는 사람이, 우리 말고 또 있어?"

빅토르는 현지 지사 사무실과 현장을 호무트에 둘 거라며 그곳이라면 아샤가 거주해도 안전할 거라고 했다. 고개를 돌리고 있는 지석에게 빅토르는 팔을 둘렀다. 그리고는 작게 덧붙였다.

"나는 이념이나 사상 따위는 관심 없어. 나 같은 노동자의 삶이 혁명으로 달라진다는 생각도 해본 적 없어. 단지 돈을 벌고 싶어. 그래서 결혼도 하고 싶고 부모님도 좀 편히 모셨으면 하는 거야. 게다가 아샤의 어머니가 크라스에 살잖아. 띤다와 크라스는 한 시간 거리야. 아샤도 분명히 허락할 거야. 무엇보다 너도 아샤가 보고 싶잖아. 아주 미치게!"

절대 안 된다고 단호하게 말하면서 입매를 꽉 다물었던 지석의 얼굴이 서서히 풀리고 있었다. 자신이 지금껏 참고 견딜 수 있었던 것은 아샤가 자신의 운명이라는 믿음 때문이었다. 운명을 포기하면 지는 것이었다.

"생각할 시간을 좀 주기요."

떤다 원목상차역

1

일이 바쁠수록 철저한 연장 관리와 사용 후 기름칠, 제자리 놓기, 정리 정돈, 청소 같은 기본을 잘 지키라고 단속을 시킨 탓에 기대공실은 전시장만큼이나 깔끔했다. 하지만 꼬투리를 잡으려고 작정한 사람에게는 당해낼 재간이 없었다.

부소장이 점검을 위해 기대공실로 들어왔다. 조장의 상황 보고가 끝나자 연장이 놓여 있는 선반으로 걸어가 손바닥으로 쓰윽 닦았다. 손에 묻어나는 게 없는데도 그는 양손을 탁탁 털었다. 물품 정기검사는 월초에 한 번 하는 것으로 되어 있었지만 부소장은 현황일지를 대조하며 시간을 끌었다.

"부품 교체가 와 이렇게 자주 있는 기야? 자력갱생을 위해 분투하는 공화국을 위해 못 하나도 아껴 써야지? 충성심을 보이는 일이 거창한 게 아니란 말이야."

산판 일이 촉박해서 연장 쓰는 일이 많았다고 조장이 대꾸했다. 그러나 부소장은 무시하고 일일 작업일지를 가져오라고 했다. 조장이 출입문 앞 작업 책상 위에 꽂혀 있는 일지를 가져다주었다. 부소장은 일지를 건성으로 휙휙 넘겨보다가 기홍을 불렀다.

"동무래, 전기공인데 카마즈 정비만 매달리는 기야?"

"소장 동지가 원목 운반에 차질 없도록 카마즈 정비에 협조하라고 지시해서 기캤습네다."

"로씨야말은 어드렇게 돼가네? 카마즈 운전사한테 학습받은 지가 꽤 되지 않네. 필요한 일이 있으믄 부를 테니 제깍 오기야."

기홍은 지석에게 러시아어 선생이라며 빅토르를 소개받았다. 한국어 학습서를 살펴본 빅토르는 교본으로 완벽하다면서 학습서의 알파비트 대문자를 손가락으로 짚으며 따라 읽어보라고 했다. 발음이 어려워 기홍은 빅토르의 입술을 보고 흉내 냈다. 전 시간에 배운 문장을 질문받으면 머릿속에서는 맴도는데 입이 떨어지지 않았다. 기홍의 얼굴이 벌겋게 달아오르면 빅토르는 니치보! 니치보! 라고 했다. 러시아말이 에취, 재채기하는 소리처럼 들렸다. 추운 나라이다 보니 감기 환자의 재채기 발음과 비슷한 것 같아 혼자 빙긋이 웃었다. 일이 한가해지면 다시 러시아말을 학습받을까 했는데 빅토르가 이번에는 어려울 것 같다고 했다. 고향에 원목 유통 사업소를 차렸다며 자신이 지사장이 됐다고 했다.

"기간으로 따지므는 그렇게 되지마는 학습을 빼먹기도 하고 로씨야 선생이 원목 운반 따믄에 복귀가 늦거나 일이 많으므는 건너뛰어서 진전은 크게 없습네다."

"무슨 일이든 할라믄 최선을 다해야지, 이 핑계 저 핑계 대무는 쓰갔어? 사상에 오염되지 않도록 주의하기야. 보위부원이 생활 총화를 사업소 근무자들도 해야 한다는 거를, 지금은 분주하니 벌목공이 산판으로 올라가믄 시행하라고 미뤄놨어."

부소장이 헛기침하고는 성큼성큼 기대공실 숙소로 걸어가 문을 열었다. 조장이 쫓아가며 말했다.

"부소장 동지, 숙소는 점검 대상이 아니야요."

"누가 모르네? 요새 로씨야 만물상 하나가 들락거리는데 수상해서 기카지. 보위부원이 눈에 불을 켜고 불순한 자를 색출하고 있으니 각별히 주의하기야!"

부소장이 나가자 각자 할 일로 돌아갔다. 기홍은 오늘은 카마즈 정비를 도울 수 없겠다고 정비공에게 말했다. 조리실에 전기가 안 들어온다고 해서 그곳을 가봐야 한다며 일이 수월하면 와서 돕겠다고 했다.

조리실은 퓨즈가 나가 정전이었다. 퓨즈 교체는 작업이라고 할 것도 없었지만 스팀기 위 전선이 늘어져 있었고 피복이 벗겨져 있었다. 스팀기에서 더운 김이 빠져나오기 때문에 위험했지만 조리장은 심각성을 알지 못했다. 점심 전에만 마무리되면 괜찮다고 했다. 서둘러 낡은 전선을 걷어내고 새것으로 교체했다.

오늘 조리실 당번은 종훈이었다. 네모난 칼로 닭을 토막내고 있던 종훈은 기홍이 들어서자 반색했다. 주간 메뉴판 오늘의 날짜에 닭볶음이라고 쓰여 있었다. 조리장은 작은 화로 앞에서 잘게 다진 고기를 냄비에 넣고 달달 볶다가 밥솥에서 밥을 한 주걱 퍼 넣었다. 불을 조절해가며 나무 주걱으로 젓던 그는 종훈에게 맡기면서 말했다.

"고거 소장 동지 드실 거니 정성들이라요. 다 끓으믄 챔기름 한 방울 떨어뜨리고 깨소금 넣는 것도 잊지 말라요."

"소장 동지 드실 거믄, 챔기름 한 방울 갖고 되갔음메?"

조리장은 참기름을 많이 넣는다고 맛이 좋아지는 게 아니라며 뭐든 '적당히'가 중요하다고 했다. 하지만 종훈은 두 숟가락이나 넣어 조리실 안이 고소한 냄새로 가득했다. 기홍이 점심 전에 일을 끝마치려고 서두르는데 관리위원이 찾아와 소장 호출이라고 했다.

빅토르가 원목을 가득 실은 카마즈를 세워놓고 지석과 이야기를 나누다가 기홍을 보고는 손을 들어 알은척하고는 빨간 열매가 다닥다닥 붙은 가지를 건네주고 떠났다.

"기것이 찔광이 아닙네까?"

"조선에만 있는 줄 알았는데 여게도 있습네다. 빅토르가 산판에서 꺾었다며 주고 갔습네다."

"위를 튼튼하게 해주고 장에도 아주 좋다니 많이 자시라요."

지석이 웃으며 손으로 빨간 열매를 따서 기홍의 손에 쏟아주었다. 기홍은 바지 옆 자락에 손을 문지르고 받아 입에 넣었다. 시큼하면서도 달콤했다. 지석도 입에 넣고 오물거리다가 씨를 뱉고 말했다.

"오후에 띤다역으로 출장 가야 할 것 같습네다. 지금부터 우리 사업소 관할이 됐시오. 크라인에 불이 안 들어와서 작업을 못 하고 있답네다. 공사가 크믄 오늘 안으로 못 올 수도 있으니 단단히 채비를 하시라요. 점심 자시고 같이 갑세다."

기홍은 출장 보고서에 서명하고 지석과 함께 띤다역으로 출발하기 위해 우아직에 전기 공구 가방을 실었다. 몇 달 만에 사업소를 벗어나는 것이다. 햇살이 헐벗은 자작나무를 어루만지고 있었고 한 무리의 새가 우아직이 내는 엔진소리에 놀라 후드득 날아올랐다.

"기홍 동지, 빅토르가 로씨야 말이 많이 늘었다고 칭찬을 했습네다."

"일없습네다. 소장 동지까지 기카십네까."

"다름이 아니라……."

"따로 할 말이 있었습네까? 내래 가진 것도 없고 할 줄 아는 것도 없지마는 소장 동지가 지시하믄 뭐든 따르갔습네다."

지석이 운전대를 쥐고 있던 한 손을 놓고, 무릎 위에 가지런히 놓인 기홍의 손을 쥐었다.

2

지석은 띤다로 가는 넓은 도로에서 벗어나 사잇길로 접어들었다. 얼마 가지 않아 공터가 나왔다. 그곳에 눈에 익은 카마즈가 서 있었다. 막 들어서는 순간, 카마즈의 조수석 문이 열리고 금발의 아가씨가 내려서는 곧장 달려왔다. 지석이 급하게 브레이크를 밟고 사이드 브레이크를 채우며 내렸다. 그들은 포옹하고 입을 맞추었다.

눈앞의 남녀 때문에 기홍은 목을 긁적이다가 작업복 주머니에 손을 넣고 뒤집어 괜스레 먼지를 털었다. 카마즈 운전석에 앉아 있던 빅토르가 웃으며 어깨를 으쓱하더니 양 손가락을 활짝 펼쳐서 제 눈을 가렸다.

기홍이 공구 가방을 어깨에 메고 우아직에서 내려 카마즈로 갈아타려는데 지석이 발그레한 얼굴로 면목이 없다고 말했다. 기홍이 일없다고 가벼운 어투로 받았지만 지석은 기홍의 눈도 제대로 쳐다보지 못했다. 지금 지석은 사업소장이 아니라 사랑에 빠진 평범하기 그지없는 청년이었다. 그래서 우아직으로 돌아가는 지석에게 기홍이 말했다.

"소장 동지, 아주 잘 물었시오!"

지석이 돌아서서 목덜미를 쓸면서 미소 짓고 손을 올렸다가 내렸다. 기홍은 우아직을 타고 떠나는 그들이 자신의 집을 찾은 동생 부부라도 되는 듯 웃음 띤 채 손을 흔들었다. 빅토르가 경적을 울리지 않았더라면 한참이나 더 그러고 있었을 것이다.

띤다역 앞에서 내린 기홍이 상차장으로 걸어 들어가자 빅토르는 원목을 가득 싣고 대기하는 카마즈 끝에 가서 섰다. 주위에 높은 구조물이 없어 상차용 크레인이 붉고 커다란 집게발을 하늘 위로 쳐들고 뙤약볕을 쬐고 있는 뻘밭의 농게 같았다. 장시간 햇빛과 비바람, 추위에 노출된 크레인에 녹물이 흘러내려 불그죽죽했다.

카마즈가 원목을 가득 싣고 오면 크레인이 그것을 하나씩 찍어 화물칸에 옮겨 실어야 하는데, 크레인에 전기가 들어오지 않아 오전부터 작업이 중단되었다. 급한 대로 화물 크레인을 불러 그 일을 대신하고 있었다. 노동자가 원목 양쪽에 쇠막대를 박아 넣고 잘 박혔다고 팔로 원을 그려 사인을 보냈다. 크레인이 꺽꺽 목쉰 거위 울음소리를 내며 하늘 높이 원목을 들어 올렸다. 원목이 하늘을 날아 화물칸으로 넘어갔다. 원목을 기다리던 노동자가 기다란 쇠막대를 잡아끌기도 하고 뒤로 밀기도 하면서 차곡차곡 쌓았다.

3

기홍이 크레인을 기어올랐다. 밑을 보니 아찔했다. 그들의 작업은 지렁이 몸통에다 막대기를 하나씩 찔러 넣는 것처럼 기이해 보였다. 상차를 끝낸 화물칸이 얼추 세어도 수십 칸이 넘었고 빈 칸으로 대기하는 것도 그 수와 맞먹었다. 운전석의 전지판을 뜯었다. 파랗고 빨갛고 노란 전기선들이 배배 꼬여 뭉텅이로 매달려 있었다. 전원에 불이 들어오지 않는다기에 뜯어보았지만 딱히 문제점을 발견할 수 없었다. 전기선에 문제가 있는가 싶어 거미줄처럼 엉켜 있는, 허공에 축 늘어진 전기선의 시작과 끝을 살폈다. 어디서 전기가 공급되어 오는지 알 수 없었다. 관리원에게 물어봐야 할 것 같았다.

역에는 철로의 안전을 위해 전기 안전원이 상주했다. 띤다 화물역은 공화국이 임대했기 때문에 문제가 생기면 알아서 처리해야 했다. 기홍은 관리원에게 전기 설계도면이 어디에 있느냐고 물었다. 모른다고 했다. 할 수 없이 크레인에서부터 시작되는 전기선을 눈으로 좇았다. 철로 끝에 나무로 지은 허름한 창고를 발견했다. 자물쇠가 채워져 있었다. 연장 가방에서 망치를 꺼내 자물쇠 경첩을 쳐서 뜯었다. 거대한 발전기가 위이 윙 소리를 내며 돌아가고 있었는데 딱히 문제가 있는 것 같지 않았다. 철로를 한 바퀴 돌아보기로 했다. 전봇대에서 전봇대로 연결된 수많은 전기선을 일일이 살펴볼 수 없었다. 그런데 발전기로 이어지는 바닥에 깔린 케이블이 끊어져 있었다. 아니 절단되어 있었다. 절단면이 매끄럽게 잘려 나가지 못했고 톱으로 자른 듯 뜯겨 있었다. 감전되면 그 자리에서 즉사할 수 있었다. 이삼십 미터는 족히 되었다. 사무실로 얼른 걸어갔다. 관리원에게 보고하자 그는 수화기부터 들었다.

"여기 상차장이요. 어젯밤에 보초를 선 거요? 로씨야 이 간나들이 카블을 잘라 갔는데 모르고 있었소. 당장 대장 바꾸라!"

케이블 도면이 필요했다. 관리원은 사무실 뒤쪽 창고를 찾아보라고 했다. 규찰대장이 사무실로 들어서자 그를 끌고 문제의 장소로 관리원이 갔다. 기홍은 먼지가 쌓인 창고 캐비닛에서 케이블 도면을 찾아 책상 위에 펼치고 도난당한 부분을 빨간펜으로 표시했다. 전기선으로 대체하기 위해 선을 여러 겹 꼬기 시작했다. 담당자와 규찰대장이 사무실로 들어서면서 말을 주고받았다.

"혼자는 못 하고 서너 명이 했을 기야."

"두꺼운 카블을 끊는 일도 어렵지마는 기것을 운반하는 일은 혼자 할 수 없습네다."

"카마즈가 동원됐을 기야."

규찰대장은 오늘 밤은 작전을 잘 짜겠다며 걱정하지 말라고 했다. 유흥비를 쓰기 위해서 도둑질을 한 것이면 반드시 저녁에 다시 올 거라고 확신에 차서 말했다. 대원들에게 각오를 단단히 하라고 주의를 주겠다고 했다.

해가 넘어가자 바깥 기온이 뚝 떨어졌다. 기홍은 페치카 뚜껑을 열고 장작 몇 개를 던져 넣었다. 전압과 전선의 길이를 계산하며 어떻게 연결해야 맞을지 고민했다. 열 시가 넘었어도 마무리를 못 했다. 목이 뻣뻣해서 맨손 체조로 몸을 풀었다. 왁자지껄 말소리가 들리더니 규찰대원들이 큼직한 몽둥이를 들고 사무실로 들어섰다. 기홍에게 눈인사하고 페치카를 중심으로 둥그렇게 둘러섰다. 기홍은 그들에게 커피를 마시겠느냐고 물었다. 제일 어려 보이는 규찰대원이 커피를 타겠다고 나섰다. 잠시 후 규찰대장이 문을 벌컥 열고 들어섰다.

"동무들! 오늘 밤에는 무슨 일이 있어도 그놈들을 잡아서 족쳐야 하오. 위병소에서 전화가 왔드랬는데, 철조망을 얼쩡거리다가 사라지는 놈들이 있었다 하오."

나이 어린 규찰대원이 커피를 돌렸다. 규찰대장은 날래 마시고 순찰을 하라고 윽박질렀다. 인민모를 쓴 청년이 종이컵을 들고 밖으로 나가자고 눈짓했다. 그들이 밖으로 나가자 기홍은 의자를 끌어다 붙였다. 다리를 올리고 목을 깊숙이 파묻고 팔짱을 낀 후 눈을 감았다.

불편한 자세로 눈을 붙였더니 몸이 찌뿌둥했다. 움직여야 할 것 같았다. 오줌도 마려워 손전등을 들고 밖으로 나왔다. 철로 앞에서 바지 앞섶을 내렸다. 순간, 어둠을 가르는 호루라기 소리와 꼼짝 마라! 저쪽이다! 하는 소리에 오줌발이 저절로 줄었다. 멀리 가로등 아래에 세 명이 도망치고 규찰대원들이 몽둥이를 든 채 쫓았다. 자갈 밟는 소리와 규찰대원들의 욕 하는 소리가 섞여 사냥터 같았다. 필사적으로 도망치던 도둑들이 철조망을 넘지 못하고 안절부절못했다. 키가 큰 사내가 상의를 벗어 철조망에 걸쳤다. 옷을 방패 삼아 담치기에 모두 성공했다. 규찰대원은 철조망 앞에서 욕을 퍼부었다.

목재 산업박람회

1

러시아에서 원목이 들어오면서 제재소는 한돌의 발주에 맞춰 제재한 후 보내줘야 했기 때문에 주말에도 기계를 멈출 수 없었다. 공사는 기간을 넘긴 만큼 손해를 봤고, 단 하루라도 기공식을 앞당길 수 있으면 이익이었다. 현장뿐만 아니라 사무실 행정업무도 덩달아 일이 많았다.

민우와 정민이 유럽 횡단 열차 여행을 마치고 제재소를 찾아왔다. 놀랍고 반가웠다. 준호는 원두를 갈아 커피를 내리며 그들에게 취업은 했느냐고 물었다. 그 말에 민우와 정민이 서로 얼굴을 쳐다보다가 민우가 가방에서 이력서 두 장을 꺼냈다. 준호는 커피를 건네고 민우가 내민 이력서를 받아 건성으로 보았다.

정민이 큼큼 잔기침하고 성흥엔지니어링에서 자동차에 들어갈 나사 만드는 일을 했는데 폐소공포증이 있어 엄청 힘들었다고했다. 하지만 해고되지 않았다면 그냥 다녔을 거라고 했다. 여기서 일하면 안 되겠느냐고 물었다. 준호는 이력서를 내려놓고 물끄러미 정민을 쳐다보았다. 그가 힘도 세다며 팔을 구부려 알통을 보였다. 그의 장난에 짧게나마 웃었다. 대형면허도 있고 지게차 면허도 있다면서 여자 친구가 있는데 얼른 자리 잡아서 결혼하고 싶다고, 풀 죽은 목소리로 덧붙였다. 민우가 정민의 말을 받았다.

"여행하면서 우리가 진짜 하고 싶은 일이 뭘까? 어떤 일을 해야 행복할까? 그런 얘기를 나눴는데 아직 잘 모르겠어요."

민우는 엑셀, 전산세무 2급 자격증이 있다고 이력서에 쓰여 있었다. 그들 사정이야 딱했지만 제재소 상황이 사람을 늘릴 형편이 아니었다. 커피 잔을 내려놓으며 형편이 좀 나아지면 연락하겠다고 했다. 이곳 일이 너희가 생각하는 만큼 쉽지 않다고 덧붙였다. 민우가 이력서를 챙겨 가방에 넣으며 말했다.

"그 정도 각오는 되어 있어요. 형한테 부담 주려고 온 건 아니에요. 제재소가 어떤 곳인지 보고 싶기도 했고, 원목 들여오는 일은 어떻게 잘 되었는지 궁금하기도 했고…… 전에는 관심이 없었는데, 형 만나고부터 소나무와 한옥 관련 소식이 귀에 들어오더라고요."

준호는 커피 잔만 만지작거렸다. 정민이 커피 맛 진짜 좋다며 카페를 해도 성공할 것 같다고 너스레를 떨었다. 민우가 빈 잔을 내려놓고 그만 가자는 고갯짓을 했다. 준호는 여기까지 왔는데 하룻밤 자고 가라며 붙잡았다. 그때, 아버지가 미닫이를 열고 사무실로 건너오며 말했다.

"너희 둘 다, 여기서 일해볼래?"

준호는 물론 민우와 정민도 의자에서 일어나다가 눈을 크게 뜨고 서로 쳐다보았다. 준호의 아버지는 준호를 바라보며 말했다.

"준호야, 이제 나는 좀 쉬고 싶다."

민우와 정민이 잠잘 곳이 마땅치 않았다. 원룸을 얻어 줄 형편도 되지 않았고 그들이 얻을 수도 없었다. 집에 방이 남아 있었지만 어머니가 누구를 들이는 일을 원치 않았다. 하는 수없이 현장 직원들이 낮잠 잘 때 사용하던 휴게실을 고치기로 했다. 샤워할 수 있는 욕실과 화장실이 딸려 있었고 한쪽에는 간단히 조리할 수 있는 싱크대도 있었다. 방을 나누고 창을 넓게 만들었다. 직접 밥을 해 먹어야 해서 전기밥솥을 하나 사기로 했다.

준호는 민우와 정민을 데리고 전자제품 판매장에 들렀다. 제품이 다양해 판매원의 친절한 안내에도 고르기가 쉽지 않았다. '친절 직원' 명찰을 단 나이 지긋한 판매원이 슬그머니 다가왔다. "제가 좀 도와드릴까요?" 라고 자연스럽게 끼어들었다. 그녀가 전기 압력 밥솥에 코드를 꽂고 전원을 켰다.

"지금부터 쿠쿠가 요리를 시작하겠습니다. 다음 메뉴를 선택해주세요…… 영양밥을 선택했습니다. 시간은 삼십 분이 소요되며 뜨거운 열기가 배출구를 통해 배출될 때는 화상을 입을 수 있으니 안전에 유의하세요. 건강에 좋은 영양밥을 시작하겠습니다."

밥솥에서 나오는 소리에 모두 깔깔거렸다. 그녀도 따라 웃으며 말했다.

"사실 제가 애용하는 제품이에요. 셰프가 직접 밥해주는 듯해서 혼밥하는 사람들한테 최고 인기거든요. 그런데 왜 남자 목소리는 없는지 모르겠어요. 여자도 남자 셰프가 해주는 밥 먹고 싶은데…… 조만간 출품되겠지요."

그녀가 눈웃음 짓고 이것이 끝이 아니라며 잠깐만 기다리라고 했다. 요리가 끝나자 딩동댕 멜로디와 함께 다시 예쁜 목소리로 요리 안내자가 말했다.

"몸에 좋은 영양밥이 완성되었습니다. 맛있게 드시고 건강하세요!"

정민이 엄지를 치켜세우며 이것으로 하자고 민우에게 말했다. 민우도 좋다고 고개를 끄덕였다. 준호는 두 개를 달라고 했다. 한 개는 엄마에게 드리기 위해서였다. 엄마는 입맛이 까다로운 할아버지 때문에 지금껏 전기밥솥을 사용하지 못했다.

2

민우는 준호의 아버지가 삼십 년간 정리해놓은 수십 권에 해당하는 입출금 거래명세서를 일주일 만에 엑셀을 이용해 한눈에 비교할 수 있도록 연도별, 세목별로 정리했다. 목재협회와 지역 상공인협의회에서 요청해오는 자료도 기일을 넘기지 않았다. 2G 폰을 사용하다가 4G 폰으로 바꾼 기분이었다.

협회에서 목재 산업박람회 참석 여부와 기안서를 제출하라는 공문이 왔다. 참석해보기로 했다. 준호는 아버지의 도움으로 초안을 만들었다. 러시아산 소나무에 대한 장점을 알리기 위해 미니 한옥과 전통가구, 한옥 문살로 제작한 싱크대를 출품하기로 했다. 미니 한옥은 한돌에서, 전통가구는 '천년 장인'이라는 업체에서, 한옥 문살 싱크대는 주방 싱크대 전문 생산업체와 협업하기로 했는데, 민우가 인터넷을 뒤져 찾은 곳이었다. 취지를 설명하고 시베리아산 소나무로 제작해야 하는데 원목은 무료로 공급하겠다고 했더니 그들은 흔쾌히 허락했다. 한돌은 사장의 장남이 독일에서 유학을 마치고 돌아왔다. 그의 첫 작품 전시였다.

준호는 익산역에서 KTX를 타고 서울에서 열리는 목재 산업박람회에 다녀오기 위해 아침 일찍 제재소를 나섰다. 할아버지가 진단한 것처럼 제재소만 운영해서는 대성이 살아남을 수 없었다. 대성이 전국에서 유일하게 시베리아에서 직거래로 소나무를 들여오는 곳이며, 시베리아산 소나무는 가격 경쟁력뿐 아니라 한국인의 정서에도 맞는 목재라고 알려야 했다.

천년 장인에서 제작한 제품은 장식장, 침대, 탁자였다. 소나무 본래 색을 살려 제작했기 때문에 짙은 갈색을 띠는 고제古制의 무거운 질감이 아니었다. 깔끔하면서 단아했고 은은한 소나무 향이 풍겨 상쾌했다. 소나무도 편백 못지않은 향과 피톤치드의 기능이 있었다. 편백은 건조 후 사라지는 향이 물을 뿌리면 되살아나는데 소나무도 마찬가지였다. 주방 싱크대 전문 생산업체는 싱크대 문을 한옥 문살로 제작해 미니 한옥 주방에 앉혔다. 참신한 아이디어는 아니었지만 대성제재소를 홍보하는 차원에서 참여하는 것이었고 시베리아산 소나무의 장점을 부각하기에 부족하지 않았다. 소나무로도 얼마든지 인테리어 제품과 소품 제작이 가능하다고 증명한 셈이다.

박람회 입구에는 '지구를 살리고 건강을 지키는 목재'라는 슬로건의 현수막이 걸려 있고 천장에는 만국기가 가득했다. 한돌 사장을 비롯한 협업 업체의 대표들도 도착해 있었다.

준호는 준비한 동영상을 이용해 시베리아산 소나무의 장점과 출품한 제품을 프레젠테이션했다. 현재 진행하고 있는 천년의 궁터 한옥 대단지 공사에 사용된 원목이 바로 시베리아에서 건너온 소나무라고 말한 후 한돌 사장을 소개했다. 그가 아들을 데리고 나와 인사하며 미리 준비한 대들보와 부연개판의 현장 사진을 공개했다. 미국산 다그라스로 지은 한옥과 시베리아산 소나무로 지은 한옥의 분위기가 어떻게 다른가를 비교하면서 설명했다.

발표를 마치고 질문을 받겠다고 하자 제일 앞자리에 앉아 태블릿에 열심히 메모하던 참가자가 손을 들었다. 인천에서 제재소를 한다고 자기를 소개한 그는 시베리아산 소나무에 관심이 많다며, 시베리아에서 지속적인 원목 공급을 어떻게 하고 있는지, 직거래에 대해서도 설명해 달라고 했다. 준호는 오랫동안 러시아에서 근무한 경력이 있으며 그때 사귄 러시아 친구가 원목 유통 지사장으로 도와주고 있다고 했다. 그 대답을 듣고 질문을 한 이가 조만간 군산 대성제재소에 찾아가겠다고 했다. 뒤쪽에서도 한 사람이 손을 들었다. 그는 인테리어 소품을 제작하는 공장을 운영하고 있다며 출품한 제품을 살펴보니 무거운 질감이 아니라서 젊은 층에 먹히겠다고 호평했다. 그러고는 제품을 제작한 천년 장인의 대표에게 질문이 있다고 했다. 준호가 천년 장인의 대표에게 마이크를 넘겼다. 질문자는 천년 장인과의 협업을 추진하고 싶다고 했다. 천년 장인의 대표는 시베리아산 소나무로 가구를 만드는 최초와 최고의 장인이 되어보려고 했는데 경쟁자가 벌써 생겼다며 이따가 따로 만나 얘기하자고 했다. 웃음소리가 한바탕 이어졌다. 한옥 문살 싱크대를 맡았던 주방 싱크대 생산업체의 사장도 할 이야기가 있다고 했다. 마이크를 건네주자 한국적인 디자인을 더 연구하여 한옥에 활용할 수 있도록 하겠다며 협업할 사람을 선착순으로 받겠다고 농담을 하며 분위기를 띄웠다.

많은 이들이 대성제재소를 기억하겠다고 했다. 내년 초에 있는 벤처 기업 지원 사업에 선정되면 사업자금을 지원받을 수 있다는 정보도 얻었다. 한돌 사장은 자신의 가업을 이을 장남의 손과 준호의 손을 맞잡고 좋은 사업 파트너가 되라고 했다.

3

박람회를 마치고 익산역에 도착한 준호는 마중 나오기로 한 민우를 기다리느라 휴게실에 있었다. 빅토르에게 전화가 왔다. 첫마디부터 이번 원목은 아무래도 기일을 못 지킬 것 같다고 했다. 지석이 신경성 위염이 심해서 병원에 입원하는 바람에 그렇다는 것이다. 통화가 길어질 것 같아 휴대폰을 들고 휴게실을 나왔다. 준호는 원목 공급은 어떠한 일이 있어도 차질 없도록 조치해야 한다고, 현지 지사장이 해야 할 일이 그것 아니냐고 목소리를 높였다. 빅토르가 머뭇대며 호무트에서 원목을 공급하려고 알아봤는데 가격이 비싸다며 이번 물량부터 가격 조정을 해달라고 했다. 준호는 휴대폰을 오른쪽에서 왼쪽으로 바꾸어 들었다.

"안 돼! 사업이란 신용이야. 일 년 동안 공급할 수수료는 이미 결정했잖아!"

"그거야 북한 사업소에서 원목을 공급한다는 조건이었지."

"원목 공급은 어쨌든 네가 책임지고 있잖아."

"원목을 빼오는 일이 얼마나 힘들고 위험한 줄 알아? 사실 내가 크게 이익 보는 것도 없어!"

빅토르도 목소리를 키웠다. 준호는 심호흡을 하고 크라스코리아가 얼마나 중요한 곳인지, 네가 얼마나 중요한 임무를 가지고 있는지 알고 있지 않냐고 말했다. 빅토르에게는 이성에 호소하는 것보다 감성적인 설득이 통할 것 같아서 다시 휴대폰을 오른쪽으로 바꿔 들고 목소리를 낮췄다.

"빅토르, 이번 위기만 잘 넘겨보자. 내년부터는 산판을 새로 알아보고 수수료도 넉넉히 챙겨줄게."

준호는 현지에서의 원목 공급만 제때 이뤄지면 한국에서의 유통은 쉽다고, 그렇게 되면 현지 지사뿐만 아니라 대성도 고비에서 벗어날 수 있고, 그건 북한 사업소도 마찬가지라고 설명했다. 자신도 모르게 북한이라는 단어를 뱉어버린 준호는 주위를 둘러보았다. 눈치를 살피며 장소를 옮긴 준호는 빅토르와 지석, 우리 셋은 한배를 탄 동지라고 다시 강조했다. 빅토르가 볼멘소리로 말했다.

"동지라며 지석의 안부는 묻지도 않아?"

준호는 얼른 사과했다. 원목 공급에 문제가 있다는 말에 그만 흥분했다며 지석의 상태를 물었다. 빅토르는 부실한 식사가 문제라면서, 위궤양이 심해진 지석이 매번 자기 식사를 조리실에 따로 부탁하는 게 미안하다며 숙소에서 벌목공들이 쓰는 버너로 직접 요리해 먹고 있다고 설명했다. 준호는 건강 보조 식품이라도 보내줘야겠다면서 박람회 소식을 전했다. 빅토르는 북한 사업소 사정이 불안하니 호무트에서 원목을 공급해줄 산판을 지금이라도 알아보겠다고 했다. 준호는 적당한 곳이 나오면 자기가 직접 산판을 보러 방문하겠다고 말하는데 민우에게서 전화가 걸려왔다. 주차장에 도착했는지 대기 중 수신음이 계속 울려댔다. 전화를 끊으려는데 빅토르가 겨울 내의를 좀 보내 달라고 했다. 준호와 지낼 때 준호의 어머니가 보내준 내의를 입어봤기 때문이다. 준호는 알겠다고 대답하고 서둘러 주차장으로 걸었다.

차에 올라타면서 민우에게 제재소로 가지 말고 속옷 매장으로 가자고 했다. 민우는 내비게이션 목적지를 제재소에서 속옷 매장으로 변경했다.

러시아에 보낼 내의를 골라 양손 가득 쇼핑백을 들고 속옷 매장을 나왔다. 길 건너 전자제품 매장에서 춤추는 고무풍선과 함께 음악을 틀어놓고 도우미가 호객하고 있는 게 보였다. 준호가 민우에게 물었다.

"너희 그 전기밥솥 잘 쓰고 있냐?"

"완전 짱이죠!"

어머니도 밥솥이 아니라 만능 요리사가 들어가 있는 것 같다며 정말 편한 세상이라고 했다. 건강 보조 식품보다는 요리를 해 먹을 수 있는 만능 밥솥이 지석에게 더 필요할 것 같았다.

전자제품 매장으로 들어서는 준호에게 저번에 안내했던 판매 직원이 알은척하며 다가왔다. 그때 사간 전기밥솥은 잘 쓰고 있느냐고 물었다. 덕분에 잘 쓰고 있다며 어떻게 기억하느냐고 민우가 물었더니 직원이 가슴에 달린 '우수 직원' 명찰을 가리키며 배시시 웃었다. '친절 직원'에서 '우수 직원'으로 바뀌어 있었다.

전기밥솥을 하나 더 사러 왔다고 준호가 말했다. 그녀가 곧바로 안내했다. 저번 것과 똑같은 색상을 원하느냐며 와인색을 꺼냈다. 민우는 엄지를 들어보이며 우수 직원이 확실하다고 너스레를 떨었다.

우체국 주차장에 차를 세운 민우가 먼저 내려 전기밥솥 박스를 들고 안으로 들어갔고 준호는 양손에 커다란 속옷 쇼핑백을 챙겨 들어갔다. 국제소포를 보내기 위한 신청서에 내용물로 겨울 내의, 밥솥이라고 기입했다.

전기 압력 밥솥

1

누군가 방문을 노크했다. 평소 깊이 잠들지 못하는 지석은 복도를 오가는 발소리를 듣지 못했을 리가 없었다. 분명 아무런 인기척도 없었는데 문 두드리는 소리가 들렸다. 이 시간에 숙소를 은밀히 노크할 사람이 누가 있단 말인가. 지석이 대꾸하지 않자 다시 작게 똑똑 소리가 났다. 소리가 너무 작아 방문을 노크한 게 아니라 강제로 열려고 하는 것 같았다. 침상에서 일어나 살금살금 걸어가 손잡이를 쥐고 물었다.

"뉘기요?"

"날래 문 열라우."

대표부장이었다. 지석이 잠금을 해제하자 날쌔게 몸을 던지듯 들어왔다. 그에게서 싸한 쇳내와 시큼한 땀 냄새가 났다. 오랜 시간 밖에 있었다는 뜻이었고 땀이 날 정도로 걸었다는 의미였다. 그는 지석의 입을 손으로 막고 침상 쪽으로 몰고 가면서 손을 떨었다. 손을 떤다는 것은 그가 몹시 긴장하고 있다는 것이었다.

"당장 이곳을 빠져나가라우. 길게 설명할 시간이 읎어."

지석이 왈칵 두려움이 몰려왔다. 가슴이 뛰기 시작했다.

"지금 무슨 말씀을 하는 거야요? 이유를 알아야 하지 않갔시오?"

대표부장이 지석의 앞섶을 움켜쥐고 등을 사정없이 내려쳤다. 힘이 실리지 않는 헛손질이었다. 하지만 지석은 몸이 휘청일 정도로 기운이 빠져나갔다. 입을 꽉 물고 마치 으르렁대듯 대표부장이 말했다.

"이 간나 새끼야, 와 그렇게 어리석은 짓을 한 기야? 진작 내를 찾아와서 의논을 했으믄 이런 사달은 안 일어났을 거 아니네? 너를 잡아먹으려고 입을 벌리고 있는 범 아가리에 대가리를 대주는 놈이 어데 있네? 박사를 했다기에 똑똑한 줄 알았더니만 하룻강아지만도 못한 놈이었네? 네 아바지 어카 간? 비서 동지 이제 어카 간?"

지석이 다리에 힘이 풀렸다. 어떤 악이 자신을 지금 끌어내리는가? 그런 예감, 이를테면 주의를 기울이지 않았다는 경솔함이나 자만을 반성하기에 시간이 너무 부족했다. 얼빠진 모습으로 앉아 있는 지석의 어깨를 대표부장이 잡아 일으켰다. 악의 그림자가 문 앞까지 다가와 자신을 덮치려고 하는데 그의 떨리는 목소리와 서두는 행동을 봐서는, 그림자를 쫓기에는 그가 지닌 빛이 너무 미비한 듯했다.

"아침이 되믄 보위부에서 너를 잡으러 올 기야. 지금 날래 도망가라우!"

대표부장이 지석에게 한 움큼 돈을 쥐어주고 그의 등을 떠밀었다.

2

빅토르는 여느 때와 같이 토장에서 원목을 실으려고 카마즈에 시동을 켜놓고 대기했다. 그런데 우아직이 와서 섰다. 차에서 내린 사람은 지석이 아닌 보위부원이었다. 그가 인민모를 벗었다가 다시 고쳐 쓰고 천천히 다가왔다. 눈이 마주치자 카마즈에서 내려오라고 손짓했다. 우아직은 소장 전용차인데 왜 그가 타고 온 걸까? 빅토르는 창문만 내리고 말했다.

"형님, 나 시간 없어! 누쥐나 파다쥐다치 엑스카바토르 자파구르스키 브료브늬!(집게차가 원목을 싣도록 대기하고 있어야 해!)"

보위부원이 담배라도 한 대 피우고 일하라는 시늉으로 손가락을 입에 댔다가 뗐다. 빅토르는 예감이 좋지 않아 얼른 잠금 버튼을 눌렀다. 창문에 팔을 얹고 고개를 내밀고 러시아 말로 말했다.

"오늘 해가 서쪽에서 떴나? 보위부원께서 산판까지 납시어서 안 하던 친절을 베풀게? 왜, 이러니? 나한테 볼일이 있다는 거잖아! 그게 뭘까?"

보위부원이 웃으며 담배를 꺼내 빅토르에게 내밀었다. 차에서 나오라고 재촉했다. 빅토르는 사이드 브레이크를 풀었다. 가속페달을 밟아 우아직을 꽝! 들이받았다. 옆으로 넘어지는 우아직을 곁눈질 하며 카마즈의 핸들을 꺾고 내빼기 시작했다.

빅토르가 빈 카마즈를 끌고 크라스코리아 사무실에 도착했다. 카마즈에서 내리는 빅토르의 얼굴이 하얗게 질려 있었다. 통관서류를 정리하던 아샤가 그 얼굴을 보고 무슨 일이냐고 물었다. 빅토르가 의자에 철썩 몸을 부려놓으며 말했다.

"큰일 났어! 지석에게 무슨 일이 일어난 게 확실해."

보위부원을 피해 도망을 친 게 성급한 짓이었다는 것을 뒤늦게 깨달았다. 그들은 자신에게 함부로 할 수 없는데도 도둑이 제 발 저리다고 그가 타고 온 우아직을 넘어뜨리고 달아난 것이다. 지석에게 무슨 일이 일어난 것일까? 지석에게 무슨 일이 벌어졌다면 준호에게 원목을 판 일이 들통 난 것밖에는 없을 것이다. 보위부원이 산판까지 찾아온 것은 분명 그와 관련된 일일 거라는 생각에 줄행랑을 치고 말았다. 아샤가 나무라듯 말했다.

"바보짓을 했어."

"그러게 말이야."

"사업소로 가서 알아봐! 무슨 일인지 알아야 대책을 세울 거 아니야?"

자리에서 일어서는 빅토르에게 아샤는 혼자 가지 말고 경찰을 데리고 가라고 했다. 어떻게 무슨 면목으로 경찰을 데리고 가느냐는 뜻으로 빅토르가 어깨를 으쓱하고 양손을 펴보였다.

"사업소장에게 돈 받을 게 있다고 해. 일했는데 돈을 못 받았다고. 돈을 받으면 그와 반 나누겠다고 해!"

아샤가 일러준 대로 경찰서를 찾아갔다. 제16임업사업소에서 원목 운반 일을 했는데 돈을 받지 못했다고 했더니 경찰은 북한의 관할이라며 고개를 저었다. 주머니에서 돈을 꺼내 그의 손에 쥐어주었다. 함께 가주기만 하면 된다며 소장을 만나면 돈을 받을 수 있다고 했다. 빅토르는 거기 부소장이 돈을 가로채고 소장도 못 만나게 한다며 소장은 매우 착한 사람이라고 했다. 경찰이 받을 돈이 얼마나 되느냐고 물었다. 빅토르가 오른손을 활짝 펴 보였다.

"피지지샤치 틔시치 루블랴(오만 루블)?"

빅토르는 고개를 가로젓고 말했다.

"피쇼트 틔시치 루블랴(오십만 루블)."

경찰이 입을 쩌억 벌렸다. 빅토르는 경찰에게 자기가 작년 한 해 동안 일했는데 돈을 못 받았다고 너무 억울하다며 그들이 자기에게는 돈도 주지 않고 북한 운전사에게 맡겼다고 했다. 경찰이 헛기침하고는 몹시 나쁜 놈이라고 했다. 빅토르는 작은 소리로 그에게 말했다.

"예슬리 팔루챠이샤 제닉야 두마유 라즈젤리치 스 타보이 파팔럼(돈을 받으면 당신과 반을 나눌 생각이야)."

경찰이 자동차 키를 챙겨 들며 앞장섰다.

다른 때와는 다르게 사업소 정문에 차단기가 내려져 있었다. 빅토르가 경찰에게 고갯짓했다. 경찰이 차에서 내려 차단기 안으로 들어가려고 하자 위병소에서 누군가 걸어 나왔다. 기다란 막대기를 든 관리위원이었다. 빅토르가 쏜살같이 차에서 내리며 알은체했다. 관리위원이 말했다.

"외부인은 출입금지입네다! 카마즈 운전사라도 마찬가지야요."

빅토르가 어깨를 으쓱하고 양팔을 펴보이며 소장은 어디 있느냐고 물었다. 관리위원이 금방 울 것 같은 표정으로 한숨을 푸욱 쉬더니 '사망'했다고 했다. 그 소리에 빅토르는 다리에 힘이 풀려 그 자리에 털썩 주저앉았다. 경찰이 왜 그러냐고 물었다. 관리위원이 손으로 제 목을 그으며 쓰러지는 흉내를 냈다. 경찰이 소장 죽은 거냐고 빅토르에게 물었다. 관리위원이 대신 고개를 끄덕였다. 그럼, 돈 받기는 다 틀린 거냐며 그가 소리쳤다. 빅토르는 아무런 대꾸도 하지 못했다. 아니 할 수 없었다.

3

"믿을 수 없어! 그 말을 지금 나보고 믿으라는 거야?"

아샤가 발끈해서 소리쳤다.

"나도 믿을 수 없는 건 마찬가지야. 지석이 살아 있다면 연락을 취해 올 거야. 기다려보자!"

"그걸 말이라고 해? 만약에 지석이 곤경에 처해 있다면? 그냥 손만 놓고 있자고?"

"행방을 알아야 어떻게 해보지."

"행방을 알아내야지."

"어떻게? 무슨 방법이 있어?"

"없어! 없다고! 그래서 미칠 지경이야."

빅토르가 자리에서 일어나 아샤의 어깨에 손을 얹고 말했다.

"준호 형과의 일이 들통 난 게 확실해. 그래서 도망친 것 같아."

"어떻게 들통이 난 걸까?"

"……."

빅토르가 한참 만에 주먹을 허공에 휘두르고 탄식하며 말했다.

"아, 그것 때문일 거야! 그거였어!"

4

빅토르는 준호가 보내준 전기 압력 밥솥과 겨울 내의를 가지고 숙소로 갔다. 지석이 여느 때처럼 숙소에서 커피를 마시며 영화를 보고 있었다. 이번에는 〈타이타닉〉이었다.

"〈로미오와 줄리엣〉에 나왔던 그 잘생긴 남자배우잖아. 요새는 달달한 영화만 보네."

지석이 빙긋이 웃으며 빅토르가 들고 있는 커다란 상자를 받아 책상 위에 놓았다. 남자 모델이 몸에 짝 붙은 내의를 입은 채 활짝 웃고 있는 박스를 먼저 보여주며 빅토르가 말했다.

"준호 형이 선물 보냈어."

지석이 겨울 내의를 꺼내 펼쳤다. 말은 하지 않았지만 제품의 질에 놀라고 있었다. 한참을 이리저리 만져보다가 접어서 상자 안에 넣었다. 캐비닛 속에 넣고 문을 잠갔다. 빅토르는 밥솥을 가리키며 이것도 보냈다고 했다. 지석이 쿠쿠 전기 압력 밥솥이라고 작은 목소리로 읽고 박스를 뜯었다. 뚜껑이 와인색에 몸통은 흰색이었다.

"오우, 밥솥이 맞아? 로봇 같아!"

빅토르가 감탄하며 이리저리 살피면서 정면 메뉴판 글자를 가리키며 뭐라고 쓰여 있느냐고 물었다. 현란한 말솜씨에 비해 눈은 밝지 못했다.

"만능 밥솥이야요. 누룽지도 되고 죽도 되고 찜닭 요리까지 가능하답네다."

빅토르가 엄지를 추켜세우며 역시 준호 형이라고 했다. 지석이 입가에 옅은 웃음을 머금은 채 말했다.

"남조선은 참말로 기술력이 뛰어납네다. 솥단지 하나도 어캐 다양한 요리가 가능하게 만드느냐 말입네다. 요거 하나만 있으믄 여자가 필요치 안 갔시오."

빅토르가 지석의 어깨를 가볍게 치며 고개를 젓고 말했다.

"요새 여자, 밥 안 해! 밥하라고 말하면 당장 이혼하자고 해! 우리 요리해 먹자. 준호 형이랑 같이 살 때 불고기 해 먹었어. 최고였어!"

지석이 웃는 얼굴로 고개를 끄덕이고 찜닭 요리를 해 먹자고 했다. 식당에서 찜닭에 필요한 재료를 얻어오겠다며 부리나케 숙소를 나갔다. 한참 만에 플라스틱 통에 재료를 들고 나타났다. 지석이 사용설명서를 읽어가면서 밥솥에 재료를 넣고 전원 코드를 눌렀다.

"지금부터 쿠쿠가 요리를 시작하겠습니다. 다음 메뉴를 선택해 주세요……."

눈을 크게 뜨고 서로 얼굴을 쳐다보며 킥킥거렸다. 빅토르가 흥분한 목소리로 말했다.

"와아, 진짜 여자가 숨어 있는 거야?"

지석이 웃으면서 메뉴 선택 센서를 조심히 눌렀다.

"찜닭을 선택했습니다. 시간은 오십 분이 소요되며 뜨거운 열기가 배출구를 통해 배출될 때는 화상을 입을 수 있으니 안전에 유의해주세요. 지금부터 건강에 좋고 맛있는 찜닭 요리를 시작하겠습니다……."

빅토르의 이야기를 듣고 아샤가 놀란 눈으로 그게 정말이냐고 물었다. 지석은 나무 박스를 만들어 밥솥을 가려 놓고 애용했다. 그러나 여자는 코빼기도 찾아볼 수 없는 곳에서 톤이 높은 여자 목소리는 그만큼 밖으로 새어 나가기가 쉬웠다. 보위부원이 사무소를 오고가다 들었을 확률이 높았다. 지석이 간과했다. 다음 주면 탁구대, 영화 감상이 가능한 빔 설치가 마무리될 예정이었는데…… 준호는 지석의 부탁으로 노래방 기기를 석 대나 구해 크라스코리아로 보냈다. 북한 노래 100곡을 삽입하기 위해 용산 전자상가를 두 번이나 찾아갔다. 기기는 지금쯤 동해를 지나 오호츠크해 어딘가를 지나고 있을 터였다.

조선족 원목상

1

부소장은 건설노동을 마치고 사업소로 돌아오면서 조리실 옆으로 들어선 낯선 건물에 눈이 휘둥그레졌다. '제16임업사업소 오락회관'이라는 현판도 걸려 있었다. 자기를 건설노동 현장으로 보낸 게 지석의 의도였음을 깨달았다. 열 가진 놈은 그것을 지키기 위해 늘 긴장하고 있었다. 그것을 모르지 않았는데 방심했다는 자책으로 주먹을 쥐었다.

"내를 건설 현장으로 보내 놓고 저 아새끼 날마다 칼 쓰는 연습을 했어. 오락장을 만든다는 게 말이 되네? 보위부 쪽에서 어떤 대책을 세워야지 않간?"

전과 달리 시큰둥한 표정으로 보위부원은 새끼손가락으로 귀를 후비더니 후하고 귓밥을 날렸다. 평소와 다른 그의 행동에 부소장은 당황했다. 이번 산판만 끝나면 보위부원은 귀국이었다. 그래서 발을 빼는 것 같았다. 조급한 건 부소장이었다.

"미제 승냥이에다 놀새 같아서 불순하다고 하지 않았네. 긴데 긴 칼을 지닌 무사는 허둥대기 마련이라고?"

보위부원은 의자에 다리를 꼬고 앉아 지직거리며 물결치는 텔레비전의 채널만 돌리고 있었다. 정규 방송 시간이 아니어서 어느 곰 사육장과 변기 광고만 번갈아 나오고 있었다. 전원을 끄고 말했다.

"소장이 노동자를 위해 오락장을 만든다는 데 어카갔시오. 기거를 만들믄 솔직히 누가 이용 하갔시오. 산판에 있는 노동자갔시오, 사무소에 있는 간부갔시오?"

부소장은 대꾸를 못 하고 마뜩잖은 표정으로 담배에 불을 붙였다. 그에게는 인민 무력부장이라는 뒷배가 있었다. 공화국에 돌아가면 중좌로 승급할 것이다. 굳이 당 비서의 아들을 건드려 등을 질 필요가 없었다. 자신은 그런 뒷배도 없었다. 어금니를 꽉 물었지만 비참함은 사라지지 않았다. 표정이 찌푸려지지 않도록 힘을 주다 보니 이마에 굵은 힘줄이 부풀어 올랐다. 지석에 대한 공격의 수위를 낮추고 투정하듯 말했다.

"굴러온 돌이 박힌 돌을 뺀다더니…… 이렇게 앉아서 당하고만 있을 기야? 이번 산판만 끝나면 동무래 귀국 아니네? 빈 주머니로 갈 기야?"

보위부원이 손목의 시계를 들여다보더니 자리에서 일어나면서 너무 조급해하지 말라고 자신도 다 생각이 있다고 지나가듯 말했다. 하지만 부소장은 대책도 안 세우고 어디를 가느냐고 성냈다. 그가 인민모를 벗었다가 다시 쓰며 큰 소리로 대꾸했다.

"작전 짜러 가는 거야요. 기카고 입 조심하시라요! 내래 주머니
는 원래 텅 비었시오!"

증명해보이겠다는 듯 인민복 상의 주머니를 홀라당 까뒤집어
서 탈탈 털었다.

부소장의 숙소를 나온 보위부원은 복도를 어슬렁거리며 현관
에 자주 눈을 주었다. 그때, 쭈뼛거리며 커다란 트렁크를 끌고 누
군가 들어섰다. 기다리던 사람임을 단박에 알고 성큼성큼 걸어
가 작은 목소리로 왜 이렇게 늦었냐고 타박하며 반가움을 숨겼
다. 그는 보위부원에게 머리를 조아리고 활짝 웃으며 그 역시 작
은 목소리로 여기 오는 게 어디 쉬운 일이냐고 엄살을 부렸다. 보
위부원은 복도를, 소장 숙소를, 넌지시 건너다보고, 그의 등을 부
소장 숙소로 속히 밀었다.

2

부소장은 보위부원과 함께 들어오는 조선족 원목상을 보고 눈이
커졌다. 그러나 그가 인사를 건네고 의자에 앉기도 전에 퉁명스
럽게 헛걸음했다고 말했다. 소장이 다른 놈과 거래를 텄다며 더
는 당신과 일없다고 고개를 외로 틀었다. 조선족 원목상은 트렁
크에서 말보로 한 갑을 꺼내 부소장에게 내밀었다가 눈을 부릅뜨
고 물었다.

"아니, 상도덕도 없는 그놈이 누구야요? 내래 그놈을 가만두지
안 갔시오?"

부소장은 상도덕 운운하는 그가 어이없었지만 그것을 문제 삼을 의욕마저 잃었다. 그가 내미는 담배를 밀치고 책상 위에 놓인 자신의 담배에 불을 붙였다.

보위부원이 두 번이나 전화를 해왔지만 모르는 번호라서 조선족 원목상은 받지 않았다. 세 번이나 같은 번호로 전화가 걸려오자 통화 버튼을 눌렀다. 상대는 대뜸 올해는 장사를 안 할 거냐고 물었다. 조선족 원목상은 무슨 그런 섭섭한 말을 하느냐고 대답해놓고는 누구냐고 물었다. 보위부원이 자신의 목소리도 몰라보다니 섭섭하다고 말했을 때, 그는 마치 상대가 앞에 있는 것처럼 고개를 숙였다. 그렇지 않아도 조만간 찾아가려고 했다고 수다스럽게 떠벌렸다. 혹시 필요한 물건이 있느냐고 물었다. 보위부원은 알아서 잘 챙겨주면서 새삼스럽게 뭘 묻느냐며 날짜와 시간을 지정하고 사업소로 들어오라고 했다. 약속을 절대 어기지 말라고 다짐까지 받았다. 그는 전화를 끊고 보위부원이 직접 전화를 걸어 온 이유가 뭘까? 작년에 가져간 원목 값에 대한 추궁일까? 께름칙했다. 하지만 북한 사업소는 새로 뚫기가 힘들었고 짭짤한 수입 때문에 포기할 수 없었다. 트렁크 안에 사례할 선물을 챙겨왔다.

부소장은 만사가 귀찮다는 듯 손을 내저으며 담배 연기만 내뿜고 있었다. 보위부원은 조선족 원목상을 불러놓고 딴청 하듯 앉아 있었다. 조선족 원목상이 어떻게 된 사연인지 말해줘야 할 거 아니냐고 신경질을 부렸다. 부소장이 피우던 담배를 재떨이에 비벼 끄며 말했다.

"작년부터 우리 사업소에서 원목을 운반하는 로씨야 아새끼가 있어. 그 간나 새끼가 소개한 놈이야."

조선족 원목상은 그러면 자신은 올해 장사는 물 건너간 것이냐고 물었다. 부소장은 그렇게 됐다며 다시 그를 외면했다. 잠자코 있던 보위부원이 슬며시 끼어들었다.

"훈춘에서 원목 장사를 하는 박대성이라고 하던데, 혹시 아는 자요?"

"박대성? 어디서 많이 들어본 이름이긴 한데……."

그가 조선족이 확실하냐고 재차 물었다. 부소장이 그렇게 알고 있다고 말했다. 보위부원이 허리를 곧추세우며 안주머니에서 봉투를 하나 꺼냈다. 봉투 속으로 손을 집어넣어 사진 석 장을 꺼내 탁자 위에 나란히 놓았다. 카누라고 쓰인 커피 비닐, 남자 모델이 속옷만 입고 웃고 있는 내의 박스 사진, 붉은빛이 도는 네모나면서 둥그스름한 물체를 찍은 사진이었다. 부소장과 조선족 원목상이 사진을 골똘히 쳐다보았다. 조선족 원목상이 눈을 떼고 보위부원을 쳐다보았다. 보위부원이 '메이드 인 코리아'라고 쓰인 글자를 손으로 톡톡 두드렸다. 그의 눈이 점점 커지더니 입꼬리를 올리며 물었다.

"그놈이 박대성?"

보위부원이 빙그레 웃으면서 고개를 끄덕였다. 조선족 원목상이 그놈을 만난 적이 있느냐고 물었다. 고개를 저었다. 혹시 얼굴을 아는 이가 없겠느냐고 물었다. 부소장이 관리위원은 알 거라고 했다. 그가 휴대폰을 꺼내더니 급하게 사진첩을 뒤적였다. 보위부원에게 내밀었다. 그가 받아들고 나갔다.

3

조선족 원목상은 이 년 전, 이르쿠츠크에서 만났던 박대성과 손자를 떠올렸다. 꼬장꼬장한 성격의 박대성을 상대하는 일은 쉽지 않았다. 무엇 하나 그냥 넘어가는 일이 없었다. 확인하고 또 확인했다. 책임과 다짐까지 강요했다. 그렇다고 그와의 거래를 포기할 수는 없었다. 그가 시베리아산 소나무를 너무 원하고 있었기 때문이다. 박대성은 직접 산판을 보겠다며 시베리아까지 왔다. 포기할까 했지만 확실히 속일 수 있는 기회라고 여겼다. 그의 손자가 이르쿠츠크에서 주재원으로 있다며 산판을 함께 둘러보겠다고 말했을 때는 눈앞이 깜깜했다. 그런데 막상 손자를 만났더니 할아버지에게 애정도 없었고 제재소에 관심도 없었다. 자본주의 국가에서 태어나 눈칫밥 한번 먹어 보지 않고 성장한 전형적인 도련님이었다. 러시아 촌놈을 운전사로 데리고 다니며 놀러다니기 바빴다. 함께한 식사 자리에서 그는 숟가락질도 제대로하지 않고 식사비를 치르고는 할아버지를 잘 부탁드린다며 자리를 떴다. 그가 떠나자 긴장이 풀리면서 잃었던 식욕이 돋았다. 실망하는 눈빛이 역력한데도 내색하지 않으려고 애쓰던 박대성은 독한 보드카를 안주도 없이 비웠다. 그는 느긋하게 제 몫의 음식을 비우며 내일 예정대로 산판을 둘러보자고 했다.

산판 주인을 만나 많은 질문을 했지만 그가 적당히 둘러댔기 때문에 진행에 문제가 없었다. 위기가 한 번 더 있었다. 러시아어로 쓰인 원본 계약서를 박대성이 보내달라고 했다. 문서 위조를 한두 번 해본 것이 아니었지만 긴장되었다. 박대성은 계약서 검토를 손자에게 부탁할 것이기 때문이었다. 하지만 손자가 관심을 가지고 살피지 않을 것에 한 표의 운을 걸었고, 그곳에 쓰인 산판의 주소와 전화번호로 연락을 취하지 않으리라는 것에 또 한 표의 운을 걸었다. 예상은 적중했다.

박대성 덕분에 한몫 크게 잡았지만 미래로의 한국 지사장에게 돈을 털렸다. 그의 말만 믿고 중국 우한에 건립된다는 한옥 호텔 건립에 투자했지만 어디로 사라졌는지 그를 찾을 길이 없었다. 걷는 놈 위에 뛰는 놈 있고 그 위에 나는 놈이 있다는 속담이 틀리지 않았다. 박대성이 죽었다는 이야기를 몇 달 전에 지인한테 들었다. 미안한 마음이 없지는 않았지만 자신도 사기를 당해 다시 밑바닥부터 시작해야 했다. 설마 박대성이 살아서 돌아올 리는 없었고 누가 사칭하고 이곳까지 왔을까? 자신의 뒤를 캐는 자라면 그의 손자밖에 없었다. 혀로 입술을 축이고 보위부원이 돌아오기만을 기다렸다.

보위부원이 활짝 웃으며 들어섰다. 그에게 휴대폰을 건네주며 오른손을 펴서 쳐들었다. 조선족 원목상은 그제야 씨익 웃으며 자리에서 벌떡 일어났다. 그의 손바닥을 세게 부딪쳤다.

보위부원은 조선족 원목상의 출입을 눈감아 준 값으로 받는 뒷돈도 좋지만 당 비서 아들의 불법행위를 캐는 것이야말로 대좌로 특진할 기회였다. 자신이 잡은 증거가 확실하다는 1차 검증은 완료한 셈이었다. 그런데…… 이 자가 박대성의 사진을 왜 가지고 있지? 순간, 이 자를 신뢰할 수 있을까? 혹시 경쟁자를 없애기 위해 거짓말을 하는 것인지도 몰랐다. 신중해야 했다. 상대는 당 비서의 아들이었다. 만에 하나 박대성이 진짜 조선족이면…… 이 자가 거짓을 말하고 있는 것이라면…… 자신뿐만 아니라 작은아버지도 목이 날아갈 수 있었다.

"긴데, 이 자를 어캐 아는 기요?"

조선족 원목상이 웃음을 거두며 담배에 불을 붙이고 다리를 꼬면서 대답했다.

"다, 아는 수가 있습네다. 이 바닥 생활이 이십 년이야요. 우리, 선은 지킵세다!"

잠자코 지켜보았지만 부소장은 어떤 상황인지 짐작할 수 없었다. 지금 뭐 하는 수작이냐며 왈칵 짜증을 냈다. 보위부원은 사실을 말하기에 시기상조라고 판단하여 좋은 일이 곧 있을 것이니 기대하라고만 했다.

아버지의 결정

1

보위부원은 제16임업사업소 강지석 소장의 불법 자행 및 불순행위에 대한 보고서를 부소장의 증인서와 함께 당에 제출했다. 지석의 아버지가 조치할 수 없도록 그의 작은아버지 인민무력부장을 통해 보냈다. 그의 작은아버지는 부부장에서 부장으로 승급해 있었다.

원목을 팔아 그 이익금을 챙겼고 그것을 숨기기 위해 노동자를 위한 오락 회관을 만들겠다고 벌인 일련의 불법 자행은 그리 큰일이 아니었다. 그런데 불순행위가 의심스럽다고 제출한 보고서는 어떤 해명이나 변명이 소용없었다. 보위부원이 사진으로 찍어 증거로 제출한 보고서에는 '메이드 인 코리아'가 선명한 카누라는 커피 상자와 커피 비닐, 남자 모델이 속옷만 입고 활짝 웃고 있는 내의 박스, 전기 압력 밥솥이었다.

아버지는 지석의 소식을 대표부장으로부터 직접 들었다. 지입제 시행으로 원목 손실을 줄이고, 인센티브로 노동자들의 작업 속도를 최단 근로만으로 상승시켰다는 이야기를 들었을 때는 웃으면서 고개를 끄덕였다. 그런데 오락 회관을 만든다는 구상으로 조선족 원목상과 직접 거래를 하고 있다는 소식을 들었을 때는 예감이 좋지 않았다. 원목 운반을 하는 빅토르와 가깝다는 말에 그를 조사해보았다. 남조선 H기업 주재원의 개인 기사 노릇을 했다는 이력이 있었고 몇 달 전에 호무트에 원목 유통 지사를 개설했다는데, 그곳에 아샤가 있었다. 보위부원이 불순행위라고 언급한 대로 지석이 접촉한 인물이 조선족이 아닌 남조선 사람이고 그에게 원목을 반출했다면 문제는 아주 컸다. 만에 하나 그 원목이 사업소에서 나간 것이고 빅토르가 호무트에 개설한 원목 유통지사가 그런 방편으로 만든 것이라면…….

지석의 아버지는 가슴을 움켜쥐었다. 바늘로 심장을 찌르는 듯했다. 통증이 가라앉기를 기다릴 수 없었다. 진통제를 삼키고 대표부장에게 곧바로 전화했다.

"비서 동지, 조선족 원목상이 남조선 제품을 선물할 수도 있잖습네까? 그러한 일이 종종 있습네다. 그러니끼니, 조선족이라는 여권 확인만 하든 일없습네다."

자신도 원하던 바였다. 그러나 대표부장이 지석에 대해 모르는 것이 있었다. 그가 모르는 지석의 이야기를 굳이 할 필요는 없었다. 저들이 지석의 약점을 잡았다면 100퍼센트 틀림없는 일이다.

2

"지석이 방심했어!"

아샤가 발을 구르고 양손을 크게 뿌리며 말했다. 빅토르는 아샤부터 달래야 했다.

"지석의 아버지가 어디에 피신시켜놓았는지도 몰라."

"바보야! 우리 일이 들통이 난 거라면 지석의 아버지도 어쩔 수가 없어. 신이라면 몰라도."

"신이 아니기 때문에 아들이 당하게 놓아둘 수 없는 거야. 도망가라고 말했을지도 몰라!"

"아버지가? 지석에게 직접? 그곳은 전화는커녕 휴대폰도 터지지 않는 곳인데…… 어떻게?"

"……."

"그래, 평양과 통화할 수 있는 곳은 임업 대표부야. 그럼, 대표부장이 직접 지석에게?"

"그럼, 다행인 거 아니야? 만약 그렇게 된 거면, 적어도 지석이 죽은 건 아니잖아!"

"우리 지금 소설 쓰는 거 아니지?"

"나는 소설 몰라. 너라면 몰라도."

"어쩌면…… 지석이 죽었다고 한 게…… 죽은 것으로 처리하기로 그 사람들하고 대표부장이, 아니 지석의 아버지가 합의한 것인지도 몰라!"

"그럼 다행인 건가? 적어도 죽은 건 아닐 테니까."

"제발 우리가 소설 쓰는 게 아니기를 바랄 뿐이야."

"이게 소설이라면 아주 잘 팔리겠다!"

"그렇다고 손 놓고 있을 수 없잖아. 다시 생각해봐, 빅토르."

그들은 일단 지석이 그곳을 도망친 것으로 가정하고 목적지가 호무트라면 어떤 경로로 올 것인가에 대해 의논하기 위해 동생들까지 불러 모았다.

첫 번째는 길을 택하지 않고 산으로 온다고 가정했다. 모두 고개를 저었다. 곰이나 늑대를 비롯한 산짐승의 밥이 될 확률이 너무 높았다. 두 번째는 산과 도로를 함께 이용한다고 가정했다. 낮에는 숲속에 숨었다가 밤에 도로를 이용해 이동해 오는 것인데 성공할 확률이 높다고 했다. 그런데 이곳까지 오려면 적어도 닷새는 걸렸다. 지석이 추위를 견딜 수 있을까? 견딜 수 있다고 생각하는 사람은 손을 들어보라고 했다. 서로 눈치만 보았다. 세 번째는 숲으로 도망쳤다가 도로로 나와서 지나가는 차를 얻어 타고 이곳으로 오는 것이었다. 이틀이면 가능했다. 하루 정도는 숨어 있어야 하니 하루를 더 보태서 사흘이면 충분했다. 지석은 러시아어도 잘하니 세 번째일 확률이 높다는 빅토르의 말에 동생들도 손을 들었다. 어둡던 아샤의 표정이 조금 밝아졌다. 그렇다면 늦어도 내일이면 지석이 이곳에 나타나야 했다. 그때 막내인 사샤가 손을 들었다.

"전화하면 되잖아. 아무한테나 전화를 빌려서, 아니면 해달라고 해도 되고. 전화하면 데리러 갈 거 아니야? 그런데 여태 전화가 없다는 건……."

사샤가 입을 다물었다. 자신을 쳐다보는 얼굴들이 너무 험악했다. 어깨를 올렸다가 내리고 양손을 펴보였다. 고개까지 옆으로 까딱이고 자신의 경솔을 사과했다. 사샤의 말대로 전화를 걸어 올 시간이 한참이나 지나 있었다.

아샤는 이곳으로 지석이 오지 않을 거라고 확신했다. 두 손을 맞쥐고 한 번도 찾지 않은 신을 향해 그를 보살펴 달라고 기도했다.

재회

1

준호는 차를 몰고 할아버지 위패를 모셔놓은 용주사로 갔다. 빅토르의 전화를 받고 날을 새웠다. 당장 호무트로 가겠다고 했을 때 아샤가 그럴 필요 없다고 지석의 연락을 기다리자고 했다. 이곳이 보위부원한테 감시당하고 있을지도 모른다며 빌미를 제공하지 않는 게 좋을 것 같다고 했다. 빅토르는 자신처럼 몹시 흥분했지만 아샤는 차분했다. 그런 아샤에게 신뢰가 갔다.

그렇다고 잠자코 있을 수는 없었다. 자신이 무엇을 어떻게 해야 하는가? 자신이 할 수 있는 일이 있는가? 아무것도 알 수가 없었던 준호는 날이 밝자 차를 몰고 할아버지를 찾아갔다.

법당에 들어가 초를 켜고 향을 피운 후 옥수를 채워 불상 앞에 놓고 일곱 번 절했다. 지장전으로 방향을 돌려 향과 초를 켜고 옥수를 채워 놓고 다시 일곱 번 절했다. 생전의 모습 그대로 할아버지가 자신을 보고 있었다. 준호는 그 앞에 무릎을 꿇었다. 말하지 않아도 할아버지는 지금 자신이 무엇을 간절히 원하는지 잘 알고 있을 터였다. 자신으로 인해 한 사람의 목숨이 잘못될 수 있었다. 정말로 그런 일이 벌어지기라도 할까 봐 쉽게 입 밖으로 꺼낼 수도 없었다.

눈을 감았다. 바람이 순하게 드나들며 풍경을 울렸다. 대앵앵…… 대앵앵…… 그 사이로 법당 옆, 약수에 박아놓은 대롱에서 가느다랗게 물이 떨어졌다. 그 여운이 길었다. 또오옥…… 또오옥…… 이름 모를 새가 법당 근처를 맴돌며 울어댔다. 목이 뜨거워지더니 왈칵 눈물이 솟구쳤다. 준호는 손바닥으로 눈을 꼬옥 눌렀다 뗐다. 할아버지를 쳐다보았다.

앞문으로 들어온 해그림자가 왼쪽 옆문을 지나 길게 늘어졌다. 가부좌로 앉아 있는 준호의 다리를 적시더니 가슴까지 파고들었다. 이제 일어나야 했다. 자리에서 일어나다가 발이 저려서 주저앉았다.

휴대폰을 한시도 곁에서 떨어트리지 않았다. 배터리도 점검했으며 스팸 문자와 전화도 확인했다. 인터넷 검색창에 '북한 이탈자'라고 치고 엔터키를 눌렀다. 수많은 기사가 떴다. 빠르게 눈으로 훑었다. 러시아 벌목장 이탈 노동자라는 기사 제목에 가슴이 철렁했다. 클릭했다. 아주 오래된 기사였다. 한숨을 쉬고 담배를 꺼내 불을 붙였다. 민우가 당장 사무실 밖으로 나가 피우라고 소리쳤다.

'하나원'을 치고 북한 이탈민들이 어떤 교육을 받고 어떻게 정착하는지를 살피는데 민우가 협회 공문을 보여주면서 마을 향교

건립에 대한 나무 공급 건의 결재를 언제 할 거냐고 물었다. 준호는 책상 위에 놓인 결재판을 그제야 들여다보았다.

북한 이탈민에 대한 다큐멘터리와 텔레비전 프로그램도 다운받았다. 직원들이 퇴근하자 사무실에 앉아 보기 시작했다. 다큐멘터리는 괜찮았지만 텔레비전 프로그램은 몰입이 안 됐다. 북한의 체제를 의도적으로 비판할 뿐인 내용이었기 때문이다. 그런데 민우와 정민이 찾아왔다. 요새 무슨 일이 있느냐며 술이나 한잔하자고 검정 비닐을 들어보였다. 준호는 손사래를 치고 사무실을 나왔다.

국정원을 찾아가볼까? 국정원에 근무하는 선배가 있다고 했는데…… 휴대폰에서 연락처를 검색했지만 없었다. 학생회장을 했던 친구에게 전화했다. 부장으로 있다는 선배의 이름과 연락처를 받아 저장해두었다.

원목은 빅토르가 차질 없이 공급할 수 있다고 했다. 값이 비싸졌지만 어쩔 수 없었다. 내년에는 산판을 임대하기로 했다. 빅토르는 원목 좋은 산판을 알아보기 위해 아버지와 분주하게 돌아다니고 있었다. 사업소는 예상대로 부소장이 소장이 되었고 새 소장 체재로 사업소가 유지되고 있다는 소식도 전해주었다.

한 달이 지나가고 있었다. 지석에게는 소식이 없었다. 준호는 잠을 자지 못했다. 전에는 하루 서너 잔 이상의 커피를 마시고도 자는 데에 아무런 문제가 없었다. 그러나 요새는 커피를 입에 대지 않는데도 뒤척이다가 아침을 맞았다. 내일은 병원에 가서 수면제라도 처방받아야겠다고 생각했다. 새벽 한 시가 넘어가는 시간인데 갑자기 휴대폰이 울렸다. 러시아에서 걸려온 국제전화였다. 빅토르가 아니었다. 침대에서 벌떡 일어났다. 통화버튼을 누르며 알로, 라고 말했다. 5초 정도 뜸을 들이다가 상대가 말했다.

"박 동지, 저예요."

준호는 휴대폰을 두 손으로 꽉 붙잡았다.

"네에, 지석 씨! 몸은, 몸은 어떠세요?"

"일없습네다…… 긴데 어캐 목소리가 그렇게 잔뜩 쫄았습네까?"

준호는 지석의 농담에 대꾸하지 못했다. 목이 메기는 지석도 마찬가지인 듯 헛기침을 했다.

"박 동지, 내를 좀 만나러 와주시라요."

2

출입문의 푯말을 ЗАКРЫТ(닫다)로 돌려놓고 식당을 나섰다. 그녀는 남편의 팔짱을 끼며 오랜만에 놀러나 가자고 했다. 자신들이 해줄 수 있는 일은 이것뿐이었다. 사람의 인연이란 보이지 않는 끈으로 연결되어 있는 듯, 참 신기했다. 수많은 사람이 '강남 김밥집'을 드나들었지만 그것이 인연으로 이어지기는 실상 어려웠다. 특히 한국인이 단골이 되는 것은 더 그랬다.

하바롭스크에서 처음 분식집을 열었을 때, 한국의 분식이 러시아인의 입맛에 맞을까? 맵고 짜고 달콤한 한국 특유의 맛을 러시아인이 거부 없이 받아들일까? 남편과 많이 고민했고 시행착오도 여러 번 겪었다. 한국 맛도 아니고 러시아 맛도 아닌 퓨전은 실패했다. 이 맛도 저 맛도 아닐 때는 한국 관광객도 찾아오지 않았다. 오히려 한국 맛을 유지하자 단골이 생겼다. 아무리 손님이 많이 찾아와도 한 번 거쳐간 한국 사람은 단박에 기억했다. 몇 년 만에 찾아와도 마찬가지였는데 고국에 대한 그리움이 큰 탓이었다.

한 달 전, 식당 문을 막 닫으려는 찰나였다. 누군가 성큼 들어섰다. 장사 끝났다고 말하려다가 입을 다물었다. 일 년 전에 까만 비닐봉지를 들고 쭈뼛거리며 가게에 들어와 돈가스를 주문했던 손님이었다. 덥수룩한 모습에 피로감이 가득했지만 가죽재킷이 무척 잘 어울렸고 러시아 말이 유창하여 북한의 노동자는 아니고 간부일 거라고 짐작했던 사람이었다. 자신이 건네는 인사말에 허둥거리며 나갔던, 북한의 손님이었기에 또렷하게 기억하고 있었다.

그녀는 지석을 보자마자 사업장을 이탈해 도망쳤다는 것을 알 수 있었다. 그래서 얼른 출입문을 잠갔다. 주방을 정리하고 나오던 남편이 지석을 발견하고 옆에 놓인 빗자루를 바투 든 채, 당신 누구야? 라고 물었다가 "크토 틔(누구야)?" 라고 다시 물었다. 그녀가 손사래를 치고 창문 블라인드나 내리라고 남편에게 말했다.

지석은 주방에서 지냈다. 그곳에 의자를 붙여놓고 잠을 자면서 남편의 일을 도왔다. 갈 곳이 없어서 찾아왔다고 지석이 말했을 때, 그녀는 고개를 끄덕였지만 남편은 당신을 숨겨주어도 우리에게 별문제가 없겠느냐고 물었다. 그녀가 아샤의 애인이라고 걱정할 거 없다고 말하자, 지석이 눈을 크게 뜨고 쳐다보았다.

아샤는 시청 일을 그만두고 호무트로 떠나기 전에 이곳에 들렀다. 호무트에 가면 김밥이 생각날 것 같다고 했다. 지석이 다녀간 다음 날에도, 사장님 덕분에 남자친구가 돈가스와 김밥을 아주 잘 먹었다며 찾아와 인사했다. 그녀가 남자 친구랑 같이 오라고 하자, 아샤가 그럴 수 없다고 했다. 그녀가 이유를 물었다. 아샤가 슬며시 미소 지으며 어제 낮에 남자 친구가 이곳에 들러 돈가스와 김밥을 맛보고 왔더라고 했다. 그녀는 낮에 온 남자 손님을 떠올리다가 물었다.

"가죽재킷을 입은? 그 북한 청년?"

아샤가 그렇다고 고개를 끄덕였다. 블라디보스토크에서 유학 때 만났다며 자신들의 사랑이 이루어질지 모르겠다고 시무룩해져서 말했다. 아샤가 북한 청년을 사랑한다는 것에 놀랐지만, 그녀는 아샤의 등을 토닥이며 잘 될 거라고 진심으로 말했다.

3

지석이 갓 튀겨낸 고기에 김이 모락모락 나는 소스를 붓고 접시를 준호 앞에 놓아주며 말했다.

"박 동지, 맛보시라요. 요거이 평양 류경호텔에 밑지지 않을 거야요."

준호가 피식 웃자 지석은 맛을 장담한다고, 자신 있다고, 거듭 말했다. 한 달 동안 주방에서 일하면서 소스를 개발했다고 했다. 요즘은 김밥보다 돈가스가 훨씬 많이 팔린다며 매출에 자신이 크게 기여하고 있다고 했다. 준호가 다시 웃자 이따가 주인 동지한 테 확인해보라고까지 했다.

준호는 지석이 무척 유쾌한 사람이라는 것을 깨달았다. 지석 이 말한 대로 나이프로 고기를 썰어 소스에 듬뿍 찍어 입에 넣었 다. 달콤하면서도 고소했으며 고기도 잘 튀겨져 바삭했다. 지석 이 품평회를 받는 것처럼 준호를 빤히 쳐다보았다. 준호가 엄지 를 들어 보이며 호텔급으로도 손색이 없을 것 같다고 말했다. 지 석이 팔짱을 끼고 턱을 치켜들었다. 자기가 자꾸 완벽해져서 큰 일이라고 했다. 준호가 식당을 차려도 되겠다고 말하자, 지석이 손사래를 치며 자꾸 목말 태우지 말라며 거만해지면 곤란하다고 했다.

준호는 무엇보다 지석이 건강해서 안심했다. 나이프를 놓고 지석의 손을 쥐었다. 손가락에 반창고를 두 개나 붙이고 있었다. 준호는 처음 제재소에서 일할 때가 생각났다. 일이 서툴러 날카 로운 톱날에 손가락을 자주 베였다. 늘 손가락에 반창고를 붙이 고 있자 어머니가 혀를 차며 한숨을 쉬곤 했었다. 준호가 무심결 에 한숨을 쉬었다. 지석이 슬며시 손을 빼고 목덜미를 쓸었다.

호텔급 돈가스라고 자랑하면서 지석은 음식에 손도 대지 않았 다. 이제는 제일 좋아하는 음식이 아니라 제일 잘 만드는 음식이 라는 것이었다. 이제 제일 좋아하는 음식은 라면이라며, 그건 신 이 내린 음식이라고까지 했다.

커피를 앞에 두고 마주 앉았다. 준호가 먼저 말했다. 인터넷으 로 이것저것 찾아봤는데 한국에 북한 주민이 많이 들어와 정착하고 있다며 일정 기간 교육을 마치고 상담을 하면 교수가 되는 것도 어렵지 않을 것 같다고 했다. 지석은 잠자코 커피 잔만 만지작거렸다. 준호는 마른침을 삼켰다. 국정원에 아는 선배가 있는데 한번 알아보겠다고 했다.

"내는 조국을 배신하지 않았시요."

커피 잔에 눈을 둔 채 지석이 말했다. 준호는 그럼 자신이 무엇을 도와야 하느냐고 물었다. 지석이 피식 웃으며 말했다.

"기캐 인상 찌푸리지 마시라요. 무서운 선생 같습네다."

준호는 등을 의자에 붙이고 양손을 펼쳤다. 지석은 부탁할 것이 두 가지라고 했다. 하나는 아샤와 제3국으로 갈 돈을 좀 마련해 달라고 했다. 준호는 필요한 금액을 말하면 마련해보겠다고 했다. 그 다음에 부탁할 것은 매우 곤란한 일이라며, 제3국으로 가기 위해서는 아버지의 도움이 필요하다고 했다. 그 말을 하면서 지석은 준호의 눈을 빤히 쳐다보았다. 준호는 눈웃음을 짓고 어깨를 으쓱했다.

4

오만 루블을 주겠다는 말에 경찰은 미리 반을 달라고 손을 내밀었다. 저번처럼 헛수고할 수는 없다고 했다. 빅토르가 이만 오천 루블을 세서 그에게 건넸다.

돈을 받은 그는 콧노래를 부르며 경찰차를 몰았다. 준호와 빅토르는 굳은 얼굴로 뒷자리에 앉아 생전 처음 입어보는 경찰 제복이 어색해서 옷깃을 매만졌다. 경찰은 룸미러로 그 모습을 보고 깔깔거리며 니치보! 니치보! 를 외쳤다. 사샤는 카마즈로 뒤따라오면서 경적을 빵 울리고 러시아 민속음악을 크게 틀었다.

임업 대표부도 제16임업사업소와 별반 다르지 않았다. 덩치만 커다란 회색 건물에 당 구호가 잔뜩 거치되어 있었다. 준호는 경찰차가 정문을 통과하자마자 대표부장을 만나야 한다고, 경찰에게 임무를 다시 한번 강조했다. 경찰은 능숙하게 차를 몰아 사무소 앞까지 들어갔다. 몸집이 큰 카마즈에서 쿵쾅쿵쾅 울리는 음악 소리에 관리자들이 창문으로 고개를 내밀었다.

경찰이 차를 멈추고 먼저 내렸다. 준호와 빅토르도 따라 내렸다. 사샤는 카마즈를 정차하면서 음악소리를 더 높였다. 키가 작달막한 관리자가 밖으로 나오면서 말했다.

"간나 새끼들아! 이번에는 무슨 트집을 잡으려고 온 기야?"

러시아 경찰이 자기 말을 알아듣지 못할 것이라 생각한 것인지 눈으로는 웃고 있었지만 입으로는 욕을 해댔다. 경찰이 오른손을 치켜들고 알로, 라며 그에게 인사했다. 그러고는 대표부장을 만나러 왔다고 했다. 관리자가 서툰 러시아 말로 무슨 일인데 부장 동지를 만나려고 하느냐고 물었다. 빅토르가 사샤에게 고갯짓했다. 사샤가 음악 소리를 줄이고는 카마즈 짐칸으로 뛰어올라 시커먼 물체를 바닥으로 던졌다. 관리자가 깜짝 놀라 뒤로 성큼 물러났다. 사샤가 그에게 보상하지 않으면 가만두지 않겠다고, 내가 가장 아끼는 개였다며 과하게 인상을 쓰고 말했다. 관리자는 이런 일이 한두 번이 아니어서 어떻게 대응해야 하는지 아는 눈치였다. 그는 바닥에 침을 찍 뱉더니 고개를 빳빳이 들고 우리 공화국 동무들이 한 일인지 어떻게 알겠느냐고 증거를 대라고 맞섰다.

경찰이 윗주머니에서 호루라기를 꺼내 삐익 불었다. 사무실에서 나이 지긋한 간부가 천천히 걸어 나왔다. 혹시 대표부장일까? 준호는 생각했다. 두꺼운 외투에 털모자를 깊숙이 눌러쓰고 있어서 알아볼 수 없었다. 준호가 물었다.

"븨 글라브니 나찰릭(당신이 대표부장이오)?"

관리자가 아니라고 손사래를 쳤다. 그때 빅토르가 총을 꺼내 그에게 겨눴다. 그가 손을 번쩍 들고 뒤로 물러났다. 옷은 빌려줄 수 있지만 총은 안 된다던 러시아 경찰의 말 때문에 하는 수 없이 빅토르가 급구한 장난감 총이었다. 준호가 그에게 말했다.

"스라쥬, 아트비지 미냐 크 나찰리쿠(당장, 나를 그에게 안내하시오). 니 브이폴라치 믜 아리스토임 바스(그렇지 않으면 당신들 모두 체포하겠소)!"

관리자와 나이 든 간부가 눈짓을 교환하더니 준호에게 따라오라며 앞장섰다. 준호와 빅토르는 그를 따라갔고 경찰과 사샤는 그 자리에 남았다.

밖에서 그 모습을 지켜보던 대표부장이 에이, 쌍! 또 돈을 뜯기게 됐다고 욕을 뱉었다. 그러나 막상 그들이 부장실로 들어서자 웃으며 알로, 라고 인사하고 소파에 앉으라고 권했다. 대표부장은 마치 손님맞이를 하듯이 간부에게 차를 가지고 오라고 했다. 간부가 나가자 빅토르가 얼른 문을 닫고 바깥으로 귀를 기울였다.

준호는 대표부장에게 성큼 다가갔다. 휴대폰을 꺼내고는 그에게 지석의 사진을 보였다. 대표부장이 눈을 크게 뜨고 당신들 누구냐고 물었다.

"지석, 이보 루스키이 두르그(지석의 러시아 친구입니다)."

준호가 대답하고 얼른 휴대폰의 녹음 파일을 클릭했다.

"부장 동지, 많이 놀라셨지요? 저래 지석입네다. 부장 동지 덕분에 그곳을 무사히 탈출해서 잘 지내고 있습네다. 다름이 아니라 아바지에게 연락 좀 해주시라요. 제 번호는 찾아간 동무가 가르쳐 줄 거야요."

대표부장이 준호에게 고개를 끄덕이며 종이를 건넸다. 준호가 빠르게 번호를 적었다. 대표부장이 입으로 따라 외우더니 종이를 구겨서 페치카 안에다 집어넣고 고개를 끄덕였다. 준호가 잠시 멈췄던 녹음 파일을 재생했다.

"기카고 부장 동지, 부탁할 일이 있습네다. 이기홍이라고 기대공실에서 근무하는 전기공이 있는데, 어캐 좀 살펴주시라요. 아무래도 보위부에서 데려다 캤을 거인데 몸 어디가 상하지 않았는지 걱정입네다."

대표부장이 손을 들었다. 준호가 녹음 파일을 정지했다.

"그 노동자인지는 모르갔지만 아새끼 두 명이 사업장을 리탈했어!"

빅토르가 놀란 얼굴로 그게 언제냐고 물었다. 대표부장이 열흘 전이라고 대답했다. 빅토르가 우리가 너무 늦게 왔다며 그를 찾을 길이 없겠느냐고 물었다. 대표부장이 자리에서 벌떡 일어나며 소리쳤다.

"당신들이 뭔데, 와 우리 공화국 일에 자꾸 끼어드는 기야?"

출입문이 벌컥 열렸다. 준호는 얼른 휴대폰을 주머니에 넣었다. 간부가 쟁반에 커피와 과자를 든 채 경계하는 모습으로 서 있었다. 준호가 대표부장에게 소리쳤다.

"스젤라이치 이쇼 라스, 니 앗푸슈 티뱌(한 번만 더 이런 일이 생기면 가만두지 않겠소)!"

대표부장이 웃으며 지갑을 꺼냈다. 지폐를 준호에게 찔러 주며 말했다.

"니 보이쉬(걱정하지 마시오)! 에터 달쉐 니 파프타랴이트(다시는 이런 일이 없을 거요)!"

준호는 당연하다는 듯 돈을 받아 주머니에 넣고 대표부장실을 빅토르와 함께 걸어 나왔다.

브라츠크

1

"이곳을 나가믄 아니 됩네다. 숙소가 일터이고 일터가 숙소야요. 밖에 나갔다가 보위부원을 만날 수도 있지만 로씨야 경찰한테 걸리믄 쌍놈의 아새끼들이 돈을 털어갑네다."

유철이 경찰뿐만 아니라 러시아 청년들도 만만한 조선인을 보면 강도짓을 한다고 주의하라고 했다. 건설 일은 처음이라 서툴고 힘들겠지만 금방 적응할 거라는 유철의 말에 기홍과 종훈은 고개만 끄덕였다.

"중요한 것은 조선 사람을 만나도 절대 알은체하지 않는 거야요."

말을 마친 유철이 피곤할 테니 쉬라며 내일 아침 일찍 오겠다고 했다. 트램이 끊기기 전에 가야 한다며 자리에서 일어났다.

유철은 일이 늦어지거나 술을 먹은 날에는 이곳에서 자기도 하고 식사도 해결한다고 했지만 건물 내부는 자재와 연장들이 널브러져 숙소로 쓰기에 적당치 않았다. 합판으로 벽을 치고 바닥에도 깔아 잠자리로 사용하고 있었다. 3월이라 한낮은 견딜만했지만 밤에는 불 없이 잘 수 없었다. 깡통 난로가 한쪽 구석에 처박혀 있었다. 버리려고 내놓은 건축 자재를 몇 개 가져다 불을 지폈다. 잠자리 바깥쪽으로 식기 도구가 담긴 네모난 플라스틱 상자가 보였다. 상자 안에 누렇게 변색한 플라스틱 그릇과 포크, 컵, 이동용 가스레인지와 찌그러진 냄비, 소스 몇 가지가 있었고 먹다 남긴 식빵이 딱딱하게 굳어 있었다. 종훈이 불을 지그시 눌러놓고 합판 하나를 차지하고 누웠다. 긴장이 풀리자 졸음이 몰려왔다.

"기홍 아우, 이왕 이렇게 돼버린 거, 더는 생각 말우다."

기홍도 하나 남은 합판에 모포를 깔았다. 퀴퀴한 냄새가 심해 팔베개를 하고 천장을 향해 누웠다. 천장이 아주 높았다. 5층짜리 맨션아파트 리모델링 공사였다. 이제 1층을 마무리했으니 올가을까지는 이곳에서 머물 수 있다고 유철이 말했다. 종훈의 말처럼 아무 생각하지 않기로 하고 기홍도 눈을 감았다.

2

유철은 천성적으로 손기술이 좋아 미장일에 능숙했다. 그는 벽쪽부터 밀대로 수평을 맞추고 뒷걸음치며 마무리했다. 작품을 만드는 것처럼 공들이는 그의 태도와 완성되어가는 회벽이 신기했다. 종훈과 기홍은 모래나 벽돌, 자재를 날랐다. 커다란 고무 대야에 모래와 석회를 섞어 가져다주면 유철이 주걱 흙손으로 한 주걱 떠 흙받기에 놓고 쇠흙손으로 적당량의 반죽을 들었다 놓기를 반복하다가 깨진 벽에 바르고 마감했다. 꼼꼼하게 벽체의 구석도 정리했다. 이들은 온종일 무거운 골재를 어깨에 지고 비계를 오르내렸다. 먼지를 뒤집어쓰고 해머로 벽을 쳐부수고 쓰레기를 담아냈다.

종훈은 건설노동이 제아무리 힘들고 어렵다고 해도 눈 속에 파묻혀 꽁꽁 언 주먹밥을 스피리트와 삼키고 하루 열네 시간 산판에서 추위와 싸우는 일에 비할 바가 아니라고 생각했다. 강지석 소장이 있을 때는 못 견딜 만큼 힘들지 않았다. 일하는 것도 지내는 것도 먹는 것도. 사업소에 오락 회관을 만들어준다는 말에 노동자들은 신났다. 기간이 만료된 조장은 연장 신청을 내면서 받아들여지지 않을까 걱정했는데 연장되어 조원 모두 다행으로 여겼다. 그런데 밑도 끝도 없이 소장이 죽었다는 소문이 돌았고 부소장이 그 자리에 앉았다. 그 시간은 사흘도 채 되지 않았다. 그의 죽음을 애도할 시간은 애초에 존재하지 않았다. 소장이 산판에서 들짐승에게 공격받아 주검으로 발견되었다는 말을 믿는 노동자는 없었다. 부소장과 보위부원이 동조해 살해했다는 설과 그들을 피해 이탈했다는 설이 나돌았지만 그것도 믿기 어려웠다.

연일 이어지는 벌목 탓에 영근이 작년에 다친 다리가 다시 말썽이었다. 관리위원은 소용없을 거라고 했지만 분조장은 손을 놓고 있을 수 없어 새로운 소장을 찾아갔다.

분조장이 바라는 것은 그저 아픈 동료가 다 나을 때까지만 쉬게 해달라는 것이었다. 작년에 사업소에서 가까운 곳의 나무를

다 베어냈기 때문에 올해는 빵통을 끌고 산판으로 들어가라는 것
인데, 그의 말이 틀린 말은 아니었다. 그러나 산판으로 들어가면
고립되어, 눈 뜨면 나무 베고 해지면 빵통에서 딱딱한 빵과 차가
운 감자로 끼니를 때우며 지내야 했다. 소장이 강지석이었을 때
는 벌목이 어렵지 않았다. 노동 시간이 그리 길지 않기 때문에 빵
통의 불씨도 살려둘 수 있었다. 일을 마치고 들어서면 훈훈했고
씻을 수도 있었으며 보드카와 훈제 고기 등의 먹거리도 부족하지
않았다. 식사도 식당에서 따끈한 밥과 국으로 해결해서 무척 좋
았다. 필요한 물품이 있으면 몇 시간만 더 일하면 성과보수를 받
았다.

　새 소장에게 제대로 말도 못 하고 분조장은 숙소로 터덜터덜
돌아가면서 영근을 볼 일이 암담했다. 무거운 마음으로 빵통으로
들어서자 분위기가 들떠 있었다. 종훈이 구럭지에 든 것을 앞에
펼쳐 놓고 자랑이었다. 그가 자리에 앉기도 전에 술부터 받으라
고 잔을 내밀었다.

　"히야, 제대로 된 보드카를 마시니 참으로 좋구나."

　잔을 내려놓는 분조장에게 훈제 닭다리까지 건넸다. 보들보들
한 닭살은 입에 넣자마자 목으로 넘어가버렸다. 웬 횡재냐고 묻
자, 산판으로 올라가면 얼굴 보기 힘들겠다며 기홍 아우가 가지
고 왔다고 했다. 보드카를 한잔 얻어먹어 불콰해진 얼굴로 철우
가 물었다.

　"어캐 됐습네까? 소장 동지가 목표량을 낮춰줬습네까?"

　분조장은 고개를 저었다. 영근이 닭고기를 몇 점 집어 씹다가

시무룩한 얼굴로 말했다.

"일없습네다. 목표량이 줄어들지 않았다믄 내래 빠지지 않갔시오. 동지들이 손해보믄 되갔습네까?"

아무도 대꾸를 못 했다. 분조장은 내일 산판에 올라가야 하니 잠자리에 빨리 들라고 했다.

영근의 걸음에 맞추다 보니 산판에 도착했을 때 세상은 이미 밝아 있었고 다른 조는 한창 작업 중이었다. 엔진 톱 소리, 나무 쓰러지는 소리가 산판을 뒤흔들고 있었다. 분조장이 영근에게 잔가지나 치며 쉬라고 했다. 영근은 손이 일하지 발이 일하느냐고 농담까지 덧붙이며 엔진 톱을 켜고 50미터가 넘는 나무를 벌목했다. 최대한 무리하지 않기 위해 오른발에 체중을 싣다 보니 종아리가 땅겼다. 다리를 나무 위에 올리는데 송곳으로 찌르는 듯한 통증 때문에 인상을 찌푸리고 어금니를 물었다. 어제도 자신 때문에 목표 달성을 하지 못했다.

분조장은 잠시 허리를 펴고 분조원들의 상태를 파악하기 위해 둘러보았다. 겨울나무는 물이 없어 단단했고 벌목한 나무를 실어 나르는 길도 얼어 있어서 벌목하기에는 적기였지만 산판에 오래 지낼수록 체력뿐만 아니라 정신력도 고갈되었다. 나무는 기막히게 그런 노동자를 찾아내 괴롭히다가 데려갔다. 나무 정령이 잡아가는 것이었다. 망나니처럼 톱을 들고 자신의 목을 베니 정령이 노하지 않을 수 없고 복수하는 것이었다. 혼자 빽빽한 숲에 들어서면 새 울음과는 다른 괴기스럽고 기분 나쁜 소리에 주위를 둘러보게 되었다. 제아무리 체력과 배짱이 좋은 벌목공이라도 혼비백산할 때가 있었다. 기가 약한 사람은 한 달 만에 그런 느낌을 받았고 건강한 사람도 곧 경험하게 되었다. 산판에 오래 있으면 기가 소진되었다. 견디려면 잘 먹어야 했다. 소금물에 적신 주먹밥과 식은 감자만으로는 너무 부실했다.

점심을 먹고 잠깐 쉬는 사이 잠잠하던 바람이 일었다. 최대한 눈만 남기고 벙거지와 수건으로 얼굴을 가렸지만 채찍으로 살을 때리는 듯한 통증은 막을 수 없었다. 산등성이에서 시작된 눈이 흩뿌려대며 휘몰아쳤다. 그들은 몸을 웅크리고 고개를 처박으며 광풍이 지나가기를 기다렸다. 산판으로 들어올 때만 해도 작업을 못 할 만큼은 아니었다. 강한 바람에 나무가 흔들리며 울부짖었다. 찌이익 생가지가 찢어져 나뒹굴었다. 눈보라 때문에 시야가 확보되지 않는 상태라 나무가 쓰러지는 방향도 예측하기 힘들었다. 문제는 목표 달성이었다. 어제 채우지 못한 양까지 벌충해야 해서 그만 정리하자고 말할 수 없었다. 바람이 방향을 바꿔 계곡에서 능선을 핥으면서 내리꽂았다.

종훈이 잡목 제거를 하다가 옷소매가 찢겼다. 능선 쪽으로 밀기 위해 톱을 나무에 깊이 박고 삼각형 홈을 발로 차내며 넘어간다고 소리쳤다. 바람이 능선 아래로 빠져나갔다가 되돌아왔다. 큰 나무의 밑동이 흔들리더니 우지끈, 그의 코앞에 쓰러졌다. 한 뼘도 차이 나지 않았다. 앉은 채로 숨을 몰아쉬는데 모골이 송연했다. 담배라도 한 대 피우면 마음이 진정될 것 같았지만 눈보라가 세차서 어림없었다. 숨을 몰아쉬며 엔진 톱을 어깨에 들쳐 메고 걸음을 옮겼다. 이번에도 마주한 소나무는 두 팔로 안아도 손에 잡히지 않을 굵기였다. 잡목을 피해 나무에 톱을 갖다 댔다. 그런데 멈춰버렸다. 기름통에는 아직 여분의 기름이 남아 있었다. 추위에 기름 호스가 막혀 버린 것이다. 장갑을 벗고 뚜껑을 열었다. 기름 냄새가 역겨웠지만 입으로 호스를 힘껏 빨았다. 단단히 얼었는지 한 번으로는 어림없었다. 침을 뱉고 심호흡을 한 후 다시 빨았다. 울컥 기름이 입 안으로 들어왔다. 침을 뱉었다. 엔진을 일으키기 위해 줄을 당겼다. 엔진이 살아났다. 톱날을 나무에 갖다 댔다. 쌀가루 같은 톱밥을 울컥울컥 토해냈다. 톱날이 3분의 1밖에 들어가지 않았는데 바람 때문에 나무가 몸을 비틀며 제 살을 찢었다. 꽈꽝아아앙! 천둥 치듯 소리를 내며 쓰러졌다. 하도 순식간이라 톱을 든 채 고개를 숙이고 눈보라가 가라앉기를 기다렸다. 더디게 눈앞이 밝아졌다. 나무는 한참 아래로 굴러가 있었다. 톱을 던지고 종훈이 비탈을 구르기 시작했다. 그곳에서 영근이 작업하고 있었기 때문이었다.

거대한 나무 아래 파묻혀 톱을 쥐고 있던 영근의 손만 밖으로 나와 있었다. 온 힘을 다해 나무를 밀쳐내려 했지만 꼼짝하지 않았다.

3

건물주는 배불뚝이에 은발의 노인으로 한 달이 지났을 무렵 현장을 둘러보기 위해 왔다. 유철은 긴장했다. 주인은 조금이라도 의심이 가는 곳이 있으면 검지를 까딱여 그를 불렀다. 주인의 물음에 유철이 성실하게 답했으나 만족스러운 표정은 보이지 않았다. 기홍과 종훈은 한쪽에서 그 모습을 지켜보았다. 주인이 인상을 찌푸리며 코를 싸잡고 이들이 누구냐고 물었다. 유철은 고향의 형님과 동생이라고 했다. 일꾼이 확실하냐고 돈은 더 줄 수 없다며 올가와 이야기가 다 끝났다고 했다. 그는 오리처럼 뒤뚱거리며 계단을 내려갔다.

기홍은 그의 말을 종훈이 알아듣지 못해서 참 다행이라고 생각했다. 종훈은 앞니가 부러졌고 눈과 이마에 커다란 흉터까지 있었다. 기홍도 머리가 자라 덥수룩했고 면도도 못 해 수염까지 자라서 그와 별반 다르지 않았다. 공사장에서 살다 보니 씻을 곳도 마땅치 않았고 머리를 깎으러 이발소를 찾아갈 형편도 되지 못했다.

유철은 주인을 뒤쫓아 계단을 내려갔다. 허리를 굽신거리며 한참을 떠들었다. 종훈이 뭐라고 하느냐고 물었다. 공사비를 달라고 하는 것 같다고 통역했다. 주인이 손을 몇 번 내젓더니 마지못한 듯 바지에서 지갑을 꺼내 지폐를 몇 장 뽑아 주었다. 유철이 그에게 연신 고개를 숙였다.

다른 때보다 푸짐하게 식사를 차렸다. 보드카도 준비했다. 유철이 지폐를 꺼내 종훈과 기홍에게 나눠주며 말했다.

"우선 이것으로 머리도 깎고 옷도 좀 사고 반야도 가자요. 내래 안내하갔시오."

그런데 종훈이 지폐를 종이 쪼가리처럼 흔들며 유철에게 물었다.

"동무, 한 달 일한 로임이 게우 이겠메? 나머지는 그럼 언제 줌메?"

"누구는 안 주고 싶어 그랍네까? 아까 봤지 않습네까? 주인이 기것밖에 안주는데 내래 어드렇게 합네까? 기칸다고 올가한테 올라 붙갔습네까?"

"기거는 기 집 사정 아님메. 내래 와 손해를 봐야 함메?"

기홍이 조용한 말로 이야기해보자고 했다. 서운하기는 자신도 마찬가지였다. 유철에게 어쩌다가 올가와 함께 사느냐고 물었더니 유철은 그저 올가가 자신을 유혹했다고 답했다.

이탈 노동자

1

유철은 제1임업 대표부가 하바롭스크에 있을 때 벌목공으로 일했
다. 여름에는 건설노동자로 차출되어 하바롭스크 시내에서 일했
는데, 일 년 전에 같은 조원 하나가 이탈해서 브라츠크에 자리 잡
았고 돈을 제법 벌었다는 소문을 들었다. 아침저녁으로 찬바람이
불기 시작했다. 산판으로 곧 돌아가야 한다는 뜻이었다. 다들 심
란해했다. 유철도 마찬가지였다. 브라츠크에 있는 동무에게 전화
를 걸었다. 원목 생산의 중심지라 제재소가 많아서 일거리도 많
고 시베리아이기 때문에 보위부원으로부터 안전하다고 했다. 유
철은 사업소 복귀 이틀을 남겨놓고 이탈했다.

하바롭스크 외곽까지 걸어 나와 버스를 탔다. 짐 보따리를 버
스 지붕 위에 싣고 끈으로 단단히 맸다. 버스가 하바롭스크를 뒤
로하고 아스팔트를 달렸다. 시베리아가 가까워질수록 도시 옆 호
숫가에 살얼음이 끼어 길가에는 녹지 않은 눈이 먼지를 뒤집어쓴

채 시커멓게 녹아내리고 있었다. 사흘 밤낮을 달리던 버스가 브라츠크에 도착했다.

동무를 따라 사무실로 들어갔다. 주인이 유철에게 상차하는 일을 맡으라고 했다. 주인은 자리를 잘 지키지 않았고 경리를 보는 올가가 일 처리를 도맡았다. 그녀는 따따르인으로 키가 작았고 엉덩이와 가슴이 아주 풍만했다. 유철은 키도 크고 몸도 좋았으며 얼굴이 잘생긴 편이었다. 올가는 유철을 불러 책상을 옮겨 달라고 했고 어느 날은 의자 다리가 망가졌다며 손봐 달라고 하기도 했다. 그러고는 일하는 모습을 옆에서 지켜보며 풍만한 가슴골을 의도적으로 드러내 보였다. 유철이 일을 마치자 소시지와 빵을 건네며 보드카를 한잔하겠느냐고 물었다. 거절할 이유가 없었다. 책상 속에서 보드카를 꺼내 잔에 따라 주며 올가는 이번 주말에 무엇을 하느냐고 물었다. 유철이 딱히 할 일이 없다고 하자 그럼 같이 저녁이나 하자고 했다.

몸을 섞는 것은 어렵지 않았다. 몸을 섞을 때는 그다지 말이 필요치 않았다. 올가가 자신의 가슴에 머리를 묻고 뭐라 하는 말은 하나도 알아들을 수 없었다. 그럴 때마다 올가의 가슴을 애무하거나 절정에 도달할 때까지 사정을 지연했다. 헤어질 때 다음 주말에 또 만나자고 약속하라며 새끼손가락을 내밀었다. 유철이 웃으며 손가락에 고리를 걸었다. 고민이 안 되는 것은 아니었다. 공화국에 처자식이 있기 때문이었다.

올가가 자신의 집으로 초대했다. 원목으로 지은 집들이 옹기종기 모여 있었고 굴뚝마다 연기가 솟아오르는 작고 예쁜 마을이었다. 대문에 들어서자 묶여 있던 개가 짖었다. 집 안으로 들어서자 훈훈한 기운이 감돌았다. 저절로 눈물이 돌았다. 얼마 만에 느껴보는 온기인지 알 수 없었다. 하얀 식탁보가 깔린 식탁으로 올가가 유철의 손을 끌었다. 음식이 차려져 있었고 은발의 올가 어머니가 앞치마에 손을 닦으며 미소 짓더니 유철을 다정히 안았다.

올가는 유철을 집으로 받아들였지만, 그가 가난한 이방인이라는 것을 알고 무시하기 시작했다. 임신하자 히스테리가 극에 달했다. 유철은 어떻게 해서든 공화국으로 돈을 보내려고 했지만 올가가 모든 경제권을 쥐고 있어 쉽지 않았다. 그는 온종일 휴대폰을 들고 일자리를 알아봤다. 올가가 일거리를 물어오면서 돈을 떼이는 일은 없었지만 편하게 단 하루도 쉬어본 적이 없었다. 올가는 툭하면 자기 집에서 나가라고 소리 질렀고 손찌검도 예사였다. 자기 아이를 밴 여자로서 어떻게 그런 말을 함부로 하는지 유철은 이해할 수 없었다. 문화적 차이가 너무 크다는 것을 알았지만 올가가 없으면 살아갈 수 없었다. 무국적자였기 때문이었다.

유철은 이제 와서 후회해봐야 소용없는 일이라며 빈 술병을 쳐다보았다. 한 병만, 딱 한 병만, 더 마시자고 했다. 종훈은 그러자며 고개를 끄덕였다. 도망치는 삶은 가만히 있어도 목이 말랐다. 술추렴으로 울혈을 푸는 유철에게 술을 한잔 건네는 것은 목말라본 사람이 할 수 있는 배려였다. 서로 권하고 위로하면서 내일을 기약하는 것이 동지였다. 그러나 유철의 입장을 이해한다고 이 문제가 해결되는 것은 아니었다. 돈이 궁하기는 자신들도 마찬가지였다. 돈을 벌기 위해서는 인내심이 필요하다는 것과 그 인내가 무언가를 꼭 보상해주지 않는다는 사실이 서글펐다.

기홍이 공화국에 있는 형수와 조카는 어떻게 하려고 올가와 사느냐고, 임신까지 한 것 같은데 어쩔 생각이냐고 물었다. 유철은 그런 골치 아픈 이야기는 하지 말라며 공화국으로 돌아갈 수도 없는데, 그럼 어떡하느냐고 되레 화를 냈다.

기홍은 유철을 편 들 수도 없었고 종훈에게 무조건 참으라고 말할 수도 없었다. 빵은 하나인데 손을 내미는 손은 여럿이었고 통째로 빵을 가질 확률이 높은 손은 그것을 조각으로 나눌 생각이 없었다. 답답한 마음에 일어나 창문 앞으로 가서 담배에 불을 붙였다. 그런데 경차가 와서 멈추더니 올가가 차에서 내렸다.

"형님, 저기 좀 보시라요!"

유철이 창가로 와서 밖을 내다보더니 부리나케 계단을 내려갔다. 올가는 달려온 유철의 얼굴에 대고 냄새를 맡더니 싸비치카(개새끼)!라고 욕하며 뺨을 때렸다. 유철은 얻어맞은 뺨을 만지며 올가의 팔을 붙잡아 차에 태웠다. 공화국에서는 전혀 볼 수 없는 일이었다. 그 모습에 기홍은 담배를 떨어뜨렸고 종훈은 허공에 주먹을 휘두르며 저 간나년을 단박에 요절 안 내고 어째 당하고만 있느냐고 소리쳤다.

2

종훈이 식은땀을 흘리며 헛소리했다. 또 악몽을 꾸는 모양이었다. 그는 술이 없으면 잠들지 못했다. 기홍도 마찬가지였다. 보위부실에 끌려갔던 순간만 생각하면 몸이 굳었고 긴장을 풀려니 술이 필요했다. 지금도 이해할 수 없는 것은 지석이 사라진 이유와 빅토르와 연락이 안 된다는 것이다. 기홍은 결국 잠을 포기하고 자리에서 일어났다. 플라스틱 부식 상자에서 먹다 남긴 보드카를 꺼내 병나발을 불었다. 그날의 기억이 아직도 또렷했다.

기대공실 문이 벌컥 열리고 보위부원이 뛰어 들어왔다. 그는 기홍을 찾더니 잠깐 얘기 좀 하자며 따라오라고, 거친 숨을 몰아쉬며 말했다. 무슨 일이냐고 물었지만 보위부원은 인민모를 벗었다가 다시 눌러쓰며 가보면 안다고만 했다. 소장의 우아직을 그가 몰고 있었고 조수석 문짝이 찌그러져 있었다. 기홍은 억지로 웃으며 어디를 가는 거냐고 물었지만 보위부원은 등을 밀며 낮은 소리로 빨리 타기나 하라고 짜증을 냈다. 차에 오르는데 가슴이 뛰기 시작했다. 얼굴까지 굳어졌다. 그런 내색을 보이지 않으려고 등을 의자에 붙이고 창밖 풍경에 눈을 두었다. 보위부원이 우아직을 세운 곳은 말로만 듣던 보위부실이었다. 다리에 힘이 풀리고 머리가 하얘졌다. 멈칫거리자 안으로 들어가라며 앞장세우고 복도 끝까지 걸어가라고 했다.

밝은 곳에 있다가 어두운 복도로 들어서자 암순응暗順應이 되지 않아 걸음을 뗄 수가 없었다. 긴장감에 다리가 휘청거려 얼른 벽을 짚었다. 자신이 무엇을 잘못한 것인가? 빠르게 지난 시간을 되돌렸다. 문득 유철과 처음 연락했던 순간이 떠올랐다. 띤다역으로 출장 나갔을 때 전화를 걸었는데, 유철은 브라츠크라는 처음 듣는 지명을 말하면서 잘살고 있다고 했다. 기홍이 외화벌이 노동자로 러시아에 왔다고 하자 유철은 대뜸 욕을 퍼부으며 무슨 떼돈을 벌겠다고 온 거냐고 당장 돌아가라고 했다. 사업소장이 젊고 유능해서 형님이 생각하는 것만큼 고생스럽지는 않다고 했더니 그제야 유철은 몸 건강히 있다가 공화국으로 꼭 돌아가라고 했다. 그러고는 형수와 조카의 안부를 물었다. 모두 잘 있다고 말하자, 크윽 하고 막힌 배수구가 뚫리는 듯한 소리를 내며 울었다. 형님이 보내주는 돈으로 형수와 조카는 잘살고 있으니 너무 걱정하지 말라고 형님이나 건강 잘 챙기라고 했다. 정기검사를 나오게 되면 또 전화하겠다고 했더니, 유철은 거리가 너무 멀어서 언제라고는 약속 못 하지만 꼭 만나러 가겠다고 했다.

유철이 자신을 만나러 왔다가 보위부원에게 잡힌 걸까? 복도는 막다른 길이었고 철문에 외부인 출입금지라는 글씨만으로는 모자라 붉게 두 줄이 사선으로 그어져 있었다. 보위부원이 철문을 열고 들어가라며 고갯짓했다.

"보위부 동지, 내래 다 말하갔시오!"

"기래, 강지석이 도망친 거를 알고 있었지? 우리 힘 빼지 말고 속전속결로 일 처리하자!"

기홍은 그 말을 이해 못 해 멍하니 서 있었다. 강지석이 도망치다니……? 하지만 곧바로 뒤로 넘어지면서 계단 밑으로 굴러 떨어졌다. 보위부원이 발로 가슴을 찼기 때문이었다.

3

의자에 묶인 손과 발의 줄을 풀어주면서 보위부원이 사업소로 빨리 돌아가자는 소릴 했다. 기홍은 그 말에 고개를 번쩍 들고 참말이냐고 물었다. 의자에서 일어나는데 다리가 펴지지 않았다. 몸 어디가 어떻게 상했는지 알 수 없었다. 이제 살았구나, 하는 생각뿐이었다. 하지만 제대로 일어서질 못하고 자빠지고 말았다.

하루 만에 보위부실을 나왔다. 햇빛이 그리 강하지 않은데 눈을 뜰 수가 없었다. 배 속이 뒤틀리더니 거대한 덩어리가 목으로 쑤욱 올라왔다. 입을 벌렸다. 피가 섞인 콧물, 소화되지 못한 음식 찌꺼기가 왈칵 쏟아져 나왔다. 더러운 침과 눈물, 콧물이 얼굴에 대롱대롱 매달렸다. 캑, 캑, 기침을 뱉으면서 손바닥으로 불순물들을 훑어 땅바닥에다 흩뿌리며 숨을 몰아쉬었다.

"정신 차리기오. 살다보믄 오해가 있을 수 있잖갔소. 저기 앉아서 담배나 한 대 피우고 갑세다."

단 일 초도 머물고 싶지 않았다. 그런데 현기증과 몸 어디가 어떻게 고장 났는지 또 균형을 잃고 말았다. 손을 짚고 일어나 비틀비틀 걸으며 기대공실로 빨리 가겠다고 했다. 보위부원이 찌그러진 우아직의 조수석 문을 두 손으로 힘겹게 열고 부축했다. 마음 같아서는 그의 손을 모질게 뿌리치고 싶었지만 몸이 말을 듣지 않았다. 사업소로 가는 사이, 입을 꾸욱 다물고 꼿꼿이 앉아 앞만 쳐다보았다. 그런데 아까 보위부원이 뭐라 했지? 뭐, 소장 동지가 죽었다고? 그제야 정신이 번쩍 들었다. 지석이 어디로 도망쳤는지 말하라고 밤새 고문을 하더니 소장이 죽었다고?

"방금, 뭐라 했습네까? 소장 동지가 사망했다고 했습네까?"

보위부원이 헛기침했다. 자신도 자세한 것은 모른다고 대표부에서 그렇게 들었다며 사업장을 이탈한 게 아니라 산판에서 산짐승에게 공격당해 시체로 발견됐다고 했다.

"아니, 기것이 참말입네까? 아니, 어캐 기런 일이 있습네까? 잠깐, 잠깐만 차를 좀 멈춰 주시라요!"

"일없습네! 대표부로 다시 들어가야 한단 말이오!"

보위부원이 신경질을 부리며 가속페달을 밟았다. 기홍의 몸이 뒤로 쏠렸다가 제자리를 잡았다. 의자에 묶인 채 다시 몽둥이로 얻어맞을 때처럼 골이 흔들렸다. 나무가 빽빽한 숲길로 들어서자 눈물이 쏟아졌다. 보위부원 앞에서는 눈물 한 방울 보이고 싶지 않아 어금니를 꽉 물고 주먹까지 꽉 쥐었지만 속절없이 눈물이 쏟아졌다. 사업소에 도착해 우아직에서 내리려고 하자 보위부원이 팔을 붙잡았다.

"동무래, 보위부실에서 있었던 일은 입 닥치고 누구에게도 발설하지 마시오! 공식적인 발표가 있을 때까지 소장 사망에 대해서도 입 닥치라요."

기홍이 대답하지 않자 보위부원이 신경질을 부리며 다그쳤다. 알겠다고 대답했을 때야 팔을 놓아주며 항상 주시하고 있다는 것을 명심하라고 말했다. 보위부원은 우아직을 돌려 부리나케 사라졌다.

보름이 지났을 때 관리위원이 기대공실에 찾아와 산판에서 사

망 사고가 났다며 속히 관을 짜라고 했다. 곧이어 생활 총화가 있
으니 운동장으로 모이라는 방송이 이어졌다. 산송장 같은 몰골로
단상에 선 종훈이 평소 사이가 좋지 않은 동료를 살해할 목적으
로 원목을 쓰러트렸다고, 힘겹게 사고 진술서를 읽었다. 어떻게
된 일인지 자초지종을 묻고 싶었지만 보위부원이 그림자처럼 따
라다녔고 보위부실에 갇혀 있었기에 종훈을 만날 수가 없었다.

입에 침이 마르도록 칭송하던 소장이 하루아침에 사라졌어도,
주검으로 발견됐다는 발표를 아무도 믿지 않으면서도, 그 일로
자신이 끔찍한 고통을 당했어도, 기대공실 동료들과 노동자들은
평상시와 다를 바 없이 일하고 밥 먹고 잠을 잤다. 기홍은 이들의
냉소적 활력에 정나미가 떨어졌다. 그들은 자기들끼리 모여 있을
때면 수없이 소장의 죽음에 의문을 품고 여러 가설을 말하면서도
정작 진실에 대해서는 알려고 하지 않았다. 모두 쉬쉬, 입을 다물
고 눈치만 보며 사라진 소장과는 어떠한 친밀감도 없었다는 듯 새
롭게 임명된 소장의 행동 방침에 신경을 곤두세웠다. 기홍은 잠들
지 못하고 뒤척이다가 숙소를 나왔다. 토장 근처에서 종훈이 옷을
홀딱 벗고 눈밭을 구르며 자작나무에다 머리를 짓찧고 있었다.

4

사업소를 이탈해 띤다역까지 오는 데 성공했다. 새벽이 오고 있
었다. 종훈을 밖에 세워놓고 기홍은 정문을 통과해 들어갔다. 규
찰대원이 왜 이렇게 일찍 왔냐며 반색했다.

사무소에 들어가 빅토르에게 전화했다. 없는 번호라는 말만 반복해서 들렸다. 몇 번을 다시 해도 마찬가지였다. 할 수 없이 유철에게 전화했다. 벽에 걸린 열차표를 봤더니 한 시간 후에 유럽 횡단 열차가 이곳을 지나갔다. 밖으로 나와 철조망 밖에서 대기하고 있던 종훈에게 자초지종을 말했더니, 종훈은 다시 사업소로 돌아갈 수 없다는 소리만 했다. 결국 두 사람은 유철에게 가기로 결정했다. 기홍은 자기가 전기를 끊어 놓을 거라며, 열차의 속력이 떨어지면 다시 전선을 연결하겠다고 했다. 종훈에겐 그때 올라타야 한다고 철조망에 윗옷을 걸친 후 담을 넘으라는 요령도 일러주었다. 종훈이 가능하겠느냐고 걱정스레 물었다. 지금으로서는 그 방법밖에 없지 않겠느냐고 기홍도 자신 없이 대꾸했다.

기홍은 창고에서 전기선을 한 아름 꺼내 바닥에 흩어놓고 스트리퍼로 전선 껍질을 벗겼다. 출근한 관리원이 그 꼴을 보더니 도둑이 또 들었냐며 이번에는 어디냐고 물었다. 그러고는 규찰대원들을 가만두지 않겠다며 수화기부터 들었다. 기홍이 얼른 그의 손을 붙잡고 저번 점검 때 회선 하나가 불량해서 미리 손보려고 온 것이라고 했다. 관리원은 책임감 강하고 성실한 동무라고 칭찬하고는, 조식을 안 했으면 같이하러 가자고 했다. 기홍이 사업소에서 먹고 왔다며 다녀오라고 했다.

한 시간이 더디게 흘렀고 관리원과 같이 있는 순간은 지옥 그 자체였다. 전화벨이 울릴 때마다 소스라치게 놀랐다. 보위부나 사업소에서 자신과 종훈이 이탈한 것을 알고 찾는 전화가 아닐까 싶었기 때문이다. 십 분을 남겨놓고 전기선을 어깨에 둘러메고 사무실을 나왔다. 변압기로 걸어가면서 종훈이 숨은 곳을 보았다. 바닥에 엎드려 있던 그가 손을 들어 신호했다.

유럽 횡단 열차가 들어오는지 선로 끝에 매달아놓은 종이 땡그랑땡그랑 울렸다. 기홍은 주위를 살피며 빠르게 변압기로 갔다. 열차가 들어오는 모습이 보이기 시작하자 회선을 스트리퍼로 끊었다. 그런데 열차는 속력을 죽이지 않고 플랫폼을 지나쳤다. 마지막 객석이 플랫폼을 벗어나서야 속력이 줄기 시작했다. 종훈이 자리에서 일어나 점퍼를 철조망에 걸치고 담을 뛰어넘었다. 열차를 완전히 멈추게 할 수는 없었다. 다시 회선을 연결했다. 열차가 크르릉 앓는 소리를 내더니 속력이 다시 붙었다. 종훈은 어렵지 않게 열차에 올라탔지만 변압기와 열차까지의 거리가 상당했기 때문에 기홍은 먼 거리를 뛰어야 했다. 관리원과 위병소의 규찰대원이 뭔가 이상하다는 것을 알아채고 밖으로 뛰어나왔다. 그들이 전속력으로 열차를 향해 뛰는 기홍의 모습을 발견했다. 규찰대원이 눈치채고 소리를 지르다가 호루라기를 불고 뒤쫓기 시작했다. 열차는 속력이 붙어 점점 멀어지고 있었고 기홍은 목까지 숨이 차서 꼬꾸라질 지경이었다. 종훈이 디딤판에 서서 날래 달려오라고 소리치며 손을 내밀었지만 닿지 않았다. 열차 복도에 나와 바람을 쐬던 여행객들이 그 모습을 보았다. 덩치 큰 사내 하나가 종훈의 몸을 붙잡고 디딤판에 한 발만 걸친 채 손을 펼쳤다. 기홍이 사내의 손을 잡았다. 허공으로 몸이 떠올랐고 간신히 디딤판에 발을 올렸다. 뒤따라오던 규찰대원은 멀어지면서 발을 굴렀다.

바르바르[8] 오브
시베리아

1

벽을 바를 때와 바닥을 채울 때는 모래와 시멘트의 비율에 각
각 차이를 둬야 했는데도 종훈은 모든 일을 대충 해치웠다. 유철
이 짜증을 내며 설명해도 듣지 않았다. 결국 시멘트와 모래를 다
시 더 넣어야 해서 쓸데없는 시간이 걸렸고 아까운 재료가 남았
다. 남는 재료는 다 버려야 했는데 그게 다 돈이었다. 기홍은 유철
이 왜 비율을 중요하게 여기는지 이해했지만 종훈은 건성이었다.
자재를 나를 때도 일이 되어가는 것을 봐가며 큰 목재를 먼저 가
져다 쌓아야 했고, 자잘한 목재를 먼저 옮겨 창문이나 화장실 공
사가 쉽도록 정리해두어야 하는 데도 막무가내였다. 같이 일하
는 사람이 힘든 건 당연했고 시간도 지체되었다. 유철이 들고 있
던 삽을 집어 던지고 벽을 걸어차며 화를 낼 때마다 기홍은 조마

---

8   '이방인'이라는 뜻의 러시아 비속어.

조마했다. 유철의 잔소리는 습관이 되었고 종훈은 그의 말을 무시하며 빚 독촉하듯 맨날 부려만 먹고 언제 노임을 줄 거냐고 맞섰다.

유철은 속에서 불이 일었다. 자기가 일부러 돈을 떼먹고 안 주는 게 아니라는 것을 알면서도 종훈이 자기를 괴롭혀댔기 때문이다. 집에 가면 올가는 작업 속도가 늦다고 잔소리를 하는 것도 모자라 집주인이 돈을 삭감하면 알아서 하라고 으름장을 놓았다.

기홍은 잠자리에 들기 전에 종훈에게 보아하니 유철도 올가한테 돈을 뜯기는 것 같다고, 나중에 우리가 올가와 직접 얘기를 해보자고 했다. 타협이 안 되면 유철이랑 자신이 그럭저럭 러시아 말을 할 줄 아니 일거리를 찾아보겠다고 했다. 그 애미나이한테 유철이 떨어져 나오겠느냐고 종훈이 되물었다. 기홍은 대답할 수 없었다. 유철이 무국적자인 탓에 올가가 없으면 살 수 없다고 했기 때문이다. 자신들도 무국적자이기는 마찬가지였지만 인색한 올가를 주인으로 섬길 수는 없었다. 지금 하는 공사까지만, 어차피 우리가 건설 일을 배워야 하니 이번 공사까지만 견뎌보자고 달랬다.

미장은 섬세한 일이었다. 기홍은 버겁다 싶어 나서지 않았는데 종훈은 선뜻 하겠다고 했다. 미장을 배워야 다른 공사를 맡을 수 있었고, 보조만 해서는 기술자가 될 수 없었다. 결국 기홍 혼자 두 사람을 보조하느라 다른 때보다 더 바쁘게 시멘트와 모래를 나르고 모르타르와 섞고 있을 때였다. 주인이 중간 점검을 왔다. 욕실을 둘러보더니, 욕조와 세면기 부분을 지적하면서 이렇게 엉망이면 돈을 지불할 수 없다고 손을 내젓고 가버렸다. 욕실은 종훈이 맡은 곳이었으니 그가 책임져야 했다. 유철은 담배만 피우며 앉아 있었다. 종훈을 거들 생각은 추호도 없었다.

올가가 부른 배를 내밀고 씩씩거리며 공사장에 나타났다. 건물 주인이 공사가 마음에 들지 않아 돈을 줄 수 없다고 했다면서 여기저기를 살피고 다녔다. 주인이 마음에 차지 않아 했던 욕실의 미장을 보고는 누가 한 거냐고 물었다. 유철이 자신이 한 게 아니라고 변명하듯 말했다. 올가는 흙손을 들고 있는 종훈을 째려보았다. 종훈은 모른척했다. 올가는 유철에게 책임지고 미장을 다시 하라고 직접 점검하러 오겠다며 돌아갔다.

종훈이 뾰로통한 얼굴로 반죽이 된 모르타르를 주걱 흙손으로 한 주걱 떠서 흙받기에 놓았다. 쇠흙손으로 한 번에 밀어 위로 올렸다. 두서너 번 반복해야 모르타르가 쫀득하니 찰기가 생겼지만 그는 그 일을 생략했다. 쇠흙손으로 퍼 올린 모르타르를 흙받기판에 놓을 때도 자신의 몸에서 정확하게 일자가 되도록 놓아야 했지만 중심도 흐트러졌다. 조금씩 세 번에 나누어 발라야 했으나 그것도 단번에 문질러 발랐다. 애초에 깔끔하게 될 수 없었다.

"이 간나 새끼, 아예 우리를 망치려고 작정했지?"

유철이 뒤에서 종훈이 하는 것을 지켜보다가 소리를 질렀다. 종훈이 흙손을 내던지고 벌떡 일어나며 지금 욕한 거냐고 했다. 기홍이 달려들어 종훈을 끌어안았다. 유철은 올가에게 당한 분풀이와 이들도 공사만 마무리되면 자신을 남겨두고 떠날 거라는 불안감 때문에 왈칵 화가 치솟았다.

"사업소에서 도망친 이유가 사람을 죽였기 때문이지? 그 멍청한 대가리로 어캐 사람을 죽였니?"

"이 간나 새끼! 지금 뭐라 함메?"

"살인자 새끼가 어데서 횡포야! 딴 데로 도망치면 모를 것 같네?"

종훈이 주먹을 날렸다. 단번에 유철이 코피가 터졌다. 손등으로 쓰윽 닦고는 유철이 주위를 둘러보더니 두세 걸음 빠르게 걸어가 모래더미에 꽂힌 삽을 들었다. 기홍이 뛰어들어 유철을 붙잡으려 하자, 나서면 가만두지 않겠다며 삽을 휘둘렀다. 종훈은 코웃음을 치고 때려 보라며 성큼성큼 다가섰다.

"이 간나 새끼가 자꾸 올라붙어도 받아주니끼니 완전히 내를 병신으로 암메? 로임을 간나년 밑구멍에 쑤셔 넣는 병신 새끼가 뉘기를 보고 말함메?"

유철이 오히려 뒤로 물러났다. 더는 물러날 곳이 없었다. 삽을 바짝 세워 잡고 가까이 오면 죽여 버리겠다고 휘둘렀다. 종훈이 그럼 죽여보라고 덤벼들었다. 말이 끝나기가 무섭게 퍽! 소리가 나면서 종훈의 머리가 뒤로 젖혀졌다. 잠시 후 오른쪽 귀에서 피가 주르르 흘러내렸다. 그러나 종훈은 피식 코웃음을 쳤다. 오히려 유철이 벌벌 떨며 가까이 오지 말라고 소리 질렀다. 종훈이 아랑곳하지 않고 다가가 유철의 멱살을 틀어쥐고 허리 높이의 담으로 밀어붙였다. 유철의 상체가 뒤로 밀리면서 바닥으로 곤두박질할 것처럼 매달렸다. 버둥거리면서도 유철은 삽을 놓지 않고 옆으로 몸을 비틀며 뺐다. 그러고는 곧바로 삽날을 세워 종훈의 얼굴을 찍었다. 악, 비명과 함께 종훈이 얼굴을 감싸고 뒷걸음쳤다.

유철은 그 틈을 놓치지 않고 쏜살같이 달려들어 삽을 바로 잡고 사정없이 찍어대기 시작했다. 종훈의 머리와 얼굴이 순식간에 피범벅이 되었다. 유철의 눈에 번뜩이는 살기를 보고 기홍은 뒷걸음쳤다. 모래와 석회를 섞는 커다란 고무대야 옆의 플라스틱 물통이 보였다. 기홍이 얼른 물통을 집어 들고는 유철에게 물을 끼얹었다. 삽을 높이 쳐든 상태 그대로 유철이 멈췄다. 유철의 몸을 타고 흘러내린 물이 쓰러져 있는 종훈에게 뚝뚝 떨어졌다. 유철이 삽을 내던지고는 허겁지겁 주머니에서 휴대폰을 꺼내 올가한테 전화했다. 종훈의 얼굴은 피 칠갑이 됐고 바닥은 피로 흥건했다. 기홍이 다가가 무릎을 꿇었다. 종훈을 안았다. 그가 입술을 달싹이며 말했다.

"내래 영근이를 죽이디 않았음메. 순전히 사고였음메…… 제발, 제발 좀 믿어주기오……."

2

올가는 다짜고짜 유철의 뺨을 후려치며 수킨 신(이 개자식)!이라고 했다. 밑동 잘린 나무처럼 유철이 바닥으로 털썩 주저앉았다. 그의 어깨를 붙들고 흔들며 말했다.

"아틔느이네 젤라이 카크 야 벨류(지금부터 내가 하라는 대로 해)! 에토 피그냐 아 니 류지(저건 인간이 아니고 쓰레기야)!"

쿵쿵 발소리를 울리며 숙소로 걸어간 올가가 칸막이를 젖혔다. 넝마 같은 옷가지와 때에 찌든 물건들이 모포 위에 어지러이

쌓여 있었다. 모포를 양손으로 잡고 힘껏 잡아당겼다. 물건들이 와르르 바닥으로 쏟아지자 질질 끌고 와서 던지며 말했다.

"프랴모 시차스 사베리 에토 제리모(당장 이걸로 저 쓰레기를 묶어)."

죽은 나무처럼 꼼짝하지 않던 유철이 움직이기 시작했다. 그러나 기홍 앞에서 멈칫했다. 올가가 한숨을 쉬고 고개를 흔들며 쓰레기 따위는 신경 쓰지 말라는 듯, 기홍의 팔을 붙잡고 일으켜 세웠다. 기홍의 무릎 위에 얹혀 있던 쓰레기가 바닥으로 미끄러지면서 머리에서 붉은 피가 왈칵 쏟아졌다. 기홍이 주먹을 쥐고 부르르 떨며 으흐흐 목울음 소리를 냈다. 올가가 고개를 돌려 밖을 살피고 싸바치카(개새끼)! 라고 욕했다. 펑퍼짐한 점퍼 주머니에서 휴대폰을 꺼내 어딘가로 전화했다. 신호가 가는 그사이, 주먹으로 벽을 툭툭 쳤다.

유철은 올가의 지시대로 쓰레기를 모포에 돌돌 감았다. 한쪽으로 옮겨놓고 바닥에 고인 핏물에 모래를 뿌렸다. 그 사이 삽 두 자루를 챙겨 든 올가가 말했다.

"브이발리 에토트 무소르(쓰레기를 아래로 옮겨)."

쓰레기를 들고 계단을 내려갔을 때 트럭 한 대가 급하게 모퉁이를 돌아 그들 앞에 멈췄다.

해는 사라졌지만 백야로 세상이 희끄무레했다. 마을 너머 서쪽 하늘은 일렁이는 물 같았다. 트럭은 한참을 달렸다. 창밖 풍경은 이곳에 처음 왔을 때와 변한 게 없었다. 빽빽이 늘어선 자작나무와 띄엄띄엄 보이는 그림 같은 집과 끝없이 펼쳐지는 스텝, 그사이로 아주 느리게 이동하는 소 떼와 말 떼들……

트럭이 숲속으로 들어서자, 움푹 파이고 좁은 길 탓에 풍랑을 맞은 목선처럼 요동쳤다. 그들도 이리저리 흔들렸지만 입을 꾸욱 다문 채 앞만 보았다. 한참을 가더니 더는 진입이 어렵다고 운전사가 트럭을 세웠다.

땅을 파는 데는 어렵지 않았다. 그러나 기홍이 몇 번이나 바닥에 고개를 처박은 채 울부짖고 유철이 삽 손잡이에 머리를 얹은 채 입술을 잘근잘근 씹어댔기에 시간이 지체되었다. 운전사는 신경질을 부렸고 올가는 거친 숨을 몰아쉬며 나뭇가지와 낙엽을 가져다 부지런히 그 위에 덮으며 이 타로피치시 우블류드키(서둘러 이 개자식들아)! 라고 했다. 쓰레기를 땅에 묻고 발로 꾹꾹 눌러 다진 그들은 곧 숲에서 사라졌다.

에필로그

준호는 하바롭스크행 비행기의 탑승 수속을 위해 길게 늘어선 승객들 뒤로 커다란 캐리어를 끌고 가 섰다. 그 뒤로 민우와 정민이 뒤따랐다. 유럽 횡단 열차를 타려는 여행객들이 많다는 여행사의 말을 듣고 공항에 조금 이르게 도착했는데도 줄은 벌써부터 길었다.

인천공항을 이륙하는 비행기 안에서 준호는 창가에 앉고 가운데는 민우가, 통로 쪽엔 정민이 앉았다. 민우와 정민은 벌써부터 들떠 있었다.

"우리 하바에 도착하면 강남 김밥집에 가서 점심 먹어요. 우리 기억할까?"

"콤소몰 광장이랑 아무르에서 유람선도 타고 충혼탑도 다시 들르자. 크라스 비행기가 오후 여섯 시니까 충분해. 이거, 이 년 전으로 돌아간 것 같은데!"

준호는 휴대폰을 꺼내 빅토르가 보내준 사진을 다시 보았다. 아샤가 니콜라이를 데리고 평양을 방문해 찍은 사진이었다. 니콜라이가 너무 어린 탓에 처음에는 고려여행사의 허가를 받지 못했다. 그러나 평양 시내만 관광하고 이동은 지정해주는 택시만 이용할 것이며 가이드도 택시 기사면 충분하다고, 일주일의 경비를 성인 두 사람 비용으로 내겠다고 했더니 허락이 떨어졌다.

사진 속에서는 머리가 하얗고 인민복을 입은 나이 지긋한 남자가 당 청사 앞에 서서 니콜라이를 안고 있었고 아샤는 그 옆에 서 있었다. 인민복을 입은 남자는 웃고 있었지만 안경 속의 눈가는 촉촉하게 젖어 있었다. 니콜라이는 아샤를 닮아 쌍꺼풀이 졌었지만, 눈을 제외하고는 지석을 빼닮았다. 지석은 아들이 태어나자 '인간의 승리'를 뜻하는 니콜라이라고 이름을 지었다. 아샤는 그 후 니콜라이를 데리고 지석이 무사히 정착한 스위스의 루체른에 가기로 했다.

빅토르는 일주일 전에 한국 대사관에서 이기홍이라는 자를 아느냐는 연락을 받았다. 빅토르는 한달음에 달려가 기홍을 만났다.

그리고 일주일이 지난 오늘, 빅토르는 오랜만에 준호를 만나게 되었다. 크라스노야르스크 공항으로 준호 일행을 마중 나가기 위해 새로 산 승용차를 세차하고 있는데, 라라가 자기도 따라가겠다고 외출복으로 갈아입고 나타났다.

참고 문헌

1. 경제 관련 내용은 정재승의 《열두 발자국》에서 도움을 받았다.

2. 할아버지의 노트 〈대성제재소의 오늘과 내일〉의 내용은, 고려대학교 행정대학원 국제통상전공자 함태식의 경제학 석사학위 논문인 〈국내 목재산업의 국제경제력 확보방안에 관한 연구─원목공급 여건을 중심으로〉를 참조했다.

3. 지석 아버지의 동독 드레스텐 유학 시절 이야기는 장영철의 《당신들이 그렇게 잘났어요?》의 도움을 받았다.

4. 북한의 상황묘사는 신은미의 《재미동포 아줌마 북한에 가다》, 《재미동포 아줌마 또 북한에 가다》에서 도움을 받았다.

5. 크라스노야르스크역과 카라올니에 대한 묘사는 박홍수의 《시베리아 시간여행》에서 도움을 받았다.

6. 북한 경제에 대한 지석 아버지의 견해는 원광대 이재봉 교수의 《법정증언》과 2013년 〈북한사회와 문화〉 강의에서 도움을 받았다.

장편소설다운 문제작에 담긴
북한 지식 청년의 고뇌

방민호(서울대학교 국문과 교수 · 문학평론가)

1

소설이라는 장르는 확실히 시대와 환경을 반영하지 않을 수 없다. 단편소설이면 몰라도 장편소설은 확실히 그럴 수밖에 없다. 긴 분량의 이야기를 이어 나가는 가운데 '현실'이라 말해지는 어떤 요소들을 배제한다는 것은 오히려, 확실히 어려운 일이 되지 않을 수 없는 것이다. 그리하여 장편소설은 현실이라는 크고 무서운 것을 상대하지 않을 수 없는 운명의 형식을 타고난 문학이다.

2

또 그래서 장편소설은 많은 경우 현실이라는 바다를 헤엄쳐 나가는 인간을 그린다. 그는 대체로 주인공일 수밖에 없으며, 이 문제적 인간의 형상을 핍진하게 잘 그려내면 그려낼수록 그 작품은 우수한 작품의 반열에 오르게 된다.

그러면 그 현실이라는 바다는 어떠한가? 우리나라 남해처럼 잔잔한 물결의 바다도 많다면 많다. 평화롭고 아름답고 '일상적인' 바다, 이런 바다에서 우리는 행복을 느낀다.

그러나 바다는 뱃사람들이 안전하지만은 않은 배를 타고 미지의 망망대해로 나아갈 때 제 본모습을 나타낸다. 사납게 울부짖는 폭풍우 속에서 고래잡이배를 집어삼킬 듯 으르렁거리는 바다는 인간의 불안과 용기와 인내력과, 그 모든 것을 뛰어넘는 한계의 경계선을 보여준다. 장편소설은 바로 여기서 인간의 삶을 드라마틱하게 표현하는 가장 뛰어난 문학 장르로서의 위의威儀를 실감하게 한다.

3

장마리 작가의 《시베리아의 이방인들》은 바로 이러한 장편소설의 본성에 가장 잘 어울리는 문제작의 하나다.

'시베리아'라는 이 러시아의 광활한 지대는 일설에 따르면 '잠자는 땅'이라는 뜻을 갖는 타타르인들의 말에서 유래했다고 한다. 잠자는 땅이라. 시베리아의 그 '한없는' 넓이와 깊이를 생각할 때 이 이 말은 얼마나 웅혼한 느낌을 주는가.

그러나 동시에, 이 시베리아는 정신적으로도 한국인들에게는 샤머니즘과 바이칼 호수로 표상되는 정신의 고향이자 블라디보스토크, 연해주에서 중앙아시아를 거쳐 우랄산맥 넘어 모스크바까지 펼쳐지는 유럽 횡단 철도, 연변의 시련과 고통을 환기시키는 공간이다.

여기서 벌써 이 시베리아는 한국 장편소설의 형식을 성립시키는 소설적 배경으로서의 자격을 구비한다. 그리고 한국문학은 이 광활한 공간으로 소설적 배경으로 끌어들인 몇몇 사례를 알고 있다.

일찍이 이광수는 중앙아시아 치타에까지 가서 머물렀던 경험을 바탕으로 장편소설 《유정》(1933)을 써서 시베리아 횡단철도와 바이칼 호수를 한국 소설의 무대로 끌어들였다. 정철훈과 김숨 같은 동시대의 작가들은 각각 《인간의 악보》(2006)와 《떠도는 땅》(2020)으로 연해주 한인들의 서러운 이주사를 소설로 옮긴 바 있다.

그리고 나서 이 장마리 작가다. 장마리 작가는 광활한 공간을 소설적 배경으로 끌어들였을 뿐만 아니라, 시베리아를 소설적 무대로 끌어들인 그 본격성과 이를 장편소설의 운명적 형식에 걸맞게 주조해 낸 그 솜씨에 있어 앞에서 언급한 모든 작가들과 같은 반열에서 이야기할 수 있는, 가장 우수한 작가의 한 사람이라 말할 수 있다.

4

그러면 이제 이 소설 속으로 들어가 보도록 하자. 이 작품의 첫 문장은 이렇게 시작한다.

떤다에 들어서자 드문드문 존재하던 마을이 사라졌다. 빅토르가 운전하는 카마즈의 불빛만 어둠 속을 밝히고 있었다.

-p.7

필자는 이 짧은 문장을 접하는 순간, 이것은 마치 일본 작가 가와바타 야스나리의 출세작 《설국》의 첫 문장을 방불케 한다고 느꼈다.

"국경의 긴 터널을 빠져 나오자 설국이었다. 밤의 아래쪽이 하얘졌다. 신호소에 기차가 멈춰 섰다."

이렇게 해서 《설국》의 독자들은 저 터널 너머의 세계, 전쟁 문제로 늘 시끄러운 도쿄 중심의 세계와는 전혀 다른 눈의 세계 속으로 인도되었던 것이다.

마찬가지로, 《시베리아의 이방인들》의 작가 장마리는 짧고 강렬한 첫 문장을 통하여 독자들을 자신이 설정한 시베리아 북한 벌목공들의 지대로 들어서도록 한다. 그런데 가와바타 야스나리의 《설국》이 그 바깥 세계의 정세 변동과 상관없는 미적 향유의 공간으로 터널 이쪽의 세계를 제시하고 있었다면, 장마리의 작중 '떤다'를 중심으로 한 시베리아 지역은 땅은 러시아 땅이지만 그 먼 곳에까지 건너와 벌목 일을 하고 있는 북한 노동자들과, 그네들을 이끌며 북한 '공화국'의 현실을 고민하고 있는 문제적 인물이 살아 움직이는, 역사적이고도 정치적인 공간으로서 나타난다.

앞에서 언급한 인상적인 첫 문장 이후 카마즈, 즉 러시아제 트력 불빛을 받아 '천만군민의 정신력으로 강성대국 건설하자'라는 표어가 모습을 드러내는데, 이와 같은 구호가 지배하는 '수용소 군도' 같은 공간이 바로 북한 벌목공들의 제16임업사업소다.

솔제니친의 《수용소군도》는 구소련 전역에 펼쳐져 있는 수용소들을 그리면서 혹한의 시베리아를 처절하게 그려내 보인 바 있다. 작중에서 빅토르는 자신의 고향 띤다를 "죄를 지은 유형자들처럼 벌목공들만 마을을 이루고 사는 곳"이라고 표현했다.

그리고 이 사업소에는 북한 체제에서 높은 지위를 누리고 있는 부친 덕분에 러시아 블라디보스토크까지 경제학을 공부하러 나올 수 있었던 지석이 저 최인훈의 장편소설 《광장》이나 《회색인》의 주인공을 방불케 하는 잿빛 지식인의 형상으로 버티고 있다.

이 소설의 첫머리 '프롤로그' 부분은 바로 이 지석을, 한국에서 할아버지, 아버지로 이어지는 목재소(대성제재소)를 운영하게 된 젊은 준호가, 왕년의 러시아 근무 시절에 알았던 빅토르라는 러시아 청년이 부리는 카마즈를 타고 러시아산 소나무를 대량 구매하기 위해 만나러 간다는 설정으로 이루어져 있다. 그러니까 이 소설은 북한 벌목공들의 러시아 시베리아 임업사업소를 무대로 북한의 지식 청년 지석과 한국의 젊은 사업가 준호가 '역사적인' 대면을 이루고, 그러면서 정부나 정권 차원과는 다른 교감을 이루는 이야기이자 여기에 다시 빅토르라는 '방황하는' 러시아 청년의 꿈이 조연을 이루고 있는 이야기인 것이다.

5

이 작품을 일별하면서 내가 놀랐던 것은, 장편소설 창작의 경험이 많다고 할 수 없는 작가가 어떻게 해서 러시아 하바롭스크, 크라스노야르스크, 띤다 같은 지역들과 북한 벌목공들의 임업사업소를 실사라도 한 것처럼 생생하게 그려낼 수 있었는가, 작중의 두 문제적 인물 지석과 준호의 각각의 내력을, 그 두 사람이 북한과 한국이라는 너무나 다른 환경에서 살아온 그 각각의 맥락에서 자신들의 러시아 체류 경험을 서로 다르게 내면화 하는 과정을 어떻게 이렇게 잘 처리할 수 있었는가 하는 등등의 것이었다.

그리고 이 모든 이 작품의 리얼리스틱한 특장特長은 이 소설에 등장하는 러시아 지역들과 북한 벌목공들의 임업사업소라는 소재가 작가의, 누구보다 성실한 취재의 소산임을 확신할 수 있게 한다. 당 고위 간부의 아들 지석이 소장으로 일하게 된 북한 벌목공들의 실태에 대한 묘사들, 그곳에서 지석이 겪는 부소장, 보위부원 등과의 갈등 양상, 임업사업소 산판의 겨울과 봄, 여름 등 계절적 변화에 관한 묘사 등은 솔제니친의 《수용소군도》이래 필자가 접한 가장 훌륭한 필치였다고 말할 수 있다. 여기서는 그 가운데 한 대목을 잠깐 옮겨 놓기로 한다.

목표 달성을 위해 영하 40도를 넘나드는 산판에서 해도 뜨지 않은 새벽부터 아무것도 보이지 않는 깜깜한 밤까지 열네 시간이나 하는 노동이 과연 효율적인 것일까? 시간을 단축하고 효율적으로 노동하는 방법은 없을까? 짐승도 오랜 시간 추위에 노출되어 있으면 얼어 죽거나 병들 수밖에 없었다. 면담을 위해 만난 조장들 대부분이 얼굴에 시커먼 얼룩이 반점처럼 번져 있었고 귀가 문드러져 있기도 했으며 손가락이 퉁퉁 부어 사람의 손이라고 말할 수 없었다. 이가 빠진 이도 있었고 시커멓게 썩은 사람도 있었다. 지석이 얼굴과 손을 만지며 아프지 않으냐고 물었다. 광대뼈가 유독 튀어나온 3조장이 부소장의 눈치를 보며 날이 풀리는 이른 봄이 되면 벌목공 대부분이 동상으로 몸이 상해, 이 몰골이 된다고 했다. 가려움에 피부가 찢어지도록 긁게 되고 염증으로 벽돌처럼 빨개진 피부에 하얀 얼룩이 생기다가 짙은 갈색으로 변하기도 한다며, 지금은 아무렇지 않다고 싱겁게 웃었다. 관리위원도 부소장을 건너다본 후, 심하면 결핵 환자가 속출한다고 했다. 지석이 제때 약은 지급되고 치료가 가능하지 않으냐고 물었다. 부소장이 헛기침했다. 더는 못 봐주겠다는 듯, 인상을 찌푸리더니 담배와 라이터를 챙겨 들고 밖으로 나가버렸다.

-p.166

이와 같은 묘사는 오로지 직접 보고 듣고 기록한 사람만이 할 수 있는 것이라고 생각된다. '북한'이 소재 또는 주제로 등장하는 소설에서 이와 같은 수준의 묘사는 한국문학에서는 근작 김유경의《인간모독소》등에서만 찾아볼 수 있었던 것이다.

뿐만 아니라 이 작품은 대성제재소라고 하는 준호 집안의 가업을 통하여 한국의 목재산업이 움직이는 양상과 한국산, 미국산, 러시아 시베리아산 소나무의 특질 같은 것에 관하여 흥미진진한 이야기를 담아놓기도 한다.

이 소설은 그러니까 최근 소설로서는 아주 드물게 풍부하고도 성실한, 그리고 날카로운 취재를 기반으로 시베리아 북한 임업사업소의 벌목공 이야기를 펼쳐놓은 것이라는 점에서 중요한 문제작으로서의 기반을 확보하고 있다고 말할 수 있다.

6

그러나 《시베리아의 이방인들》은 단순히 취재의 승리를 언급하고 말 작품은 전혀 아니다. 이 이야기의 전개 과정에서 가장 빛나는 소설적 요소는 지석이라고 하는 문제적 인물의 '탄생'일 것이다. 나는 지난 수 년 동안 북한의 문예잡지들에 발표되는 소설 작품들을 많지 못하게나마 읽어본 적이 있지만 공인된 북한 잡지에는 살아 있는 인간, 자신이 처한 삶의 현실을 부둥켜안고 고뇌하는 인간은 존재하지 않았다. 그러한 잡지들 속의 고뇌는 '인조' 고뇌이며, 가공의 고뇌에 불과했던 것이다.

이런 체제내적 문예잡지의 소설들에 등장하는 인물과 비교할 바는 전혀 아니지만, 나는 장마리 작가가 그려낸 이 지석이라는 북한의 고뇌하는 청년 지식인의 형상 속에서 한반도와 연해주, 시베리아를 가로지르는 이 시대의 문제를 목도했다. 군대도 안 갔다 온 '미제 승냥이' 출신의 러시아 유학생 지석은 아샤라는 고려인 4세 여성과 사랑을 키우면서 '조국'의 현실에 눈 뜨고 새로운 미래를 열어가고 싶어 한다. 운명적으로 그를 위해 준비된 실험의 공간은 안타깝게도 북한 벌목공들이 비참한 노동을 이어가는 시베리아 띤다의 벌목장이다. 여기서 그는 그네들의 노동 조건을 향상시키고 그러면서도 소기의 생산 목표를 달성하며, 이를 통하여 '새로운' 인간형을 창조하고자 한다. 이러한 그의 질문은 소설 첫머리의 '프롤로그'에 집약적으로 표현되어 있다.

지석은 붉은 펜으로 '호모 에코노미쿠스, 인간은 정서나 감정에 휘둘리지 않고 합리적으로 의사결정을 한다'는 문장에 밑줄을 그었다. 1944년 존 폰 노이만과 오스카 모르겐슈테른이 게임이론을 제창한 이후, 인간이 자신의 이익을 최대화하려는 방식으로 의사 결정을 한다는 이론은 경제학 내에서도 큰 지지를 받았다. 여기서 말하는 게임이론이란 상대방의 선택이 자신의 이해득실에 영향을 미치는 상황에서 적절한 의사 결정을 수립한다는 것이다. 시장에서 물건이 팔리고 화폐가 거래되는 일련의 과정은 자본주의 사회에서나 가능한 것이었다. 아버지는 모기장식 개방론은 실패할 수밖에 없다며 돈은 들어오게 하되 자본주의 사상, 시장론은 받아들이지 않는 것은 어불성설이라고 했다. 그렇다고 소련이나 동유럽처럼 전체 개방은 할 수 없었다. 중국처럼 흰 고양이든 검은 고양이든 쥐만 잘 잡으면 된다는 식도 아니었다. 궁극적으로 인민이 잘 먹고 잘살면서 지금의 체제도 유지되어야 한다는 딜레마

가 있었다. 아버지는 사회주의에 자본주의를 혼합한 경제만
이 최선이라고 했다. 그러한 추세로 공화국도 변하고 있다며,
이에 인재를 키우기 위한 노력을 아끼지 않고 있다고, 그 대표
적인 수혜자가 유학을 간 지석 자신이라고 했다. 그러나 과연
자신이 배운 이론을 공화국에 활용할 수나 있을까? 인간이란
책에서 말하는 것처럼 정말 합리적인 소비를 하는가? 꼭 필
요한 물건만 사는가? 허세를 부리기 위해 필요하지도 않은 물
건을 살 때가 더 많지 않은가? 그 반대의 경우 또한 존재했다.
지석은 빅토르가 데려온다는 원목상이 자신의 이해득실만 따
지는 자가 아니기를 바랐다.

-p.9~10

이 소설은 위의 인용문이 보여주듯이 인간이란 어떤 존재인가
를 묻고 생각하도록 한다. 외국 유학을 통하여 경제학상의 인간
개념에 대해 공부할 수 있었던 지석은 바야흐로 자신이 소장으로
부임하게 된 임업사업소에서 북한 체제의 인간과는 다른 인간을
창조하고자 한다. 그는 소설 줄거리가 보여주듯이 할아버지의 가
업을 이으려고 시베리아산 소나무를 대량 구매하려는 한국의 준
호와 손을 잡고 임업사업소를 변모시키고자 한다. 그러나 이 실
험은 체제의 '절대적' 국경을 넘어서는 모험을 필요로 하며 실제
로 이 과정에서 그는 심각한 위기에 봉착하고 만다.
　　최인훈 소설 《광장》의 주인공 이명준이 북과 남을 넘나들고
그러면서 제삼국을 향한 항해를 선택할 수 있었던 것은 오로지

사랑 때문이었다고 나는 분석한다. 거기 윤애와 은혜를 향한 명준의 사랑처럼 이 소설에는 아샤를 향한 지석의 사랑이 가로놓여 있으며 바로 이를 지렛대 삼아 그는 인권에 눈뜨고 사회주의 체제를 넘어서는 모험의 상상력을 펼쳐갈 수 있었다. 그리고 이것이 이 작품을 근래 보기 힘든 문제작으로 비상하게 한다.

7

이 작품의 줄거리, 이야기 전개의 디테일들은 독자들이 직접 읽고 따라가실 일이므로, 나는 이제 이 훌륭한 작품을 앞에 놓고 잠시 생각에 빠지기로 한다.

최근의 작가들은 문단적인 작가와 그렇지 않은 작가로 구별되는 듯하다. 문단 메커니즘이라는 게 있어, 잡지와 문학상과 출판이 톱니바퀴처럼 맞물려 돌아가는 체제에 몸이 맡겨진 작가가 있고, 그렇지 않은 작가가 있다는 것이다.

단적으로 말해 그렇지 않은 작가는 확실히 작가적 생명을 이어가는 데 아주 불리하다고 할 수 있다. 그는 체제적 메커니즘의 도움 아니라 자기 힘으로 스스로 발전해야 한다. 혼자서 돌리는 치차齒車는 그것이 크면 클수록 힘들 수밖에 없는 것이 자명한 이치다. 창작부터 출판에 이르는 많은 것을 스스로의 힘으로 해결해가야 한다.

그래도 필자는 이 유형의 작가들 가운데 '진짜'들이 숨어 있음을 믿어 의심치 않는다. 실제로 그런 작가들을 많이 봐왔기 때문이다. 그러면 지금 필자가 글을 붙이고 있는 이 장마리라는 작가가 바로 그런 유형의 작가라고 말한다면 혹시 잘못된 판단일까?

결코 그렇지 않을 것 같다. 《시베리아의 이방인들》은 스케일 작은 '문단적 소설들'에 지쳐 있는 독자로 하여금 눈 크게 뜨지 않을 수 없게 만든 시원스러운 작품이었다. 한국문학은 이렇게도 자신의 살과 뼈를 만들어 가는 것이다.

작가의 말

나를 소개할 때 소설가라고 말한다.

그러나 장마리, 나를 소설가로 사람들이 얼마나 알까?

어떤 작품을 써야 장마리를 사람들이 소설가로 기억할까?

나는 언제쯤 대표작을 낼 수 있을까? 그런 작가로서 자질이
있기나 할까?

이런 고민으로 힘들어할 때 러시아에서 십 년 넘게 살았던 크
라스코 박이 '북한 벌목공에 대한 이야기'를 해주었다. 그리고 소
설로 쓰라고 했다.

그가 많은 도움을 주었지만 소설로 형상화하기가 쉽지 않았
다. 배경도 언어도 인물도 온통 낯설었기 때문이다. 무엇보다 북
한의 '지석'을 매력 있는 인물로 만들고 싶었다. 그를 사랑한 '아

샤'를 돋보이게 하고 싶었다. 이 작품에서 유일하다고 할 수 있는 여자이기 때문이다. 이것 때문에 그에게서 이야기를 가져왔어도 시간이 걸렸다. 한국의 준호, 북한의 지석, 러시아의 빅토르를 나는 사랑한다. 아샤는 말할 것도 없다.

2019년도에 아르코 문학창작기금을 수혜했을 때 한고비 넘었다고 생각했지만, 출간까지 시간이 걸린 이유는 작가의 역량 부족 때문이다. 시베리아 벌목장에 취재를 다녀오고도 〈글을 낳는 집〉, 〈토지문화관〉, 〈부악문원〉에 입주해서야 완성할 수 있었다.

목 디스크로 고생하면서도 부족한 작품에 해설을 써준 방민호 선생님께 진심으로 감사드린다. 본인의 책 출간으로도 시간이 없었는데 추천사를 써준 손홍규 작가께도 감사드린다. 이번 책을 내면서 불성실한 내 사회성을 깊이 반성한다.

부족한 작품이지만 출간을 결정해준 문학사상에 감사드리며, 출간을 위해 도와준 문학사상 편집부에게도 고마움을 전한다.

2021년 8월
소설 쓰는 장마리

시베리아의 이방인들

1판 1쇄 인쇄   2021년 9월 2일
1판 1쇄 발행   2021년 9월 13일

지은이   장마리

펴낸이   임지현
펴낸곳   (주)문학사상
주소   경기도 파주시 회동길 363-8, 201호(10881)
등록   1973년 3월 21일 제1-137호

전화   031)946-8503
팩스   031)955-9912
홈페이지   www.munsa.co.kr
이메일   munsa@munsa.co.kr

ⓒ장마리, 2021, Printed in Seoul, Korea

ISBN 978-89-7012-521-3 (03810)